사이드
미러

김덕희 소설집
사이드미러

펴낸날 2021년 5월 24일

지은이 김덕희
펴낸이 이광호
주간 이근혜
편집 박선우 최지인 이민희 조은혜 방원경
펴낸곳 ㈜**문학과지성사**
등록번호 제1993-000098호
주소 04034 서울 마포구 잔다리로7길 18 (서교동 377-20)
전화 02)338-7224
팩스 02)323-4180(편집) 02)338-7221(영업)
전자우편 moonji@moonji.com
홈페이지 www.moonji.com

ISBN 978-89-320-3860-5 03810

이 책은 서울문화재단 '2019년 창작집 발간지원사업'의 지원을 받아 발간되었습니다.

사이드
미러

김덕희 소설집

에

사물이

거울

것보다

보이

가까이

있음

문학과지성사

차례

눈부신 날

*

한 달이 넘도록 수강생들끼리 서로 인사하는 걸 본 적이 없다. 40석 크기 교실에서 수업을 듣고 있는 사람은 나를 포함해 모두 여덟 명이다. 자격증 반을 몇 개 다녀봤는데 취업준비생 사이에 무슨 불문율이 있는 게 아닌가 싶게 모두 비슷한 분위기였다. 옆 사람의 외로움을 모른 척해줄 것, 어떤 것도 나누지 말 것, 마지막까지 아무 사이도 아님을 유지할 것. 나는 매일 두번째 줄 오른쪽 창가에 앉는다. 가장 가까이에 앉은, 한 자리 건너 왼편의 여자도 늘 같은 자리다. 여자와는 더 먼 쪽에서 전달돼 오는 유인물을 건네받을 때만 잠깐씩 마주한다. 서로의 매니큐어나 립스틱을 흘깃거리면서 우리는 언제나 최대한 공손하게 주고받는다.

나는 전산세무회계 반에 남자가 하나도 없는 게 의아했다. 학원을 다니기 시작한 지 얼마 되지 않아 두빈과 그것에 대해 얘기한 적이 있다.

꽃꽂이도 아니고 뜨개질도 아닌데 이상하지 않아?

그거 경리들이 따는 자격증 아니야? 회계사라면 몰라도 경리는 심부름이나 하는 이미지가 있어서 남자들이 안 내켜 하는 것 같은데?

너무 황당한 소리였지만 따지자니 복잡했다. 나는 두빈을 좀 당황시켜보고 싶었다.

회계랑 경리랑 뭐가 다른데?

막상 그렇게 물어놓고는 두빈이 정말 남녀의 일로 구분해버리면 어쩌나 싶었다. 게스트를 내쫓는 데 들 시간이나 에너지를 생각하면 그냥 실언한 셈치고 마는 게 나을 수도 있었다.

회계는 한 방에 크게 해먹는 거고 경리는 티 안 나게 오래 해먹는 거지. 그러니까 회계는 간이 부어야 하고 경리는 근성이 필요해.

바보 같은 궤변에 그만 웃어버렸다. 웃다 말고 내가 평소에도 두빈이 하는 말에 쉽게 웃는다는 걸 깨달았다. 불길한 징조처럼 기분이 좋지 않았다.

일광견뢰도 어때?

서먹한 강의실에 앉아 강사를 기다리는데 두빈이 느닷없이 말을 걸어왔다. 나는 반사적으로 주위를 둘러봤다. 수강생들은 저마다 휴대폰 화면만 들여다보고 있었다. 아무도 두빈의 목소리를 듣지 못한다는 걸 알고 있지만 조용한 공간에서는 특별히 긴장한다. 무심결에 내가 소리 내서 대답해버릴 수 있기 때문이다. 오직 나만 들을 수 있는 목소리다. 이어폰을 꽂고 있는 거나 마찬가지다. 길거리처럼 개방된 곳에서는 전화를 받는 척하면 되는데 이렇게 조용한 곳에서는 좀 난처하다.

놀랐잖아. 근데 그게 뭐야?

소리를 내지 않고 말하기 위해 어금니를 꽉 문다.

소설 제목.

무협이야?

그럴 것 같아?

두빈은 곧바로 대답하지 않고 되묻는 버릇이 있다. 대화가 길어질 신호다. '사실은 그게 그렇게 됐던' 거라는 이야기를 하고 싶어 두서없이 장광설을 늘어놓기 일쑤다. 등장인물마다 무슨 사연이 그렇게 많은지 인물 하나를 설명하는 데만 수십 분이 지나간다. 게다가 쉼 없이 내게 의견을 요구한다. 왜 그런 건 줄 알아? 그래서 어떻게 되는 줄 알아? 여기서 중요한 게 뭔 줄 알아? 하며 자꾸 질문을 해대서 이따금 추임새를 넣어주지 않으면 안 된다. 어떨 땐 그걸 내가 어떻게 아느냐고 소리를 빽 질러버리고 싶어진다. 평소의 잡담은 재치 있게 하는데 왜 소설 이야기를 할 때는 사람을 질리게 만드는지 모르겠다. 어쨌거나 이제 곧 수업이 시작될 테니 대꾸를 해주고 싶어도 도리가 없다.

*제목에 한자를 병기할까? 한 일, 빛 광, 어깨 견, 우레 뢰,
칼 도.*

두빈이 다시 말을 걸 때 강사가 들어섰다.

수업 시작한다. 이따 다시 얘기해.

강사는 교탁 뒤에 자리를 잡고 하얀 이가 훤히 드러나는 미
소를 띤 채 수강생들을 훑어본다. 눈으로 출석을 체크하는 것
같다. 그런 뒤 늘 그렇듯 활기차게 인사하며 갑갑한 교실의 공
기를 한번 흔들어놓는다.

"모두 오셨군요. 공부하기 참 좋은 날씨죠? 오늘도 파이팅
해봅시다!"

고개가 저절로 오른쪽으로 돌려진다. 9층 창밖으로 보이는
도시는 대기 오염물 때문에 스카이라인이 뭉개져 있다. 더럽
고 우울한 풍경을 볼 때마다 버려진 도시를 도맡아 겨우겨우
살아내고 있는 기분이 든다. 1천 층이나 2천 층이 있으면 좋겠
다. 깨끗한 하늘을 보고 싶다. 도시를 버리고 미지의 공간으로
대피한 사람들이 이곳이 다시 살 만한 환경으로 바뀌는지 어
떤지 관찰하고 있는 건 아닐까. 그러나 나는 도시를 회복시킬
의지도 힘도 없다. 망상이 꼬리를 물고 이어진다. 두빈은 망상
을 억지로 제어하지 말라고 했다. 소설가로서의 천재성일 수
도 있다는 얘기였다. 그때 처음으로 두빈에게 화를 냈다.

너 자체가 내 망상인 것 같지는 않니?

그때 두빈은 며칠 동안 나타나지 않았다. 시위라는 생각이 들었고 반응해주지 않았다. 제풀에 지쳐서 돌아오리라는 확신이 있었기 때문이었다.

강사는 앞 시간의 판서로 지저분한 화이트보드부터 지우는 중이다. 내가 지워놓을걸. 어릴 땐 칭찬을 듣고 싶어서 일부러 마지막 한 조각 판서를 남겨놨다가 선생님이 들어오는 타이밍에 마저 지우는 일도 더러 있었다. 그러면 선생님들은 빈말이라도 수고했다거나 고맙다고 해줬다.

지우개 든 손을 화이트보드의 위쪽으로 뻗느라 강사의 셔츠 아래로 맨허리가 슬쩍슬쩍 드러난다. 체대생처럼 그을려 있고 탄탄해 보인다. 학원 홈페이지에 실려 있는 강사의 얼굴은 건강한 미남형에 꽤 젊었다. 그러나 실제로 본 첫인상은 자기를 잘 가꾸는 사람이라기보다 그저 열심히 살고 있는 사람에 가까웠다. 강사의 손에서 빨갛고 파란 화살표와 선으로 뒤엉킨 세무회계 이론과 예시 들이 말끔히 사라진다. 나는 사라지는 판서와 함께 탄력 있게 휘어지는 강사의 허리를 번갈아본다. 지우개질이 마치 구령에 맞춰 하고 있는 준비운동 같다.

강사는 지금부터 다섯 시간 동안 오전반에서 했던 강의를 반복하며 지금 지우고 있는 저 판서들을 다시 완성할 것이다. 오후반은 오전반보다 유리하다고 했다. 학생들이 어느 부분에서 어려워하는지, 어느 타이밍에 집중하는지를 강사가 알고 강의하기 때문이었다. 오전반에서 얘기한 걸 한 번 더 하면서 가르치는 강사 자신도 개념을 다시 정리하고 있었다. 강사는 그러므로 딱딱하고 까다로운 세무회계를 오전반에서보다 훨씬 더 쉽게 가르쳐주고 있다는 점을 강조했다. 나는 매일 다섯 시간 동안 강사의 판서들을 구경하며 절반쯤은 못 알아듣고 나머지 절반쯤은 이해한 척하다가 집에 간다. 그나마 이해한 것들도 하루가 지나면 모두 잊고 만다.

수행하는 사람들이 애써 그려놓고는 단번에 다 지워버린다는 모래 그림이 생각난다.

'만다라. 눈앞에서 허물어지는 것들은 형상 이전의 그곳, 영원으로 돌아가는 중이다.'

노트에 적어놓고 들여다보다가 누가 볼까 봐 얼른 줄을 여러 번 그어 지운다.

"이제 일주일 남았네요. 조금만 더 버팁시다. 버티는 게 이기는 겁니다. 자, 우리 어디까지 했죠?"

강사가 과하게 강한 톤으로 강의를 시작한다. 강사의 저 큰 성량은 오후의 졸음을 쫓고 수업에 집중하게 해주는 반면, 교실을 떠난 뒤에도 이명을 남기는 부작용이 있다. 매일 열 시간씩 저렇게 떠들다간 성대가 남아나지 않을 것 같은데 한 번도 지친 내색을 보인 적이 없다. 본인 스스로도 강의가 체질인 것 같다고 했다. 자격증을 준비하는 수강생으로서 그 말에는 마음이 든든해졌다.

'그러나 다시 올 것이다. 모든 존재의 목적은 항존이 아니라

재현이다.'

아까 적었다 지운 글 뒤에 한 줄 더 보태본다. 나는 언제부턴가 말이 되는지 어떤지도 모른 채 어려운 단어로 문장을 끼적여보는 습관이 생겼다. 평소엔 안 하던 짓인데, 어쩌면 간절히 소설가를 꿈꾸고 있는 두빈의 영향인지도 모르겠다.

"오늘은 부가가치세신고서 부속서류들을 좌악 살펴볼 건데요, 그 전에 '부가세과세표준 및 매출세액' 일곱 가지 모두 기억하죠? 어떻게? 그렇죠. 크게는 과세, 영세, 나머지로 나누고, 다시 1번 세금계산서 발급분, 2번 매입자발행세금계산서, 3번 신용카드 현금영수증 발행분, 4번 기타 정규 영수증 외 매출분 등등, 반드시 애워야 합니다!"

나는 강사가 '외워야'를 '애워야'로 발음하는 것을 꼭 지적해주고 싶다. 저 '애워야 합니다'만 나오면 마법에 걸린 듯 조급해져서 뒤에 이어지는 내용을 놓치곤 한다.

한 번 휘둘러 뿜는 빛이 번개와 같다는 뜻이야. 내가 지었어.

두빈이 내 주의가 흐트러져버린 줄 어떻게 알고 끼어든다. 근데 두빈이 한문에도 소양이 있던가? 머리가 잡다한 지식으로 가득 찬 건 아는데 한문을 쓰는 것까진 몰랐다. 두빈이 이름 지었다는 칼을 상상해본다. 무협지나 만화를 즐겨 본 적이 없어 그런 칼이 얼마나 대단한 무기인지는 짐작할 수 없지만 만약 뿜어내는 빛에 기능이 치중되었다면 밤에만 싸워야 하는 게 아닌가 싶었고, 뜬금없이 청룡언월도라는 게 생각났는데 무협지와 만화를 즐겨 본 적 없는 내가 어째서 그런 칼의 이름을 알고 있는지 곰곰이 따져보다가 맞다, 관우! 하고 속으로 외치면서, 『삼국지』를 읽어본 적도 없는 주제에 그런 걸 알고 있는 게 신기하고 기특하기까지 했다. 싸움을 할 때 쓰는 칼 말고 무희들이 춤출 때 우아하게 휘두르는 칼이면 어떨까? 그런 칼이 뿜어내는 빛은 번개에 견줄 게 아니라 달빛과 어울리겠지. 그러니까 칼 이름은…… 이름은……

"420페이지 양 괄호 2번 별표! 의제매입세액공제 시 각 사업 형태에 따른 공제율 나와 있죠? 제가 출제자라면 이거 꼭 냅니다. 세법이 바뀌고는 첫 시험이거든요. 그러니까 너네 이 정도는 알고 시험 치는 거지? 하고 묻고 싶단 말이죠. 나올 확률이 99.9999퍼센트! 안 나오면 내가 이 바닥 떠요. 별표 백 개!"

강사의 협박에 가까운 장담에 깜짝 놀라며 교재를 살핀다. 이상한 칼 이름에서 시작된 상상에 휘둘린 사이에 두 페이지나 진도가 나가버렸다.

주문한 카레라이스를 기다리며 게임 앱을 연다. 학원 수업을 마치고 저녁을 먹으러 자주 들르는 이 식당에서는 어떤 걸 주문하든 휴대폰을 들여다보며 대여섯 판쯤 게임을 하고 있으면 음식이 나온다. 커다란 메뉴판에는 영화의 엔딩 크레디트를 떠올리게 할 만큼 여러 가지 음식 이름이 빼곡히 적혀 있다. 나는 이곳에 와서 휴대폰 화면을 두드리다가 비빔국수와 볶음밥과 카레라이스와 쫄면과 오므라이스를 번갈아가며 먹는다. 이제는 서빙하는 아줌마가 내가 고를 메뉴를 알아맞힐 것만 같다.

게임이 시작되자 고득점으로 스테이지를 클리어한 유저들의 캐릭터가 월계관을 쓴 채 단상 위에서 반긴다. 힘내서 자기네를 밀어내고 순위에 올라보라는 얘기다. 나는 138단계까지 오는 동안 한 번도 순위에 든 적이 없다. 유성 선배는 단상 위에 있는 걸 자주 봤다. 사실, 유성 선배의 캐릭터가 순위에 없는 판은 거의 본 적이 없다. 1위거나 2위, 못해도 3위였다. 뭐하나 빠지는 게 없던 사람답게 이런 유치한 게임에서도 도드라지는 게 얄밉기까지 했다. 반면에 '이런 유치한 게임'조차 끄트머리에서 간신히 따라가고 있는 나 자신은 한없이 한심스러웠다. 도대체 내 재능은 어디에 숨어 있는 걸까.

연락처에 있는 친구들의 앱 추천 메시지가 자꾸 오는 통에 깔아보긴 했지만 몇 번 하다 지울 거라고 생각했다. 유성 선배의 이름을 달고 있는 캐릭터를 발견하지 못했더라면 분명히 그랬을 것이다. 나는 언젠가 내 캐릭터를 스테이지 시상대에서 유성 선배 옆에 놓을 수 있을 거란 희망으로 여기까지 왔다. 각 스테이지의 번호판이 철로 위의 간이역처럼 띄엄띄엄 놓여 있고 같은 게임을 하고 있는 메신저 친구들이 스테이지마다 프로필 사진과 함께 머물러 있다. 나는 휴대폰 화면을 스크롤해서 지도를 거슬러 올라가봤다. 일찌감치 게임을 시작한 유저들은 5, 6백 단계에 있었다. 유성 선배는 7백 번대 단계에서 찾아냈다. 본인의 얼굴이 아니라 담배를 물고 외투의 깃을 잔뜩 세운 채 카메라를 응시하고 있는 카뮈의 사진이었다. 선배는 그의 소설 중 『이방인』을 특히 좋아했다. 나는 선배가 어쩌면 '마리'와 같은 여자를 찾고 있을지도 모른다고 생각했다. 내 이성은 마리의 입장이나 태도가 현실적이지 않다고 말하면서도 내 감성은 내가 선배의 마리가 되는 상상을 부추겼다. 그러나 그런 일은 일어나지 않았다.

138번 스테이지에서만 벌써 일주일째다. 선배를 쫓아가고 싶었다. 시상대에 나란히 오르는 건 아무래도 어렵겠지만 선배가 있는 곳까지 쉬지 않고 달려가서 간이역 위에는 함께 서보고 싶었다. 그러면 선배가 나를 발견할 것 같았다. 기억하고 반겨주지 않을까? 아이템을 선물하는 척하며 메신저로 안부를 물어봐주지 않을까? 아니면 내가 먼저 말을 걸어볼 수 있진 않을까?

그렇게 사파의 우두머리가 결계를 풀고 탈출한 다음부터가 진짜 시작이야.

두빈의 소설은 장편이 될 예정인가 보다. 이제야 진짜 시작이라면 수업 내내 나를 괴롭힌 지루한 얘기는 모두 뭐였을까?

나 밥 좀 먹을게.

마침 주문한 카레라이스가 나왔다. 숟가락으로 뒤적이자 맵고 자극적인 강황 냄새가 식욕을 돋웠다.

너무 많이 먹지는 마. 이따 쓸 거 많은데 졸리면 곤란해.

나는 숟가락을 꼭 쥐고 잠시 숨을 가다듬는다. 지금까지는 두빈이 좀 제멋대로 굴어도 그냥 넘겨왔다. 의지할 것도, 의지될 것도 없는 사이에 괜한 감정 소모라고 생각해 참아왔던 것이다. 어쩌면 지금까지 중 가장 짧은 기간에 결판을 내게 될지도 모르겠다. 그러니까…… 이제 다섯 달쯤 됐겠다. 겨울이 코앞이었고 집에서 가까운 문화센터에서 신춘문예 특강반이 열렸다는 얘길 듣고 찾아간 곳에서 두빈을 만났다. 아니, 나는 그런 걸 만남이라고 생각해본 적이 없다. 그냥 두빈이 나타났다.

강사는 10여 년 동안 두 권의 소설집과 한 권의 장편소설을 낸 소설가라고 자기를 소개했는데 나는 이름과 책 제목 모두 모르고 있었다. 그러나 수강 인원을 스무 명으로 제한해놓은 거나 자리가 꽉 찬 걸로 봐서 유명한 사람인가 하고 짐작해보긴 했다. 그러고 보니 화장기 없이 깡마르고 길다란 얼굴과 아무렇게나 늘어뜨린 머리카락이며 커다란 이목구비가 어디서 많이 본 것 같기도 했다. 강사가, 남편이란 건 소설 쓰는 데 전혀 쓸모없기 때문에 지금부터 단단히 선전포고를 해놓아야 이번 신춘문예에 당선될 수 있을 거라는 얘기로 수업을 시작하는 바람에 어리둥절했다. 주변을 둘러보니 귀부인처럼 차려입은 중년들이 많았다. 다들 강사보다 나이가 많아 보였고 꼿꼿한 자세로 앉아 턱을 들고 있었지만 어딘가 한참 하수들 같았다.

포스 진짜 장난 아니다.

난데없이 내 또래의 남자 목소리가 등장했다. 강의실에 남자 수강생이 몇 있긴 해도 그렇게 목소리가 귓가에 쟁쟁하게 들릴 만한 거리에 있지는 않았기에 직감적으로 게스트라는 걸 알아차렸다. 많은 게스트가 날 거쳐 갔지만 남자는 처음이었다. 나는 당황한 나머지 이마를 책상에 대고 한참이나 들지 못했다. 좋지 않은 징조였다. 내가 소설을 써보겠다는 마음을 먹은 것부터가 이상했는데 그제야 알 것 같았다. 대학을 졸업한 뒤부터 이것저것 배우다 그만두는 걸 습관처럼 하고 있지만 소설은 태어나서 한 번도 생각해본 적이 없었다. 유성 선배 때문에 읽은 『이방인』을 빼면 읽어봤다고 할 만한 소설도 없었으므로 나의 의지라 하기엔 너무나 생뚱맞은 분야였다. 언제부터 들어와 있었던 걸까. 두려웠다. 앞으로의 일이 까마득해 울고 싶어졌다.

거기, 어디 불편해요? 약이 필요하면 가지고 다니는 게 좀 있는데.

강사가 내게 말하고 있었다. 생리통쯤으로 생각하는 것 같았다. 고개를 들지 않아도 스무 개 가까운 시선이 내게 향하고 있는 걸 느낄 수 있었다.

아니에요. 그냥 잠깐…… 죄송합니다.

기왕 배우기로 한 거, 정신 좀 차리지?

목소리는 내 기분 따윈 안중에도 없는 것 같았다. 세 시간짜리 수업에 쉬는 시간은 단 10분이었다. 10분 안에 기선을 제압해두지 않는다면 당분간의 내 생활은 엉망이 돼버릴 수밖에 없었다.

나는 건물 밖 구석진 곳을 찾아가 사람이 없는 걸 확인한 다음 목소리를 향해 윽박질렀다.

이름, 나이부터 대.

흥분을 가라앉혀야 해서 담배를 물었는데 불을 붙이고 연기를 한 번 뿜고 나자 이게 거칠게 보이는 데 효과가 있겠다는 생각도 들었다.

강두빈. 스물여덟.

그냥, 골빈이라고 해라. 이름하고는……

나는 담배 연기를 길게 한 번 더 뿜고는 땅바닥에 침도 뱉었다. 문득 성진 언니가 생각났다. 대학 2학년 때 한 1년 동안 내게 머물렀던 싸움꾼이었다. 언니 앞뒤로도 많은 게스트가 내게 다녀갔다. 그들은 모두 처음에는 친절하고 상냥했지만 나중에는 나를 차지하려 들었다. 예외는 없었다. 언니를 끊어내는 데는 석 달쯤 걸렸다. 갖은 회유와 애원과 협박을 견뎌내느라 죽을 만큼 괴로운 시간이었다. 그러나 나를 빼앗기지 않으려면 단호해야 했다. 결국 언니는 사라졌고 나는 이렇게 남았다. 언니의 흔적이 있다면 언니에게 배운 담배 정도다. 그렇다고 내가 게스트들을 모두 미워하는 건 아니다. 언니가 시킨 대로 술을 잔뜩 마시고 연락 없이 외박했다가 아빠와 의절할 뻔한 것만 빼면 언니는 나의 성장에 꽤 도움이 됐던 게스트였다. 언니 덕에 세상을 배웠고 자립심을 키웠다고 생각한다. 언니가 다녀간 뒤부터 전과 다르게 뭔가 성숙해졌다는 말을 자주 들은 게 그 증거다.

매너 없게 남의 이름 가지고 그러냐. 이경숙도 뭐 그리 내세울 만한 이름은 아닌 것 같은데?

개명할 거야. 미리 알아둬. 이지연이야.

나는 말해놓고 후회했다. 새 이름까지 얘기한 건 어쩐지 말려든 기분이 들게 했다. 초면에 반격을 해오는 것도 영 마음에 안 들었다.

좋으실 대로. 어차피 니가 주인이니까. 내가 한 살 더 많긴 한데 그냥 친구하자. 잘 부탁해.

경계를 누그러뜨리려는 수작인지 원래 문제가 생기는 걸 싫어하는 성격인지는 알 수 없었다. 일단은 고분고분하게 한발 물러섰기 때문에 곧바로 내치진 않기로 했다.

두빈은 그날 이후 단편소설 한 편을 썼다. 원룸 건물을 갖고 있는 지질한 남자 이야기였는데 전반적으로 좀 우울하고 주인공이 은근히 변태 같아서 내 취향은 아니었다. 그런데 강사는 내게 정말 처음 써본 소설이 맞는지 거듭 물었다. 나는 그렇다고 대답했고 강사는 당장은 몰라도 소질이 있는 건 확실하다며 한두 편쯤 더 보고 싶다고 말했다. 특히 처음 썼다는 소설에서 이성 화자의 목소리를 이렇게 자유자재로 다룬다는 건

보기 드문 재능이라며 유난을 떨었다. 사정을 알 리 없는 강사와 수강생들에게 나는 이미 몇 걸음 먼저 가 있는 사람 대우를 받게 됐다.

그때 어쩌면 등단할 수도 있었을 텐데 투고도 못 하고 공모 기간을 넘겨버린 건 순전히 니가 폐인 생활을 했기 때문이야. 여자들은 짝사랑하던 남자가 결혼하면 다 그러냐?

오버한다. 죽을려고.

카레라이스 마지막 한 숟가락을 우물우물 씹으며 두빈에게 경고했다. 유성 선배에게 청첩장을 받은 게 그쯤이었다. 아직도 그때 무슨 정신으로 식장에 가서 축의금을 내고 단체 사진을 찍고 식사까지 다 했는지 모르겠다. 좋은 스테이크였지만 소화가 되지 않아 집에 와서 결국 토해버렸다. 그리고 다음 날부터 술을 자주 마셨다. 안 그랬는데 필름이 종종 끊겼다. 모르긴 몰라도 그때 내가 취한 채 두빈에게 속말을 많이 해버린 것 같다. 끝까지 모른 척하고 있는 녀석을 언젠가 한번 족쳐봐야겠다.

아직 두빈에게 얘기하지 않은 말을 밥과 함께 삼킨다. 미안하지만 애초에 소설가가 될 마음이 없었다. 수업에서 칭찬을 들었던 그 순간 덜컥 겁이 났다. 마음이 생긴다고 해도 생각처럼 쉽지 않을 것이고 두빈의 글로 소설가가 된들 나로선 그 이름을 감당할 자신이 없었다. 이제 다시는 소설을 돕지 않을 것이다. 지금은 일주일 뒤에 볼 자격증 시험만으로도 머리가 터질 것 같다.

*

염료의 광안전성을 나타내는 정도이다. 태양광으로 직접
측정하는 게 가장 정확하겠으나 일반적으로는 각 나라의 보
편적인 기후 조건을 가정하여 카본광원법과 크세논광원법이
라는 두 가지 인공 광원 방식을 사용한다. 우리나라의 경우 두
방식 모두 쾌청한 날씨에서 오전 9시부터 오후 3시까지의 평
균 태양광과 유사한 조건으로 통제된다. 백 퍼센트 울로 제작
된 표준 청색포에 일정 시간 동안 빛을 조사하여……

보통 때처럼 학원에 일찍 도착해 강의를 기다리던 중에 두
빈의 소설이 궁금해졌다. 그 사파의 우두머리가 탈출했다나
어쨌다나 하는 대목에서 거의 일주일이나 얘기가 없다. 나는
일광견뢰도라는 칼이 어쩌면 진짜 있을지도 모른다는 생각이
들었다. 아니면 누군가가, 이를테면 다른 무협소설가나 만화
가가 벌써 써먹은 건 아닐지 걱정됐다. 그렇지 않고서야 두빈
이 소설 구상을 이렇게 멈출 리가 없었다. 인터넷 검색 결과는
뜻밖이었다. '일광견뢰도'는 두빈의 말처럼 멋지고 강력한 무
기가 아니라 염료들이 햇빛에 바래지 않고 견뎌내는 정도를
가리키는 전문용어에 불과했다.

나는 약간의 실망과 배신감을 동시에 느꼈다. 길을 걷다 오래된 벽보를 보았던 걸까. 색이 바랜 옷을 입고 있는 사람의 등을 보다가 호기심이 생겼던 걸까. 나는 게스트가 내 몸을 차지한 동안 일어난 일을 알지 못한다. 몸에 어떤 흔적이 남을 만한 일을 한 게 아니라면 게스트가 내 몸을 가지고 뭘 했는지 알 방법은 없다. 그래서 절대로 몸을 내주지 않는다. 그러나 익숙한 길을 걷다 잠시 멍해지는 순간도 있고 컴퓨터 앞에서 사이트들을 드나들다 생각지 않았던 곳에 다다라 있는 경우도 있다. 짐작해보자면 두빈도 나처럼 인터넷을 검색해봤을 것이다. 검색창에 '색은 왜 바래나요?' 따위의 질문을 넣어서 검색하다가 일광견뢰도라는 말을 알게 되었을 것이다. 일광견뢰도에 대한 질문과 답변으로 가득한 검색 사이트의 화면에서 이토록 강한 기시감이 드는 걸 보면 내 짐작이 크게 틀린 건 아니겠다.

좀 나와봐.

두빈을 불러냈다. 그러나 오랫동안 아무 대답이 없다. 두빈은 내가 일광견뢰도를 칼 이름으로 믿는 걸 보고 기뻤을까? 두빈에게 나는 모르는 단어의 뜻을 아무렇게나 익숙한 쪽으로 짐작해버리는 생각 없는 사람 중 하나였을까? 굳이 그럴 것 없다 싶으면서도 농락당한 기분에 화가 났고 이런 일에 화를 내고 있는 내 모습도 마음에 들지 않았다.

나와보라고.

속으로 내지르는 소리가 자칫 바깥으로 튀어나올까 조심했다. 그새 수강생들이 모두 와 있었다. 그리고 강사가 들어왔다.

"안녕하세요. 오늘도 모두 나오셨네요. 그래야지요. 마지막까지 최선을 다하는 겁니다."

강사가 출입문에서 교탁까지 들어서며 한바탕 약장수 같은 사설을 풀어놓았다. 언제나 궁금한 건데 대체 어디서 저런 에너지가 나오나 싶다. 두빈을 불러 따지는 건 수업 뒤로 미뤄야겠다.

"낼모레 일요일이 시험이죠? 한 달 반 동안 정말 고생 많았어요. 이제 조금만 참으면 끝이네요. 주말이라고 꽃놀이 가면 절대 안 됩니다. 꽃놀이는 우리랑 저언혀 상관없는 거예요. 시험을 또 보기 싫으면 문제 하나 더 풀고 밑줄 친 거 한 번 더 보고 예제 분개 하나라도 더 해보세요. 그렇게 해서 꼭 이번에 끝내버리는 겁니다. 알겠죠?"

여덟 명이 모기 같은 소리로 네, 하고 대답한다. 귀청을 때리는 강사의 목소리 때문에 두빈에 대한 생각이 멀리 달아나버렸다. 강사가 늘 하던 대로 화이트보드를 씩씩하게 지우고 돌아서서 교재를 펼친다.

"자, 오전반에서 질문이 나와서 말인데 이 반도 종합소득세 세율 한번 짚고 넘어갑시다. 각 세율 구간 다 알고 있죠? 6, 15, 24, 35, 38, 40, 42, 45퍼센트로 여덟 구간! 그러면 각각 과세표준은 얼마? 1천 2백, 4천 6백, 8천 8백, 1억 5천, 3억, 5억,

그리고 10억 초과! 내가 늘 강조하죠? 우리는 몇 퍼센트 세금을 내는 게 목적이다? 그렇죠. 살면서 세금 45퍼센트는 내봐야 하는 겁니다. 누가 뭐래도 꿈은 크게 가지는 거예요."

강사가 한바탕 쏟아내는 내용은 모두 한 번 들었던 내용인데 또 새롭다. 복잡한 숫자들을 조금의 망설임도 없이 나열해내는 기억력이 부럽기만 하다. 그나저나 처음 들었을 때도 그랬던 것 같은데 10억 원의 45퍼센트면 얼마인지 계산해본다. 10×45는 450이니까……

"그런데! 이렇게 얘기하면 꼭 10×45=450, 하면서 10억 벌면 4억 5천을 세금으로 내는 줄 아는 학생들이 있어요. 그런 거 아닙니다. 소득액과 과세표준은 완전 다른 개념이에요."

분명히 강사와 눈이 마주친 것 같다. 어떻게 알았을까. 속을 들킨 바람에 얼굴이 화끈거린다. 강사는 소득금액이 어떻고 공제가 어떻고 하는 얘기를 이어간다. 소득에 따라 공제율이 다르고 소득을 공제한 과세표준으로 또 무얼 하고, 그래서 세법이 보는 돈과 우리가 버는 돈은 다른 거라고……

"우리 교재 294페이지에 다 있어요. 이거 봐. 얼마나 강조했으면 페이지가 자동으로 넘겨지잖아. 여러분도 반드시 애워야 해요, 꼭이요."

언제쯤 말해볼 수 있을까. 선생님, 그거 아시나요. 외워야 합니다,라고 해보세요. 선생님의 발음 때문에 웃겨서 수업 못 듣겠어요.

"자, 종합소득세 관련해서 퀴즈 하나 내볼게요. 프랑스는 땡땡땡 때문에 상속세법을 변칙적으로 적용한 적이 있다. 세 글잔데 아는 사람? 물론 우리 책에는 없는 내용입니다."

강사는 대답이 나오지 않을 거라는 걸 이미 알고 있다는 듯 오래 기다리지 않는다.

"정답은 피카소입니다. 피카소가 왜? 1973년에 피카소가 아흔한 살의 나이로 세상을 뜰 때 남긴 작품들이 무지무지하게 많았는데 총 가격을 따져보니까 한 3억 달러로 추산되더란 얘기야. 그러면 우리 돈으로 얼마? 지금 환율로도 3천억 원이 넘는데 1970년대 이야기니까 훨씬 더 큰돈이겠죠? 거기에 상속세를 매겨봐, 어마어마하겠죠? 근데 아무리 피카소의 유족이라도 그런 현금이 있었겠어? 없지. 이거 뭐, 작품을 팔아서 세금 낼 판이잖아. 이미 피카소는 유명해져 있었기 때문에 그림 사겠다는 사람은 줄을 서 있었거든. 구매자들이 어디 프랑스에만 있었겠냔 말이지. 영국 독일 미국 중국 일본 할 것 없이 난리가 났거든. 투자 가치가 있잖아. 피카소 작품들이 해외로 나가버리면 프랑스 입장에선 어때요? 엄청 손해지. 국부가 유출되는 거란 말이야. 그래서 이례적으로 상속세를 작품으로 받기로 한 거란 말씀! 얼마였더라, 한 7천 달러 정도 됐지 아마?"

세무회계 수업이다 보니 강사는 가끔 저런 식으로 재미있는 이야기를 해준다. 언제는 창문이 작은 유럽 저택들에 대한 얘기도 해줬다. 정부가 부잣집들의 창문 크기에 따라 세금을 징수하던 시절이 있어서라고 했다. 집이 크면 돈이 많은 거고, 집이 크면 창문도 크니까 징수의 기준을 창문 크기로 했더니 부자들이 모두 창문을 손바닥만 한 걸로 달아버렸다는 웃지 못할 얘기였다. 시험만 아니라면 하루 종일 옛날이야기만 듣고 싶었다.

"자, 여기서 퀴즈 하나 더. 제 전공이 뭐였게요? 경제경영? 회계학? 아까 앞 반에 물어보니까 체대라 그러던데? 여러분도 그렇게 보여요?"

누군가 네, 하고 대답한다. 강사가 대답한 사람을 믿지 않게 슬쩍 흘겨보고 다시 이야기를 이어간다.

"못 믿겠지만 이래 봬도 미대 오빠였던 사람이에요. 알죠? 미. 대. 오. 빠. 전공은 서양화고요. 전시회도 했습니다. 우린 졸업하려면 안 하면 안 됐거든."

강사는 미대생이던 시절을 회상하듯 잠시 창밖을 보더니 화이트보드에 그림을 그리기 시작했다. 9층 창밖에 보이는 도심의 풍경이 순식간에 화이트보드 위로 옮겨졌다. 검정색 마커 하나로 굵고 가는 선들을 그어대며 그림에 숨을 불어넣는 모습이 꽤 섹시해 보인다. 평소에는 강사가 아무리 용을 써도 소극적으로 반응하던 수강생들이 소리 내 탄성을 지른다.

항상 수업 시간에 딴눈을 파느라 익숙한 풍경이 분명한데 화이트보드 위에서 완성되고 있는 그림은 내가 봐왔던 건조한 도시가 아니다. 옥외 광고판 하나, 피뢰침 하나, 교차로의 횡단보도 하나하나가 모두 제 역할을 하며 그림 속에서 생생하게 살아나고 있다. 더 이상 미세먼지와 황사로 죽어가는 도시가 아니다. 바람을 몰아오지도 비를 뿌리지도 않고 그 모든 것을 걷어내버린 힘이 놀랍다. 그림을 보고 있으니 언젠가 기회가 되면 한 번쯤은 캔버스를 사이에 두고 강사 앞에 서고 싶어진다. 전라로 포즈를 취하고 있는 내 모습을 상상하다 부끄러워져 그만둔다.

"군대에서 어쩌다가 계산기를 만지게 됐어요. 연대 본부에서 군수장교가 와서는 대학 나온 사람 찾더니 다짜고짜 맡기는 거야. 미대라고 하니까, 그래서 뽑았다네? 미대라서 표 잘 그리고 글씨 잘 쓰지 않느냐고. 일병 때었는데 나야 훈련이나 작업 안 나가니 좋았지 뭐. 근데 이게 내 인생을 바꿨단 말이죠. 제대하면 그림을 계속해야 하나 먹고살 궁리를 해야 하나 고민이었는데 계산기 두들기던 중에 길이 확 보였던 거라. 뭐랄까, 전혀 다른 사람이 내 속에 숨어 있다가 짠, 나타난 느낌? 내 말은, 이 분야가 비전공자라도 얼마든지 수준 이상으로 올라갈 수 있다는 거예요. 매력적이지 않아요? 그러니까 내일모레 시험 모두 붙어서 다음 단계로 함께 갑시다. 이왕 시작한 거 1급까진 가봐야죠. 이미 1급 반을 개설해놨어요. 학원 홈페이지 참고하시기 바랍니다."

강사는 말을 마치자마자 지우개를 집어 든다. 나는 강사가

그림을 지우려는 걸 보자마자 나도 모르게 "잠깐만요" 하고
손을 든다. 강사가 눈을 동그랗게 뜨고 나를 본다. 한 달 반 동
안 나는 질문 한 번 한 적이 없었다.

"너무 아까워서요. 사진 좀 찍어놓으면 안 될까요?"

강사가 그러라며 한쪽으로 비켜주자 너도 나도 휴대폰을 들
어 화이트보드를 찍는다. 그 모습을 본 강사가 손을 허리에 올
리고 소리친다.

"판서를 이렇게 열심히 찍으셨어야지!"

강사가 웃으며 성을 내자 모처럼 모두 함께 소리 내 웃는다.
만약 시간이 더 있으면 이젠 서로에게 인사를 나눌 수 있을지
도 모르겠다. 언제나 우리는 너무 늦게 친해진다. 오늘도 한
자리 건너 내 옆에 앉은 여자에게, 손톱이 참 예쁘다고 말해주
고 싶다.

*

집에서 시험장까지는 한 시간이 조금 더 걸렸다. 시 경계에
위치한 상업고등학교다. 낮은 언덕을 올라 마주하는 교문이나
아담한 운동장이나 건물 사이사이에 잘 정돈된 조경이 모두
내가 다닌 학교와 비슷하다. 어쩌면 이 나라의 모든 고등학교
가 동시에 지어진 것처럼 닮아 있을지도 모른다. 나는 한 번도
전학을 가본 적이 없다. 다녀보지 못한 학교가 압도적으로 많

다는 건 무언가 크게 손해를 본 기분이 들게 한다.

오랫동안 갑갑하고 우울하던 하늘이 어제부터 투명하고 새파랗게 본래의 색을 드러내고 있다. 햇살이 온전히 뿌려지고 있어 봄치고는 조금 덥다. 움이 트고 새순이 돋는 나무와 풀들이 선명하게 눈을 찌른다. 양지바른 곳의 목련은 이미 촛불처럼 생긴 꽃봉오리를 가지마다 가득 켜놓고 있다. 시험 치기 참 좋은 날씨죠? 강사의 목소리가 들리는 것만 같다.

시험장이 있는 건물 입구에 도착해 벽에 붙은 수험생 명단에서 수험 번호와 교실을 확인한다. 전산세무 2급 12123504 이경숙. 70점을 넘기면 합격인데 어젯밤 한번 풀어본 기출문제집에선 68점이 나왔다. 오답은 모두 몰라서 틀린 것이었고 정답 중엔 더러 찍은 것이 있었다. 교정 곳곳의 벤치에서 사람들이 문제집을 들춰보고 있다. 여느 고등학교의 시험 기간 풍경과 다르지 않다. 친구끼리 온 이들 사이에서 출제 가능성이 높은 챕터에 대해 도란거리는 소리가 들려온다. 소리에 섞여 있는 용어나 개념 들을 떠올려보려 애썼지만 아무래도 생경하다. 1번 문제부터 막혀 시험을 망쳐버리는 꿈을 꾸다 새벽에 깼다. 다시 잠들기 힘들어 교재와 문제집을 훑어봤지만 눈에 들어오지 않았다.

졸린다. 아침에 뭘 먹으면 더 힘들 것 같아 걸렀더니 기운마저 없다. 시험 시간까진 아직 30분이 넘게 남아 있다. 30분이 한 세월인 것만 같다. 그냥 돌아갈까. 애초에 자신 없는 시험을 보기 위해 여기까지 나온 게 엉터리였다. 좀 앉고 싶은데 건물과 조경수들이 만들어주는 그늘마다 사람들이 빼곡하다. 모르는 사람끼리도 같은 벤치, 같은 바위에 앉아 있는 것 같다. 나는 조금 먼 곳에서 햇살을 고스란히 받고 있는 빈 벤치를 발견했지만 잠시 망설였다. 마치 거기 앉으면 무슨 큰일이라도 난다는 듯 그곳만 덩그러니 비어 있는 탓이었다. 그러나 눈 뒤쪽을 잡아당기는 듯한 졸음과 위장을 쥐어짜는 것 같은 허기가 벤치 쪽으로 나를 이끈다.

햇살이 뜨겁다. 한 문제라도 봐야 하지 않을까 걱정되지만 가방을 열 힘이 없다. 눈을 감고 해를 마주해본다. 이른 노을을 보고 있는 듯 세상이 모두 환한 주황색이다. 빛의 여러 성분이 내 몸에 부딪히고 산란되며 잘게 진동한다. 몸이 분해되는 것만 같다.

지연아, 잘 지냈어? 오랜만이야.

게스트인데 두빈은 아니고, 귀에 익은 목소리다. 누구더라. 이대로 계속 앉아 있으면 뜨거운 볕이 내 머리카락을 태우고 피부를 녹여버릴지도 모르겠다.

나야, 경숙이.

경숙이…… 그렇구나. 오랫동안 잊고 있었다. 고1 때니까 벌써 10년이 훌쩍 넘었네. 내가 놀라야 하는 건가. 그런데 지금은 어쩐지 그럴 힘조차 나지 않는다. 경숙이…… 하루 종일 철학 입문이니 개론이니 하는 이상한 책만 읽던 아이. 책을 많이 읽지만 공부는 못했고 밉상이 아닌데도 따돌림을 당하던 아이. 친구들은 조숙한 너를 재수 없게 여겼지. 빛이 내 피를 끓여 증발시키고 근육을 바싹 말리고 뼈도 몽땅 구워버릴 것 같다.

지연아, 내가 다시 와서 놀랐니?

내 원래 이름을 불러주는 이가 있다는 게 이렇게 기쁠 수가 없다. 놀랐냐고? 아니, 어쩌면 나는 너를 기다렸던 것 같다. 그래, 분명히 그랬던 것 같다. 나는 한참 전부터 너의 자리를 그만 돌려주고 싶었다. 그래서 나의 지금 감정은 놀람보다는 미안함이다. 너의 지친 몸을 대신 맡아서, 많은 친구를 사귀고 좋은 대학으로 진학해주겠다고 약속했다. 이름을 예쁘게 바꾸고 멋진 연애도 해주겠다고 상담했다. 그러나 지금 나는 너에게서 도망치고 싶다. 달아나지 못하면 숨어버리거나 사라지고 싶다. 더 강한, 더 뜨거운 햇빛이 필요하다.

안 그래도 돼. 나는 알고 있었는걸. 니가 잘못해서가 아니야. 원래 그런 거야. 그걸 알면서도 너한테 10년씩이나 떠맡겨봤던 내가 미안하지. 이제 쉬어. 남은 시간은 원래대로 내가 살아볼게. 내 책임이잖아. 이제 시험 같은 건 안 봐도 돼.

뺨을 타고 양쪽으로 따뜻한 눈물이 흐른다. 누구든 그 말을 내게 해주길 얼마나 기다렸는지 모른다.

미안해. 정말 미안해……

괜찮아. 니 잘못 아니야. 이제 수업 같은 건 안 들어도 돼.

더 이상 그 선배를 좋아하지 않아도 되고, 널 찾아오는 누구랑도 싸울 필요 없어. 내가 할게.

끈이 툭 끊어지는 느낌과 동시에 몸이 떠오른다. 허공에서 돌아보니 나는, 아니 경숙은 그대로 벤치에 앉아 눈물을 훔치고 있다. 나는 그냥 떠나지 못하고 조심스럽게 물어본다.

나중에…… 다시 와도 돼?

눈물을 마저 닦은 경숙이 나를 보며 배시시 웃는다. 저렇게 예뻤었나. 저렇게 투명했었나. 이제 이지연이 아니라 다시 이경숙이라서 그렇게 보이는 걸까?

"물론이지. 그땐 같이 지낼 수 있을지도 몰라."

경숙의 실제 목소리를 듣고서야 자리를 내준 게 실감 난다. 경숙이 손을 뻗어 자기 얼굴로 내리쬐는 햇빛을 가린다. 마치 내게 작별하는 손짓인 것만 같다. 풍경이 흐려진다. 흐려지는 풍경 속에서 경숙은 가방을 챙겨 일어난다. 시험장이 아닌 교문으로 향하는 것을 보고 나자 졸음이 몰려온다.

이렇게 되는 거였구나. 다들 저 몸에서 쫓겨날 때 이렇게 됐던 거구나.

나는 편안한 기분을 만끽하며 가만히 눈을 감는다. 따스한 햇빛이 나를 잘게 분해하며 통과하는 게 느껴진다.

"와, 봄은 봄이네. 아지랑이가 다 일고."

멀찍이서 이쪽을 향해 던지는 소리가 아련하다.

추

진우는 개수대에 그릇들을 부려놓고 물을 틀었다. 거친 수압에 카레 찌꺼기가 밀리면서 그릇의 흰 표면이 드러났다. 분수구를 휘둘러 비질하듯 그릇을 씻었다. 김치와 깍두기를 함께 담았던 접시도 붉은 기가 가시면서 말끔해졌다. 진우는 아예 설거지가 가능할 만큼의 수압을 상상해보다 소화전을 떠올렸다. 설거지가 귀찮아 건물의 소화전을 끌어다 쓰는 남자라면 재밌는 이야기를 이끌어나갈 것도 같았다. 개수대에는 대접과 접시 하나씩, 그리고 스테인리스 수저 한 벌과 압력밥솥이 전부였다. 압력밥솥 안에서는 눌어붙어 있던 밥풀들이 미리 채워놓은 수돗물에 잘 불고 있었다.

얼마 전에 낡은 전기밥솥을 버리고 압력밥솥을 샀다. 그날은 진우 자신의 생일이었고 저에게 해줄 수 있는 걸 며칠째 고민하던 중이었다. 통장 잔고의 여력 안에서 고려할 수 있는 건 별로 없었다. 평소 갖고 싶었던 것을 떠올려보다 관두고, 낡아서 바꿀 만한 것 쪽으로 눈을 돌렸다. 옷이나 신발, 가방 따위에는 평소에도 관심이 가지 않았다. 그런데 지저분하고 낡은 전기밥솥에서 시선이 오래 머물렀다. 밥을 지어놓으면 푸석푸석했고 묵은 냄새가 났다. 제대로 된 '밥'이라면 자기에게 주는 선물로 의미 있을 것 같았다.

불에 직접 안쳐본 적이 없어 처음에는 서툴렀다. 내부의 압력이 쏟아져 나오며 뚜껑의 추가 들썩거리는 걸 보고 있으면 성난 짐승이 콧김을 내뿜고 있는 모습이 상상됐다. 매뉴얼대로 조리한다고 했는데 성급히 불을 낮추거나 타이밍을 놓쳐버리기 일쑤였고 뜸을 덜 들이거나 너무 늦게 밸브를 열기도 했다. 불필요하게 자꾸 손을 대서 그런 줄도 모르고 같은 실수를 반복했다. 그렇게 지어진 밥들은 저 혼자 치열했다. 설익은 밥알이 보이는 독선을 마주할 때는 짜증났고 퍼진 밥알은 대책이 없었다. 된밥이나 진밥이라고 해줄 수 없었다. 그것들은 우선 '밥'이 된 뒤에야 얘기해볼 수 있는 개성이었다. 진우는 자신이 밥을 잘 짓고 있는 건지 물어볼 데가 없다는 게 가장 아쉬웠다. 뚜껑을 열고 나면 스팀 배출구에서 채찍질처럼 쏟아지던 소리만 환청처럼 남아 그를 호되게 꾸짖었다. 고독한 싸움이었고 지리멸렬한 과정이었다. 도대체 언제쯤일지 알고 싶었으나 솥 내부에서 일어나는 일을 솥 바깥에서 예단하는 건 어리석은 짓이었다. 그러나 그는 좋은 밥에 대한 갈망을 놓지 않았고 수년의 자취 경력을 추에 집중해 마침내 감을 잡을 수 있었다. 이상적인 맛에 조금씩 다가갈수록 많은 실패 사례의 원인이 의외로 간단히 정리된다는 걸 알게 됐다. 무엇보다 물 조절이 관건이었고 햅쌀과 묵은쌀이 머금고 있는 수분이 다르다는 걸 알아야 했다. 오늘의 방법이 내일은 틀릴 수 있다는 뜻이었다. 그러므로 매뉴얼에만 맞추다가는 실패하기 십상이었다. 일단 어느 정도 익숙해지자 밥솥의 콧김이 이제는 제법 친숙한 수다처럼 들렸다.

포만감에서 숟가락을 놓았는데 팽만감으로 이어지고 있었다. 식도를 아래쪽에서 치받는 압박감에 움직이는 게 불편할 지경이었다. 일단 물로만 부셔놓고 소화나 좀 된 다음에 설거지를 마저 하기로 하고 개수대 앞을 떠났다.

내일이나 하겠군.

진우는 뭔가가 자기를 비웃는 것 같았다.

그렇지! '소화가 좀 된 다음'은 '다음 식사 직전'의 다른 말이지. 누가 뭐라 하는 것도 아닌데 뭐 어때?

그는 속으로 순순히 인정했다. 그래도 약간 찝찝한 부분이 있긴 했다. 한 끼를 집에서 해 먹으면 같은 걸 연달아 먹기 싫어졌다. 그러면 다음 식사는 자취방 근처 자주 가는 백반집에서 해결하기도 하고, 드문 일이긴 하지만 약속이 생기기도 했다. 그런 경우가 잇달아 벌어질 때도 있는데 그러면 개수대에 며칠씩 방치된 그릇이나 냄비의 표면에 물때가 껴서 미끌거렸다. 세제 거품을 잔뜩 내어 씻어도 미심쩍은 기분이 남아 한 번 더 씻어낸 뒤에야 마음이 놓였다.

아무렇게나 살고 있는 주제에 유난은?

"아프긴 싫으니까…… 귀찮아지거든."

진우는 저도 모르게 대답했다. 요즘 그렇게 부쩍 이상한 목소리가 들렸고 간혹 거기에 맞장구를 치기도 했다.

나는 화면에서 깜빡이고 있는 커서를 한참 들여다봤다. '맞장구를 치기도 했다' 그다음에 올 만한 문장이 떠오르지 않았다. "아프긴 싫으니까…… 귀찮아지거든"도 어쩐지 멋만 부리고 마는 대사 같았다.

달력에서는 원고 마감일을 체크해둔 날짜가 다가오고 있었다. 휴대폰에 '세리'로 저장해둔 편집장으로부터 며칠 전에 중간 점검 차원의 메일도 받았다. 세리(稅吏)는 그와 작업해봤던 작가들과 농담을 주고받던 중에 내가 지은 별명인데, 원고를 어찌나 독하게 재촉해대는지 마른걸레에서도 물을 짜낼 수 있다는 세금 징수원이 떠올라서였다. 누구는 독사라 하기도 하고 누구는 저승사자라 하기도 했다. 마감이 다가오면 그렇게 살인적으로 들볶아대니 작가들이 기피할 만도 한데 꼭 그렇지만도 않았다. 경륜이 묻어나는 편집 감각이 미더웠고 자기 작품을 대하듯 국회도서관의 자료를 샅샅이 뒤져서까지 오류를 잡아내주는 성실함으로 감동을 안겨줬다. 게다가 그가 작성하는 신간 보도자료는 그 자체로 작품이라 할 만해서, 작업만 끝나면 그자를 반드시 죽여버리겠다던 작가들도 자기 책의 보도자료를 검토하면서는 열이면 열 모두가 반해버리고 말았다. 그는 작가들이 제게 반쯤 혼이 빠져 있을 때를 놓치지 않고 강을 건너는 배에 다시 태웠다. 신간 계약 말인데, 내가 꼭 그 짝이었다.

편집장은 우리 문학계가 꾸준히 조명해야 할 작가를 선별하고 그의 자선 대표 단편 둘을 포함해 신작 자전소설까지 세 편을 '콤팩트'하게 묶는 시리즈라고 했다. 나를 그 목록의 첫번째 작가로 앉히고자 한다는 소리였다. '첫번째'라는 위상이 마음에 들었고, 내가 수락해야만 다음 목록으로 이어질 작가 섭외가 수월하다는 말에 빠져나갈 핑계가 군색해졌다. 그래도 망설이고 있는데 이어서 말해준 조건에 그만 고개를 끄덕이게 됐다. 목록에 오른 작가는 다음 목록들의 추천 위원이 되고 거부 의사를 표명하지 않는 한 위원의 자격은 시리즈가 이어지는 동안 유지된다는 것이었다. 자본력으로 어중이떠중이를 그러모아 졸속으로 만들어내는 기획은 아니다 싶어 받아들이기로 했다.

문제는 자전소설이란 걸 만만히 봤다는 데 있었다. 프로 작가로 20년 동안 써오면서 어째서 자전소설을 쓸 기회가 한 번도 없었는지 의아했다. 혹시 어떤 인터뷰나 칼럼에서 자전소설에 대해 필요 이상으로 냉소적이거나 비판적인 태도를 보인 게 아닐까 기억을 더듬어봤다. 그러지 않고서야 다른 작가들은 데뷔 몇 년 만에 다 써보는 자전소설을 이렇게까지 미뤘을 이유가 없었다. 아무리 생각해봐도 그런 적은 없는 것 같았고 다만 오래전 어느 술자리에서 '그건 어지간히도 민망한 자위행위'라고 떠든 것 같기는 했다. 많은 술자리 담화의 파편이 그러하듯 도대체 어떤 맥락에서 그렇게 말했는지는 기억나지 않았다.

담배를 들고 마당으로 나왔다. 차고 맑은 밤공기가 이제 반년쯤 된 전원생활을 새삼 실감 나게 해주었다. 달 없이 맑은 하늘이라 별이 잘 보여서 오리온자리를 찾으며 담뱃불을 붙였다. 저 별자리의 알파 별이 폭발할 수 있다는 기사를 최근에 읽은 터라 기회 있을 때마다 천문학과 신화를 뒤적거리는 중이었다. 겨울 밤하늘의 거인이 오른쪽 어깨를 잃는 날을 상상하느라 담배는 몇 모금 피우지도 못하고 필터만 들고 있었다. 한 대 더 꺼내려다 으슬으슬한 기운에 포기했다.

나는 밖에서 묻혀 들어온 냉기와 담배 냄새 속에서 화면 위의 커서를 노려보며 25년 전을 떠올려내려 애썼다. 불광동의 어느 반지하 방에서 살 때였다. 지금 나이의 딱 절반인 스물다섯 살이었고 소설 습작을 본격적으로 시작한 지 5년째로 접어들었을 즘이었다. 대학을 졸업하기 전에 데뷔하고 싶어 꽤 조급했던 기억이 났다. 그 외의 일들은 두꺼운 시간의 장막에 가려져 잘 보이지도 들리지도 않았다. 마치 그 당시에서 지금으로 단번에 건너온 것처럼 모든 게 비현실적이었다.

문장은 그러고도 더 오랫동안 이어지지 못했다. 문득 서재가 갑갑해지면서 커피가 생각나서 노트북을 들고 주방으로 자리를 옮겼다. 커피를 내려야 하는데 매번 원두를 마실 만큼만 갈기 때문에 난감했다. 밤중에 전동 그라인더를 돌렸다가는 아내를 깨울 것 같았으므로 평소에 눈길도 잘 주지 않는 인스턴트 커피로 달랠 수밖에 없었다. 어릴 때도 즐겨 마셨던 브랜드의 믹스 커피였다. 커피 향이랄 건 없이 달기만 했는데 지난 세월 그 단맛에 참 많이도 기댔다. 그러니까, 이십대 때의 믹스 커피는 기호품이라기보다는 음식의 일종이었다. 밥때가 아직 멀었는데 출출하면 한 잔씩 마셨고 당분이 당겨도 마셨다. 대학 구내 자판기에서 한 잔에 50원 하던 것이 150원으로 오르는 것까지 보고 졸업했다. 그동안 밀어 넣은 동전을 모으면 못해도 여행 가방 하나는 채울 거라 장담할 수 있었다.

나는 그때를 회상하며 주방을 둘러봤다. 불광동 반지하 방전체 면적보다 지금의 주방이 더 넓은 것 같았다. 스물다섯 때는 꿈꿔보는 것만으로도 설레던 일의 실제 장면 속에서 가슴 뻐근한 성취감이 느껴졌다. 그때 식기 건조대 한쪽에 놓인 압력밥솥이 눈에 들어왔다. 25년째 아무 탈 없이 밥을 지어주고 있는 바로 그것이었다. 결혼하면서 버릴 뻔한 적이 딱 한 번 있었는데, 아내는 비싸고 편리한 전기압력밥솥을 두고 저

것만 썼다. 훨씬 가벼워 다루기 좋고 밥이 더 빨리 지어진다고 했다. 결혼 당시에는 벌써 망가질 때가 지난 것 같다는 생각이 들었는데 여태 멀쩡한 걸 보면 내 부장품이 될 수 있을 것도 같았다.

볼수록 밥솥 안에서 아직은 형체가 없는 이야기가 꿈틀대고 있었다. 25년 전과 지금을 이어줄 적절한 매개물인 듯했으며 도입부에서 설거지를 미루는 자취생에 대해 서술해놓은 게 의도치 않게 좋은 설정이 되어줄 것 같았다. 마감에 대한 압박감에 뭐라도 시작해보자고 끼적여놓은 것이지만 잘 살릴 수 있었다. 나는 아직 제목을 달지 못해 비워둔 원고 첫머리로 커서를 옮겨 '압력밥솥'이라고 타이핑해봤다. 콩트에나 어울릴 제목 같아 마음에 들지 않았는데 뒤의 두 글자를 지워내니 봐줄 만했다. 어떠어떠한 '압력', 무슨무슨 '압력'이라거나 '압력'의 무엇무엇, '압력'과 이것저것 등도 생각해보았지만 모두 사족이었다.

속이 더부룩해 뒤채다 눈을 떴다. 일어나 앉으니 트림이 나왔다. 달달하면서 맵싸한 강황 냄새가 맡아졌다. 천장에는 형광등이 환했고 책상 위 모니터에서는 기하학적인 무늬가 쉼 없이 출렁이고 있었다. 입력 신호가 없으니 화면 보호 기능이 켜진 것이었다. 모니터의 수명에는 화면 보호 기능이 도움될지 몰라도 진우는 어쩐지 자기가 컴퓨터를 혹사시키고 있는 게 아닌가 걱정되었다. 그런 기분 탓인지 작업을 하고 있는 것도 아닌데 본체에서 쿨러가 돌아가는 소음이 꽤 시끄럽게 들렸다.

신작을 써보려다가 쏟아지는 졸음을 이기지 못하고 잠깐 눕는다는 게 그만 잠에 빠지고 말았다. 시계는 자정을 갓 넘기고 있었다. 먹으면 졸리고, 졸려서 자고 나면 몽롱하고, 정신이 들 때쯤이면 속이 헛헛하고, 뭘 좀 생산적인 걸 하고자 고민하다 보면 아이디어는 나오지 않는데 헛헛함은 자꾸 구체적이고 뚜렷한 허기로 바뀌었다. 그러면 그는 작품 구상을 중단하고 냉장고와 찬장 안의 식재료들을 떠올렸다.

세상은 슬슬 연말을 준비하고 있었지만 그는 하루하루가 우울했다. 신춘문예 투고 시한은 다가오는데 이렇다 할 작품이 없었다. 휴학한 지난 1년 동안 써놓은 것들은 스터디에서 무참히 깨진 이후 다시는 들여다보기 싫었다. 그렇게 낙오자의 기분은 오래전부터 만성이 되어 있었다. 언젠가는 사는 것처럼 살게 되리라 믿고 싶었지만 너무 먼 이야기인 것 같았다. 뭘 잘못하고 있는 걸까.

그럼 설거지부터 해!

또 목소리가 들렸다. 처음에는 사람을 만나지 않으니 대화할 기회가 없어 그런가 싶었다. 이를테면 내면에서 들리는 낯선 목소리 같은 것이었는데, 반복되는 통에 어떻게든 이해해보고 싶었다. 그러나 그것을 설명하려고 정신분열을 들먹이자니 너무 거창했다. 작가 지망생이라면 으레 그러하리라 여기는 전형인 듯해서 언급하기조차 싫었다. 이번 목소리의 경우 '설거지를 함부로 미뤄두는 습관에 대한 누적된 죄책감' 정도면 설명이 충분했다. 그러므로 그는 조금의 두려움도 없이, 지극히 자발적인 의지라고 되뇌며 개수대 앞으로 갔다. 다시 소설을 붙들기 전에 정신을 정돈하는 데 설거지가 도움될 것도 같았다.

그는 압력밥솥을 헹궈 정돈하면서 그것을 마치 처음 보는 물건처럼 이리저리 탐색했다. 볼수록 발명해낸 누군가를 찬양하지 않을 수 없었다. 원리는 간단했고 효용은 지극했다.

좋은 소설도 그렇지 않을까……

누구에게나 익숙한 소재로 편안하게 전개하면서도 깊은 인상을 남기고 싶었다.

어렵게 생각하지 마. 가까이 있는데 못 보고 있는 거야.

진우는 내면의 목소리를 듣자 눈이 갑자기 맑아졌다.

왜 그 생각을 여태 못 했을까.

그는 설거지를 하다 말고 컴퓨터 앞에 앉았다. 빈 페이지에 폭발,이라고 적어보았다. 그러자 이야기가 한꺼번에 떠올랐다.

그래, 평온한 일상에서 압력밥솥이 터지는 걸로 하자. 평소에는 아무렇지도 않던 것이 갑자기 터지는 거지. 하지만 사실은 압력밥솥에 미세한 균열이 생기고 있었을 거야. 제대로 밥을 지어내는 걸 이상하게 생각해보지 않은 주인으로선 균열이나 그 조짐을 절대 알 수 없었겠지. 그렇다면 대체 얼마나 오래 사용한 걸로 해야 할까? 10년? 20년? 한…… 25년? 그런데, 압력밥솥을 그렇게나 오래 쓸 수 있을까? 날이 밝는 대로 제조사에 문의해볼까?

그는 흥분하고 있었다. 폭발의 징후를 전혀 드러내지 않다가 갑자기 터뜨리기보다는 살짝 흘려서 화자가 피해를 면할 기회가 있었지만 놓친 걸로 하는 게 훨씬 좋을 것 같았다. 그래야 문장마다 서스펜스를 깔 수 있었다. 모처럼 뇌가 제대로 작동하고 있는 기분이었다. 이어서 그는 자기 삶에서 꽤 성취를 이룬 중년 남자를 떠올려냈고, 남자의 미래가 불투명하던 젊은 시절부터 변함없이 곁에서 지지하며 사랑해준 아내도 잡아냈다. 남자의 직업을 베스트셀러 소설가로 정하고 나니 도저히 손가락이 근지러워 구상만 하고 있을 수가 없었다. 타이핑을 시작하자마자 컴퓨터 쿨러의 소음이 한결 커졌지만 그는 알아채지 못했다. 그렇게 몇 시간 동안 엉덩이 한 번 떼지 않고 키보드를 두들겨댔다.

"아무래도 이상하네."

아내가 밥을 짓다 말고 울상을 했다. 나는 어젯밤에 못 마신 커피를 진하게 내려 마시며 쓰다 중단한 부분부터 이야기를 구상하던 중이었다.

"뭐가?"

"이거 말야, 밥솥. 어제까지 잘 됐는데 갑자기 안 되네요. 김이 그냥 새버려."

마시던 커피를 식탁에 내려놓고 아내 곁으로 가봤다. 밥솥 뚜껑의 추에서 김이 힘없이 빠져나오는 소리가 들렸다. 추를 이리저리 돌려가며 스팀 배출구에 잘 얹히게 해보았지만 소용 없었다. 추의 무게중심에 이상이 생겨 배출구와 접면을 맞출 수가 없었다.

"추가 자꾸 기울어지네? 탈이 날 때도 됐지 뭐. 철물점 같은 데 가면 있을 거야. 이따 내가 다녀올게, 오늘은 그냥 저걸로 하지."

나는 주방 한쪽에 전시물처럼 잘 모셔져 있는 전기압력밥솥 을 가리켰다.

"응, 이게 당신 조강지천데 고쳐서 써야지. 꼭 고쳐줘요. 그 나저나 짓고 있던 중이었는데 밥이 되려나?"

아내는 농담처럼 말하고 전기밥솥으로 쌀을 옮겨 담기 시작 했다. 나는 아내의 말을 흘려들으며 커피 잔을 집어 들려다가 흠칫 놀라서 동작을 멈췄다. 아내의 말투가 어딘가 평소와 다 른 것 같았는데, 그보다는 압력밥솥을 조강지처라 표현한 데 서 몹시 짙은 기시감이 확 끼쳤기 때문이었다. 나는 심장의 고 동을 고스란히 느끼며 서재로 향했다.

노트북을 열고 부팅되는 동안 초조하게 목덜미를 쓰다듬었 다. 부팅이 완료되자마자 손바닥에 눅눅하게 땀이 묻어난 것도 개의치 않고 하드디스크를 뒤졌다. 몇 가지 시작프로그램들이 활성화되느라 액세스가 더뎠다. 내가 찾는 것은 문청 시절에 썼던 습작들의 폴더였다. 거기에 투고와 낙선을 거듭하던 시간 동안 모은 40여 편의 단편소설이 쌓여 있었다. 모두 서툰 솜씨에 수준도 들쑥날쑥해서 재활용의 가치가 없는 것들이 다수였다. 나는 기억을 더듬어 찾고 있는 습작의 위치를 가늠해봤다. 10년 습작기 중에서 휴학까지 감행해가며 맹렬하게 써댈 때니 스무번째 안쪽 어딘가일 것 같았다.

거기까지 생각이 미치자 불안해졌다. 물건을 잘 버리지 못하는 강박이 있는 데다 내 창작품이기도 해서 소설을 쓰기 시작한 때부터 각 작품마다 폴더를 생성해 저장해놓고 있었는데 전반기 스무 편은 원본이 없었다. 어느 날 갑자기 컴퓨터가 말을 듣지 않아 포맷해본다는 게 그만 하드디스크를 몽땅 날려버린 탓이었다. 파티션을 나눠 저장해두고 있었기 때문에 문제가 없다 생각했는데 포맷하고 윈도우를 다시 설치하는 과정에서 옵션을 잘못 선택한 것 같았다. 지금 생각하면 기억도 잘 나지 않고 별 의미도 없을뿐더러 오히려 누가 볼까 무서운 습작품들이지만 당시에는 전 재산이나 다름없었기 때문에 입맛도 없이 며칠을 보냈다. 다행히 스터디에서 합평을 받았던 출력본들이 따로 남아 있어서 학교 컴퓨터실에 틀어박혀 일일이 스캔을 떴다. 작품들은 각각 적게는 아홉 페이지에서 많게는 열다섯 페이지에 이르렀기 때문에 모두 저장하는 일이 만만하지 않았다. 그래도 그때는 마치 호수에 빠뜨려버린 지폐들을 건져내는 심정이었기 때문에 절박했다. 그러는 와중에도 애써 지폐를 건져내보니 모두 백지였더라는 식의 스토리가 떠오르기도 했다. 가장 절박한 순간에도 소설을 생각하는 스스로를 대견하게 여겼던 것도 새록새록 기억났다. 언젠가는 스캔한 것 모두를 퇴고하는 셈으로 다시 타이핑해서 제대로 저장해두겠다고 다짐했지만 차일피일 미루며 신작에만 신경을 쏟았지 퇴고는 생각도 하지 않았다.

찾던 것은 이미지로만 저장된 전반기 습작 스무 편 중 마지막인 「악령」이었다. 합평을 받을 때 누군가 도스토옙스키를 말한 듯 '도스토옙스키!!'가 신경질적인 필체로 제목 옆에 적혀 있었고 그 아래로 선을 빼서 '차라리 원래대로 폭발'이라고도 메모되어 있었다. 나는 그것을 한달음에 읽었다. 작가 지망생이던 청년이 악령에게 영혼을 맡기기로 서약한 뒤 곧바로 데뷔하게 되며 승승장구해서 대스타 작가의 반열에 오른다는 내용으로 전개되고 있었다.

주인공의 이름은 진수였다. 내 이름의 '우'를 '수'로 바꾼 것인데 지금도 가끔 써먹고 있는 방식이었다. 작가 지망생 진수는 오랜 습작기 중에 장난삼아 연습장에 악마와 맺을 계약서를 만들어봤다. 스물다섯의 내가 고안해낸 그것은 잘해봐야 임대차계약서나 흉내 낸 듯 조문들이 조악하기 이를 데가 없었다. 그래도 계약서의 꼴을 갖추느라 갑의 자리는 공란으로 두고 을의 자리에 주인공의 이름 '오진수'를 적었다. 오진수는 자기 이름 옆에 서명을 남겨두고 머뭇거렸다. 장난이라지만 위험한 것 같아서였다. 신앙이 있는 것도 아니어서 너무나 유치한 걱정인 줄 알면서도 선뜻 펜촉을 댈 수 없었다. 그러다가 이미 자필로 조문을 적고 이름도 써놨으니 서명한 거나 다름없지 않을까 하는 의구심이 들었다. 또 한편으로는 진짜로 서명을 추가해서 악마와 계약하는 기분을 온전히 느껴보고 싶었다. 마침내 그는 될 대로 돼버리라는 심정이 되어 날렵하고도 거창한 필체로 서명했다. 하늘이 어두워지며 천둥 번개가 친다거나 자취방의 형광등이 발작한다거나 느닷없이 강풍이 불어 창문을 흔든다거나 하는 일은 없었다. 더없이 고요했고 이따금 주택가의 일상적 소음이 들릴 뿐이었다. 오진수는 스스로에게 비애를 느끼며 계약서가 적힌 연습장을 찢어 쓰레기통에 버렸다. 그리고 '거짓말처럼' 이듬해 신춘문예에서 당선됐다.

오진수는 작품 활동을 시작하면서도 그가 작성했던 계약에 근거한 상황임을 알지 못했다. 그리고 빠르게 평단과 대중에게 주목받으며 동료 신인들의 질투를 샀다. 그는 쏟아지는 원고 청탁을 단 한 번도 거절하지 않았다. 마감일도 어기는 법이 없었고 심지어는 마감일을 한참이나 남겨놓고 완성한 다음 공들여 퇴고하는 일이 많았다. 무궁무진한 이야기가 있었고 데뷔하기 전에 써본 습작들이 요긴하게 역할을 해주었다. 한 인터뷰에서 어떻게 그런 다작이 가능하냐는 질문을 받았는데,

그는 접신한 것 같다는 말로 눙치고 넘어갔다. 기자는 더 이상 질문하지 않고 말한 그대로 제목을 뽑았다.

신이 선택한 작가 오진수!

좀 민망하긴 했지만 그의 의도대로 사람들은 그걸 일종의 비유로 받아들였을 뿐 특별히 주목하지는 않았다. 그래도 기사 덕분에 책의 판매고는 한층 더 상승했다.

오진수의 행운은 데뷔 10년 만에 절정에 이르렀다. '출판사의 강력한 권유로' 써낸 첫 장편이 메가 베스트셀러가 되는 부분이었다. 그 뒤에도 10년 동안이나 정점에서 흔들림 없이 작가 활동을 이어갔다.

나는 손이 떨리는 줄도 모르고 계속 읽어나갔다. 읽은 부분까지의 경위는 마치 자서전처럼 내 지난 삶과 일치하고 있었다. 데뷔 전부터 사귀던 후배와 결혼을 했다거나 고단하고 불확실한 삶에서 2세까지 책임질 자신이 없으므로 아이를 갖지 않기로 한 설정도 그렇고 첫 장편 이후 매월 뭉텅이로 들어오는 인세를 모았다가 지난여름 결혼 15주년에 맞추어 서울 외곽 중에 한적한 곳을 찾아 저택을 지었다는 부분까지 있는 그대로였다.

이제 오진수의 추천사나 독후감은 신인 작가의 판매고를 좌지우지할 정도로 그 이름값이 막강해져 있었다. 그러던 중 출판사로부터 좋은 기획을 제안받아 자전소설에 착수한 참이었다. 어느 날 아침, 오진수가 25년째 버리지 않고 잘 사용하던 압력밥솥이 고장 났다. 그의 아내가 아침을 짓다 이상을 발견했고 그는 대수롭지 않게 여기며 철물점에서 추를 새로 사 오면 된다고 했다.

"응, 이게 당신 조강지천데 고쳐서 써야지."

오진수의 아내가 그렇게 대답했다.

나는 이 대목에서 이마를 짚고 숨을 골라야만 했다. 이어지는 내용은 끔찍했다. 압력밥솥이 고장 났을 때 그것을 잘못 고쳐 쓰다가 폭발하는 바람에 오진수의 아내가 크게 다치고 결국 죽어버리는 이야기로 이어졌다. 오진수의 아내가 다치는 장면은 굉장히 자세히 그려져 있었다. 스물다섯의 나는 젊은 혈기에 묘사의 균형 따위 고려하지 않은 것 같았다. 아니, 그런 걸 고려할 수 있을 만한 훈련이 부족했다. 그저 어디선가 그로테스크한 묘사를 봤을 테고 그렇게 묘사하면 주목받을 거라 생각한 게 뻔했다. 안구가 어떻게 되고 상악이네 하악이네 하며 외과적 용어를 주워섬기는가 하면 피부가 찢어져 너덜거리며 근육과 뼈가 드러났다느니, 파편이 기도에 박혀 비명조차 지르지 못하고 바람 소리만 냈다느니 하면서 인물을 비참하게 만들기 위해 안간힘을 쓰고 있었다.

"더럽게도 써 갈겨놨네."

나는 마음을 조금 추스른 뒤에야 계속 읽을 수 있었다.

오진수는 압력밥솥의 폭발 원인을 알아보았다. 규격에 맞지 않는 추를 얹어 쓰는 바람에 적절히 빠져나가야 할 압력이 내부에 쌓여버렸고 급기야 쌀의 전분이 배출구를 막았다. 자신이 아내를 죽였다는 죄책감에 시달리던 그가 결국엔 서재의 높은 천장에 노끈을 걸어 자살하는 것으로 소설은 끝났다. 결말부에서는 서재의 허공에서 경련이 잦아드는 두 발을 묘사했고 이어서 흐릿한 기운이 서재를 나와 거실을 가로지르고 주방으로까지 옮겨 가는 장면을 이용해 주방의 가스레인지 위로 독자의 시선을 이끌었다. 거기엔 멀쩡한 압력밥솥이 있었다. 압력밥솥은 조용히 줌인되었다. 그리고 가열하지도 않았는데 서서히 김을 내뿜기 시작했고 마지막에는 '성난 악마의 거친 콧김'과 같은 압력이 쏟아져 나오기 시작했다. 그리고 내레이터가 갑자기 등장해서는 그 소음을 일컬어 '마침내 빛을 받아낸 악마가 외치는 승전보'라고 했다.

"식사해요."

주방에서 아내의 목소리가 들렸다. 내가 습작을 읽는 사이 밥상이 차려져 있었다. 나는 서둘러 주방으로 갔지만 무엇부터 어떻게 말해야 좋을지 몰랐다. 오늘 아침, 아내는 유난히 아름다워 보였고 그 무엇으로부터도 훼손돼서는 안 되는 존재라는 걸 새삼스레 확인할 수 있었다.

"여보 있잖아. 저거, 이제 버리는 게 어때?"

나는 주방 한쪽에 치워져 있는 압력밥솥을 가리키며 단도직입적으로 말했고, 그래도 모자란 것 같아 덧붙였다.

"너무 낡았잖아."

식탁에 밑반찬을 놓던 아내는 나를 바라보며 아름답고도 편안히 미소 지으며 말했다.

"응, 저게 당신 조강지천데 고쳐서 써야지. 꼭 고쳐줘요."

하마터면 나는 그 자리에서 뒤로 넘어질 뻔했다.

"당신, 지금…… 내 말 잘못 들은 거야? 버리자고 했는데?"

아내는 내 말이 끝날 때까지 기다리다 눈만 한 번 깜빡이곤 조금 전과 똑같이 미소 짓고 동일한 톤으로 말했다.

"응, 저게 당신 조강지천데 고쳐서 써야지. 꼭 고쳐줘요."

"아니, 그게 아니라!"

나는 말문이 막혀 아내를 빤히 바라보기만 했다.

"왜 그래요? 요새 작업이 잘 안 돼요?"

그제야 아내는 평소의 말투와 표정으로 돌아와 있었다. 나는 안심이 되는 한편으로 싸늘하고 가느다란 혀가 심장을 집요하게 핥는 기분을 느꼈다.

신춘문예 시즌을 앞둔 때이니만큼 현장에서 왕성히 활동하고 있는 선배가 스터디에 '왕림'해준다고 해서 잘 나오지 않던 부원들까지 얼굴을 비쳤다. 작은 동아리 방이 모처럼 꽉 찼다. 선배는 진우보다 10학번쯤 위였는데, 매스컴에 비치던 모습은 무얼 물어보더라도 상냥하게 대답해줄 사람처럼 화사했으나 실물은 딴판이었다. 선배는 아무렇게나 뒤로 모아 묶은 머리에서 굵은 고무줄을 끌렀다가 싸움을 시작하려는 사람처럼 한 올 한 올 짱짱하게 정돈해서 다시 묶었다. 그런 뒤 담배를 물며 자기를 언니나 누나라고 부르지 않으면 돌아가겠다고 했다. 진우는 소설가를 그렇게 불러보는 건 처음이라 스터디 내내 선배를 흘깃거렸다. 선배의 눈짓과 손짓, 말투, 심지어는 담배를 무는 모습까지 눈에 담아뒀다가 다음에 저 자리에 앉게 되면 써먹을 작정이었다.

"도스토옙스키를 읽어보기는 했니? '악령'하면 누대에 걸쳐 도스토옙스키인데 이걸로 이제 '악령'하면 오진우로 바꿀 수 있겠어? 배짱을 부리려거든 제대로 읽어나 보고 부려."

선배는 합평 내내 직설적이었다. 진우는 그런 태도마저 본받고 싶었는데 자기 차례에서는 당황되는 걸 어쩔 수 없었다. 동아리 부원 중에서 비교적 고학번이라 유난히 날카롭게 쏘아대는 것도 같았다.

"25년 뒤의 세계랑 현재의 세계가 너무 똑같잖아. 날아다니는 택시 같은 걸 그려내라는 게 아니라, 적어도 철물점은 아니어야지. 이 베스트셀러 작가가 사는 세상에서는 압력밥솥 추 같은 아무리 사소한 거라도 인터넷으로 주문하고 그럴 것 같지 않아? 설마 니들, 아마존 하면 밀림만 떠올리는 거야? 어? 진짠가 보네? 제발 좀 각성하자, 응? 어떻게 젊은 애들이 이 늙은이만 못하니?"

진우는 지극히 맞는 말이라 뜨끔했다. 좋은 조언인 것 같아 반영하기로 하고 '철물점'에 짙게 동그라미를 치고 여백까지

선을 뽑아서 '인터넷'이라고 메모해뒀다. 선배는 계속해서 출력물을 뒤적였다.

"더럽게도 써 갈겨났네."

폭발한 밥솥에 주인공의 아내가 다치는 장면이었다.

그건 수긍하기 어려웠다. 무언가에 홀린 듯 단박에 썼고 필력을 보여줄 수 있는 묘사라고 자부했다. 그만큼 애착을 두고 있었기 때문에 자기 취향과 좀 다르다고 해서 더럽다고까지 하는 말에는 반발심이 생겼다.

"너 지금 내 취향에 안 맞다고 막말하는 게 불만이지? 잘 들어. 아무리 빼어난 묘사라도 대상에 대한 연민이나 존중이 안 보이면 껍데기에 불과해. 이건 그저 흥미 좀 끌어보려고 애먼 인물 하나 작살내버리는 거라고. 포르노랑 뭐가 달라?"

진우는 출력물 위에 뭔가 끼적이는 척했지만 선배의 말을 듣고 있지는 않았다.

스터디가 끝나고 다들 뒤풀이를 하러 교정을 빠져나가는 길이었다. 진우는 내키지 않아 일행과 거리를 두고 걸었다. 이대로 사라져버리자니 스터디에서 깨져서 그런다고 속 좁게 볼 것 같아 마음대로 할 수도 없었다. 그때 누군가 뒤에서 그를 불렀다.

"선배, 어깨 펴요."

얼굴은 아는데 별 교류는 없던 후배였다. 사회복지학과인가 그랬고 동아리 부원인 건 알고 있었지만 오랫동안 나오지도 않고 습작을 써 내는 것도 아니어서 탈퇴한 걸로 여기고 있었다.

"선배, 저 잘 모르죠? 저는 아는데. 휴학까지 하고 열심히 쓰고 있다고 소문 자자해요. 이번 소설 저는 좋았어요. 진짜예요. 오늘 저 언니가 한 말은 반만 듣고 반은 흘려버려요."

평범한 인상이라 별로 눈에 띄지 않았는데 앞을 향해 턱짓을 할 때 진우는 날렵하고 매끈한 얼굴선에 시선을 뺏겼다. 후배는 얄미운 걸 보는 표정으로 정면을 향해 눈을 한 번 흘기곤 진우와 어깨를 나란히 하고 걸었다. 진우는 제 소설의 어디가 어떻게 좋았다는 건지 좀더 듣고 싶었다.

"선배는 뒤풀이 가야 하죠? 오늘 발표도 했으니까. 저는 어색해서 빠지려고요."

"아, 아니야. 안 가도 돼."

진우는 서둘러 말했고 자기 말투에 놀라 멍해졌다. 후배는 그런 그를 보고 예쁘게 웃었다.

그날 평소처럼 아내를 그냥 보내버리고 뒤풀이에 갔더라면 지금은 어떻게 돼 있을까. 그때부터 무려 5년의 습작기가 더 이어졌다. 아내가 꾸준히 독려하고 응원해주지 않았더라면 못 버텼을 시간이었다.

봉사 활동을 하러 시내에 나가 있는 아내에게 메시지를 보냈다.

—저녁에 외식할까?

—냉장고에 먹어치워야 할 게 많아요.

—그래, 운전 조심해서 와.

모처럼 분위기를 내볼까 했는데 싱거워졌다. 일을 마쳤을 시간이 아직 아니었으므로 더 방해하지 않기로 했다. 그런데 아내에게서 다시 메시지가 들어왔다.

—인터넷에 주문은 했어요?

—뭘?

—뭐긴 뭐야. 밥솥 추!

—추?

—그래요. 추! 얼른 고쳐줘요.

아내가 미간을 찌푸리던 표정이 떠올랐다. 나는 어리둥절했다.

—내가 인터넷으로 산다고 했어?

—이제 와서 발뺌?

—아니, 철물점에서 사 오겠다고 한 것 같아서.

—당신 요새 소설 진짜 안 풀리나 보다.

—인터넷이라고 한 게 분명해?

—분명하고요, 웬 철물점? 배송비보다 기름값이 더 나옴.

나는 얼른 주문하겠다고 답하고 25년 전 습작 「악령」을 찾아 밥솥이 고장 나는 장면을 주의해서 읽었다. 거기엔 분명히 어제까지만 해도 철물점에서 사 오겠다고 한 오진수의 대사가 인터넷으로 주문하겠다고 한 걸로 바뀌어 있었다. 무슨 원리인지 알 수는 없었지만 지금 내가 쓰고 있는 게 반영된 것 같았다. 나는 실험해볼 게 떠올라 급히 노트북을 켜서 자전소설을 열었다.

아내가 다치는 장면도 합평회에서 선배의 지적에 반발하는 게 아니라 순순히 받아들이는 걸로 바꿔봤다. 끔찍하고 억지스러운 묘사는 모두 지우고 담담하게 고쳐 쓰도록 했다. 그러자면 소설 속 인물이 모니터를 바라보며 고민하는 것처럼 묘사하더라도 결국엔 작가인 내가 직접 대안을 내놓아야 했다. 내가 썼되 주인공의 입김이 느껴지도록 하는 게 관건이었다. 나는 아내에게 미안했지만 사고 장면을 집요하게 상상해봤다. 그리고 필요한 요소만 뽑아내 간결한 문장으로 나열했다. 다 써놓고 읽어보니 구체적으로 묘사되어 있을 때보다는 냉정하게 여백을 둔 게 읽는 이로 하여금 상상력을 적극적으로 사용하도록 했고 그래서 같은 장면인데도 훨씬 더 비참했다. 나는 모니터의 「압력」에서 눈을 돌려 출력해놓은 「악령」을 조심스럽게 들췄다. 그러나 기대했던 것과는 달리 사고 장면에는 토씨 하나 달라진 것이 없었다.

쓰면서도 본능적으로 느끼고 있었는데, 방금 내가 내놓은 문장들은 스물다섯의 나로서는 불가능한 수준의 것들이었다. 이건 개연성의 문제였다. 도무지 문장이 발전되지 않아 절망하고 있는 작가 지망생을 그리면서 그가 썼다고 설정한 문장마다 숙련된 프로의 기술이 스며 있으니 말이 되지 않았다. 명창이 음치를 흉내 내듯 해야만 했다. 그러나 흉내를 냈다는 티가 나서는 안 되었다. 지금까지 갈고닦아온 방식의 정반대의 길이라 어려웠다. 정보를 누락시켰다 생각했는데 과감한 생략과 함축처럼 보였고 사족을 달면서도 은연중에 어절 간의 행보를 계산하고 있어 의도적인 만연체가 되어버렸다. 아무리 어려워도 내 자존심이 포기하도록 두지 않았다. 진짜 수준 있는 작가라면 이런 작업도 너끈히 해낼 수 있어야 한다고 스스로를 채찍질하며 오랫동안 썼다 지우길 반복했다.

성공이었다. 「압력」에서 새로이 생성한 문장들이 25년 전 습작의 출력물 위로 고스란히 옮겨 가 있었다. 한편으로는 지금 돌아가고 있는 정황이 분명해져서 안도되었는데 다른 한편으로는 막연했던 두려움의 정체를 대면한 셈이어서 절망적이었다. 나는 요동치는 심장을 진정시키기 위해 숨을 골랐다. 아내가 죽고 나도 죽는다는 「악령」 후반의 플롯은 허구가 아님이 이로써 분명해졌다.

내가 죽지 않기 위해서는 아내가 죽지 말아야 했고 아내가 죽지 않기 위해서는 밥솥이 폭발하지 말아야 했다. 그런 식으로 따져보니 애초에 압력밥솥이 등장해서는 안 되었다. 그러니까 「악령」은 존재해서는 안 되는 소설이었다.

너무 늦었어……

나는 스물다섯 살짜리 작가 지망생이 썼을 법한 다른 이야기를 현재의 마감이 당도하기 전에 지어내야만 했다. 소설가로 활동을 시작한 이래 이렇게나 어려운 과제가 또 있었던가. 『천일야화』의 세에라자드도, 「칠보시」의 조식도 지금의 나만큼 절박하진 않았을 것 같았다.

합평회 이후 소설가 선배가 했던 말들이 진우의 머릿속에서 쉼 없이 되살아났다. 잊으려고 할수록 또렷해지는 것 같았다. 특히 소설가의 아내가 다치는 장면의 묘사에서 선배가 지적했던 말들이 진우를 괴롭혔다. 선배의 조언대로 고치려니 아무래도 써놓은 묘사들이 아까웠다. 원 버전의 파일을 따로 저장해두긴 했지만 문장들을 지우려니 오장육부 중 몇 개를 떼어내는 것만 같았다. 대체할 문장들이 떠오르지도 않아서 지워낸 자리만 하염없이 들여다보고 앉아 있었다.

해결해야 할 고민은 또 있었다. 후배는 결말을 바꿔달라고 했다. 부부가 불쌍하다는 소리였다. 그 말을 할 때 테이블 위에는 빈 맥주병이 여섯 개쯤 쌓여 있었다. 차나 한잔하며 소설 얘기를 더 하러 조용해 보이는 카페에 들렀다가 메뉴에 맥주가 있는 걸 발견했다. 둘 다 빈속이었고 주량이 약했다. 후배는 부부를 죽이지 않으면 안 되겠느냐고 응석 부리듯 졸랐다. 그랬다가는 소설이 완전히 엎어진다는 소리는 하나 마나였다. 그걸 모르고 하는 소리 같지도 않았다.

"제가 왜 동아리에 안 나오게요? 합평하고 있으면 나도 모르게 우울해진단 말이죠. 다들 너무 죽여대거든. 아니면 벗기

거나. 안 그럼 소설이 안 되나 봐요? 그런 거예요?"

그 순간 진우는 후배가 정말 취한 건지 취한 척하고 있는 건지 헷갈렸다.

"선배는 안 죽이고 안 벗기고도 쓸 수 있지 않아요? 잘 쓰잖아요."

그 뒤로 후배를 택시 태워 보낼 때까지 진우는 넋을 반쯤 빼놓고 있었다. 후배의 주문은 스터디 때 선배가 쏟아낸 많은 지적보다 강한 힘으로 진우를 밀어붙였다.

진우는 옅은 숙취를 느끼며 컴퓨터 앞에 앉아 있었다. 어제 일을 생각하다 말고 문득 이게 다 허구라면 어떻게 되는 건가 궁금해졌다. 자신이 누군가가 쓰고 있는 유치한 성장기 속의 주인공이라면, 그래서 그 누군가가 선배도 등장시키고 후배도 만나게 한 거라면 자신의 역할은 무엇일까 생각해봤다. 소설의 끝은 정해져 있기 마련이고 세계는 온갖 작위투성이인 셈이었다. 갑자기 허무해졌다.

다시 왔구나.

진우는 의지를 불태우는 시간이 끝나고 이제 막 그 잔불 위로 냉기가 몰려드는 허무의 시간으로 들어선 걸 알았다. 신작을 쓴 뒤 스터디를 치르고 나면 늘 그랬다. 이러다 또 말 걸 알기에 그냥 자신의 현 상태를 알아채는 것 외엔 할 게 없었다. 이 허무의 시기를 조금이라도 줄이려면 순응해야 했다. 뭘 하려고 애쓰지 말고 흐름을 감지해보는 것. 그러므로 지금은 자신의 신념을 앞세워 선배나 후배의 조언에 맞설 때가 아니었다.

흐름이 시키는 대로 문장을 채워나가고자 했다. 소설가의 아내도 살리고 소설가도 살려내려 했다. 그렇게 해서 소설이 되든 말든, 그 길로 가보아야 이 허무의 시기가 끝날 것 같았다. 안 죽이고 안 벗기고도 좋은 소설을 써보라는 요구는 후배의 청탁이 아니라 운명의 지엄한 명령처럼 귓전을 반복해서 때렸다. 진우는 심호흡을 하고 키보드에 손을 얹었다. 이럴 때마다 진우는 왜 그런지는 모르겠지만 사랑하는 이를 보내기 위해 진혼곡을 연주하는 피아니스트의 마음이 떠올랐다.

그 순간 컴퓨터 본체에서 쿨러 돌아가는 소리가 한결 시끄러워진다 싶더니 발악하듯 소음을 내다가 뚝 끊겼다. 그러자 사위가 거짓말처럼 고요해졌다. 어느 구석에서 부스러기만 떨어져도 들릴 것 같았다. 그런데 키보드와 마우스가 모두 먹통이었다. 화면에 떠 있는 활자들을 단 하나도 고칠 수 없었다. 그는 급한 대로 전원 버튼을 눌러 컴퓨터를 잠재웠다. 그리고 속으로 열을 센 다음 다시 전원을 넣었다. 일단은 정상적으로 작동하는 것처럼 보였다. 그러나 윈도우 로고가 뜨는 동시에 본체의 쿨러가 다시 급격하게 돌아가기 시작했고 부팅 단계로 넘어가기 전에 모든 과정이 쿨러의 소음과 함께 멈춰버렸다.

하필이면 지금……

진우는 마지막으로 컴퓨터를 정비했던 게 언제였던지 떠올려보며 윈도우 시디를 찾기 위해 책상 서랍을 하나하나 열어

보았다.

아무리 생각해도 다른 결말이 떠오르지 않았다. 내가 모자라서가 아니라 다른 결말이 없기 때문인 것 같았다. 컴퓨터가 고장 나지 않고 소설을 고치는 장면으로 매듭지으려고도 해봤다. 그러나 예술가의 양심이 허락하지 않았다. 그렇게 끝내버리면 앞서 매설한 장치들이 모두 헛소리에 지나지 않게 되었다. 극적 재미를 위해서도 이게 맞았다. 써야 하는 대로 썼으나 괴로웠다. 눈을 질끈 감고 앞으로 벌어질 일을 상상했다.

차고 문이 열리는 소리가 들렸고 잠시 뒤 아내가 들어왔다. 어딘가 고단한 표정이었다.

"힘들었나 봐? 어디 봉사 활동이랬지?"

"맨날 하는 건데 뭐. 소설은? 잘돼가요?"

"어…… 어떻게 끝내긴 했어."

"잘됐네…… 그럼 이제 그 수염 좀 깎지 그래요? 볼 때마다 내가 놀라."

"아, 그런가? 알겠어. 근데 정말 별일 없었어? 얼굴이 안 좋아 보여."

나는 아내를 따라 안방으로 들어가 외투를 받아주며 물었다. 아내는 한숨을 한 번 내쉬고 말했다.

"추는 주문했고요?"

나는 어떻게 말해야 할지 난처해졌다. 소설을 그렇게 끝냈으니 추를 주문하는 건 자살행위였다. 모든 걸 설명해서 아내를 불안하게 할 수도 없었다. 일어날 일이 사실이라고 믿더라도 불안할 것이고 내 말을 무시하더라도 남편의 정신 상태를 걱정할 게 빤했다.

"그게……"

아내는 내 말을 듣지도 않고 화를 내기 시작했다.

"당신 정말 너무한다. 왜 여태 주문도 안 했어요? 내가 그냥 사버리고 말지 해봤는데 도저히 이해가 안 돼서 참을 수 없네. 내가 당신더러 밥을 하라 그래, 설거지를 하라 그래? 차려주면 먹고, 먹고 나면 수저만 내려놓고 가서 그 좋아하는 소설이나 쓰라고요. 근데 추 하나 구해주는 게 그렇게 어려워? 그냥 추예요. 나는 그냥 추 하나면 된다고, 추 말이에요 추!"

아내는 급기야 눈이 그렁그렁해져서 안방에서 나가버렸다. 나는 마음만 급해져서 어찌할 바를 모르고 침대에 걸터앉았다. 현실에서 밥솥을 끝내 고치지 않고 버티면 어떻게 되는 건지 생각해봤다. 소설을 그렇게 비극으로 치닫도록 내버려둔 건 일말의 가능성에 모험을 걸어보자는 심정이 생겨서기도 했다. 그러나 아내의 내면에 쌓이고 있던 어떤 압력에 대해서는 짐작도 못 하고 있었다. 나는 당장 추를 주문해야 했다. 머리로는 그러지 말라고 외치면서도 손은 휴대폰의 쇼핑 앱을 열어 추를 검색했다. 그리고 아내의 목을 조르는 무서운 기분으로 주문 버튼을 눌렀다.

달력을 봤다. 마감은 하루 앞으로 다가와 있었다. 편집장에게 어떻게든 사정해서 미룰 수밖에 없었다. 이대로 송고해버리면 아내와 내가 위험했다. 그때, 가운의 주머니에 들어 있던 휴대폰이 몸부림치며 울려댔다. 발신인 창에서 '세리'가 껌뻑이고 있었다. 나는 받지 않고 끊어지길 기다렸다. 그러나 건 쪽에서 배터리가 있는 한 절대 끊지 않겠다는 의지가 전해져왔다. 끊어지면 다시 걸고 또 끊어지면 그래도 다시 걸 기세였다.

모르는 얼굴

안녕 제인?

넌 콧날이 예쁘구나. 헬렌보다 미인인데? 걘 네 상대가 되려면 아예 다시 태어나야 할 거야. 그래, 내가 그렇게 해줬지. 내 솜씨 알잖아. 아무도 눈치 못 챌걸? 그게 개한테 도움이 될지 어떨진 모르겠지만 말야. 잘못되더라도 어쩌겠어. 난 원하는 대로 해줬을 뿐이야. 어지간히 유별나야지들. 하여간 잘 왔어. 난 너처럼 원래 예쁜 애들한테는 좀더 신경이 쓰이더라. 사람 사는 게 다 그런 거 아니겠어? 자, 그럼 시작해볼까?

며칠 동안 저녁마다 수십 개의 증명사진이 웹하드에 올라왔다. 하루치 작업량이 아니라는데도 선배는 막무가내였다. 클레임은 회사가 알아서 할 테니 일단은 물량부터 빼달라고 연일 닦달이다. 현관 앞에 둔 백 리터짜리 종량제 봉투는 편의점

음식의 포장물들로 차곡차곡 채워지고 있고 뱃살은 눈에 띄게 불었다. 통장 잔고도 늘었다. 좋은 수입원이 생겨서라기보다는 일 때문에 돈 쓸 겨를이 없어서다.

어때, 제인? 맘에 들어? 어딜 지원하든 부디 합격하길.

안녕? 마틸다.

선배의 표현으로 '대박'이었다. 채용 시장은 줄었는데 이력서를 쓰는 사람은 점점 늘어난 덕이었다. 선택받지 못한 이력서는 스펙이 부실하고 자기소개서가 밋밋했다. 작성자들은 당장 어떻게 해볼 수 없는 것들은 미뤄두고 증명사진을 손댔다. 표정이 너무 딱딱한 건 아닌지, 미소가 어정쩡해 보이지는 않는지 의심했다. 내 생김새가 정말 이렇게밖에 안 되었던가 하는 회의도 밀려왔다. 자신의 진면목을 드러내기에 여러모로 부족했으므로 사진은 아무것도 증명하지 못한 거나 마찬가지였다. 그래서 직접 조금만 보정해봤다. 좋은 인상을 주기 위해, 진취적이고 성실한 인재라고 호소하기 위해, 보기보다 훨씬 괜찮은 사람임을 강조하기 위해, 무엇보다 적어도 '내가 알고 있는 나'처럼은 보여야 했기에 사진을 고쳤다. 그러나 이건 SNS 따위에 올릴 프로필 사진이 아니었다. 포토샵을 좀 다뤄봤다는 사람들도 어딘가 인공적인 얼굴을 선뜻 이력서에 붙이지 못했다. 선배는 거기서 사업성을 감지했다. 현수막이나 배너 같은 걸 제작해주는 작은 업체로선 분에 넘치는 의뢰가 쏟아졌고 선배는 인맥을 총동원해야 했다.

일을 할수록 요령이 붙어 한 명을 고치는 데 드는 시간이 점점 줄고 있다. 그런데 마틸다의 작업이 유난히 길어진다. 잘 만져진 것 같은데 개운치가 않다.

마틸다는 아주 평범한 얼굴이다. 이런 얼굴은 복도에서, 지하철 승강장 건너편에서, 길거리에서 얼마든지 마주칠 수 있다. 마틸다에게 시선을 빼앗기는 사람은 아마도 드물 것이다. 그러니까 마틸다는…… 호감이 느껴질 때까지의 시간이 상대적으로 좀더 필요한 얼굴이다. 특징을 잡아내기 힘든 얼굴은 어떻게 하든 하나 마나 한 작업이 되고 만다. 이대로 보내면 재작업을 요구할 수도 있다. 그러므로 나는 지금 이 순간만큼은 마틸다를 충분히 이해해야 한다. 사랑해야 한다.

어쩌면 마틸다는 정말 사랑스러운 여자일지도 모른다. 사진으로는 좀처럼 드러나지 않을 뿐이다. 아마도 마틸다는 주위 사람들과 비교적 좋은 관계를 형성하며 성장했을 것이다. 물론 다툴 때도 있었지만 그럴 때마다 상대를 더 효과적으로 설득하는 법과 본인이 덜 굴욕적으로 사과하는 요령을 깨우쳤다. 대학에 들어가서야 아르바이트를 해서 번 돈으로 화장품을 마련하기 시작했으며 1년쯤 어색하고 서툰 여러 화장법 사이에서 헤매다가 차츰 자기 얼굴형에 최적화된 화장술을 익혀 일관된 이미지를 만드는 데 성공했다. 친구 따라 한두 번 가본, 용하기로 소문난 사주 카페에서 초년 운이 조금 약하긴 해도 만년에 반드시 크게 일어선다는 소리를 들었다. 남자는 곧 나타나는데 그 인연을 놓치면 10년쯤은 더 기다려야 한다고 했다. 점쟁이의 말을 곧이곧대로 믿은 적은 없지만 당장의 소소한 실패에 자존감을 잃지 않을 수 있었고 눈에 드는 남자가 나타나면 이유 없이 조급해졌다.

그런데 어쩌면,

얼굴형이나 이목구비의 선이 굵어서 고집이 세 보이는 걸 트집 잡을 수는 있겠다. 어떤 사람은 고지식한 성격이라고 단정해버릴 것이다. 관상을 따지는 사람이라면 입술이 얇아 복이 없어 보인다고 할 수도 있다.

그래서 어쩌면 마틸다는,

태어나서 단 한 번도 예쁘다는 소리를 들어보지 못했을지도 모른다. 볼수록 정감이 간다거나 개성이 있다거나 기억에 쉽게 남는다는 말이 칭찬인 줄만 알고 살았다. 그러다 기어코 일이 터지고 말았다. 누군가, 걘 지가 예쁜 줄 알어,라며 자길 흉본다는 소문이 귀에 들어와버린 것이다. 마틸다는 철학을 배워본 적은 없지만 자아를 발견하는 순간과 맞닥뜨려야 했다. 어떤 종류의 깨우침은 스스로에게 가하는 징벌이고 유죄 선고였다. 마틸다는 본인이 통속적인 기준에서 별로 매력이 없는 부류에 속한다는 사실에 아주 혼란스러웠고 크게 당황했다. 우울증과 불면증을 함께 겪던 사나흘 동안 그토록 시도에만 머물던 다이어트가 절로 됐다.

바닥 없는 구덩이로 떨어지는 기분이었지만 조금씩 안정을 찾아갔다. 일주일쯤 됐을 때 슬럼프에서 빠져나오려 시도하기 시작했다. 이 세상의 모든 마틸다는 괴로운 시기에 스스로를 보호하려는 본능이 있었다. 마틸다는 자기 약점을 더 늦기 전에 알게 된 걸 다행으로 여기기로 했고 한발 더 나아가 잠재된 다른 매력에 집중할 수 있는 계기로 삼겠다고 마음을 고쳐먹었다. 그러다 보니 생산적이지 못한 고민을 훌훌 털어내는 지금의 자신이 기특했다. 줄어든 체중 덕에 몸매도 훨씬 괜찮아진 것 같았다. 뒤에서 자길 흉보던 누군가를 용서할 여유도 생겼다. 그렇게까지 타인을 깎아내리지 않으면 안 되는 그이의 삶이 측은해지면서 아무리 그래봐야 본인이 한 수 위인 건 변하지 않는다고 믿어보았다.

　마틸다, 한다고 했는데 어떨지 모르겠어. 근데 이게 최선인 것 같아. 그럼 행운을 빌어.

　어서 와, 캐서린.

　내게 오는 사진에는 접수 번호 외에 사진 주인에 대한 어떤 정보도 없다. 모르는 얼굴을 고치고 있으면 단순하고 무의미한 데다 무엇보다 거짓을 만들어내고 있다는 자괴감이 나를 힘들게 했다. 이름을 불러주자 꽃이 되더라는 어느 시구가 떠올라서 제인이니 마틸다니 하는 이름을 붙여봤다. 그러자 아는 사람을 위해 작업을 하는 기분이 들었고 그만큼 능률도 올랐다. 일을 맡은 지 얼마 되지 않아 선배에게 약속을 하나 받아냈다. 남자 사진은 안 받기로 한 것이다. 남자의 얼굴은 어떻게 해도 나아지지 않았다. 존슨도, 드미트리도, 나카무라도 모두 실패했다. 선배에게 얘길 했더니 이해는 가지만 프로 의식이 부족한 게 아니냐고 되물었다. 난 선배가 뭘 이해한다는 건지 알 수 없었다. 선배처럼 아무거나 잘 이해하는 사람들을 보면 구역질이 났다.

안 그래 캐서린? 지가 뭘 안다고 말이야. 프로 의식은 무슨, 별 병신 같은 새끼가 어디서 누굴 가르치려고 지랄이야. 아, 미안 내가 좀 흥분했어. 근데 있잖아, 열받으니까 배가 고프네. 미안하지만 이따 다시 봐.

삼각김밥, 삶은 계란, 컵라면, 우유, 오렌지주스를 바구니에 담는다. 탄수화물, 단백질, 지방, 칼슘, 비타민. 적어도 5대 필수 영양소는 챙긴다. 그런데 오늘은 삼각김밥을 사면 두유가 공짜다. 단백질은 해결됐으니 삶은 계란을 빼고 아이스크림을 담는다. 샌드위치, 핫바, 참치 캔, 치즈, 당근주스로 바구니를 채울 때도 있다. 그리고 언제나 덤으로 섭취되는 액상과당, 구연산, 향미증진제, 합성감미료와 착향료 그리고 착색료, 유청단백분말…… 이 제품은 땅콩, 게, 새우, 아황산류를 사용한 제품과 같은 제조 시설에서 제조하고 있습니다.

오늘 처음 보는 아르바이트생 최현우 군은 명찰을 삐뚜름하게 달고 있다. '최'가 '우'보다 무겁다. 비만한 가슴 때문에 팽팽해진 조끼 위에 가까스로 매달려 있는 것 같다. 물품들을 계산대에 올리자 수심 가득한 표정으로 바코드를 찍기 시작한다. 리더기에서 나온 형광빛의 빨간 선이 조준점의 일종으로 보인다. 어쩌면 지금 이 친구는 줄 세워 무릎 꿇린 포로들을 권총으로 하나하나 사살하는 상상을 하고 있을지도 모른다. 햄버거와 피자와 라면만으로 살아가고 있는 것처럼 생긴 얼굴이 아빠에게 휴대폰을 압수당한 것 같은 표정을 짓고 있는 걸 보고 있자니 포토샵 화면이 떠오른다. 수정 전의 원본 사진을 앞에 두고 가능한 모든 선입관을 떠올려본다. 그것들을 하나씩 지워나가는 게 내 방식이다. 턱을 깎고 눈썹을 긋고 피부의 톤을 올리고…… 최 군은 견적이 잘 안 나온다.

"던힐 밸런스도 하나 주세요."

최 군은 대답하지 않고 마저 사살한 뒤에야 둔하고 비대한 몸을 돌려 손가락으로 담배 진열대를 상단부터 차례차례 훑는다. 수많은 담배가 제각각의 아름답고 현란한 포장과 우아한 이름을 뽐내며 진열되어 있다. 실제로 무엇이 얼마나 더 맛있는지, 얼마나 덜 해로운지는 중요하지 않다. 나는 명문가의 문장처럼 보이는 엠블럼과 런던의 이미지를 피운다. 최 군은 아직 진열대를 더듬는 중이다. 그러다 그의 손가락이 던힐을 지나쳤다. 정크 푸드는 먹어도 담배는 안 피우는 모양이다.

"방금! 거기, 왼쪽 아래요."

마음만 먹으면 한번에 열두 시간 이상 만화책에 코를 박고 열독할 수 있을 것 같은 최현우 군이 커다란 뿔테 안경을 추어

올린 다음 내가 가리킨 칸을 훑는다. 손가락이 던힐 밸런스를 왼쪽에서 오른쪽으로 지나쳤다가 오른쪽에서 왼쪽으로 한 번 더 지나친다. 선택되는 순간 포장이 뜯기고 하나씩 불살라질 담배가 제 운명을 모르고 저요, 저요, 하며 손을 드는데도 최 군은 아직 내가 요구한 것을 찾아내지 못한다.

"3밀리요. 예 그거, 하늘색."

삑. 미성년자 구매 불가 상품입니다. 신분증을 제시해주세요.

안녕 세라. 구연동화 톤으로 튀어나오는 너의 예쁘고 친절한 목소리를 들을 때마다 나는 내 신분증을 꺼내 네게 보여주고 싶어지지. 하지만 알바들이 늘 그렇듯 이 돼지도 내 얼굴을 보고 신분 확인 과정을 건너뛰는구나.

"38,750원입니다."

그때 출입문이 여닫히면서 여자 손님이 들어왔다.

"어서 오세……"

내 신용카드를 받아 든 최 군이 출입문 쪽에 대고 인사를 하려다가 만다.

"내가 혹시 늦은 거 아니야?"

밝고 경쾌한 여자의 목소리가 갈증 끝에 탄산수를 마신 듯한 청량감을 준다.

"아니에요, 누나. 너무 일찍인데요?"

"그래? 그럼 다행이네. 그것만 하고 어서 가봐. 시험 잘 보고."

"네, 누나도 바쁠 텐데 죄송해요. 제가 내일 꼭 두 시간 채워 드릴게요."

"시험 붙을 생각이나 해. 오래 준비했다며."

"뭐…… 잘, 되겠죠."

최 군은 식품을 담은 봉지를 내게 건네준 다음 계산대를 도 개교처럼 들어 올려 밖으로 나온다. 선반의 틈이 최 군에게는 비좁다. 최 군은 여자가 계산대 안쪽에 자리 잡길 기다렸다가 꾸벅 인사를 하고 나가려 한다.

"야, 그거 입고 갈 거야?"

최 군이 멋쩍게 웃으며 조끼를 벗어서는 어쩔 줄 모르고 서 있다. 여자가 손을 내밀어 건네받아서 능숙하게 갠다. 저 손에 내 옷도 맡겨보고 싶어진다. 최 군이 다시 예의를 갖춰 목례하 자 여자가 활짝 웃으며 손을 흔들어준다.

"더 필요한 거 있으세요?"

나도 모르게 여자의 얼굴을 너무 빤히 쳐다봤나 보다. 낯이 익은데 기억이 나질 않는다. 여자가 계산대 아래에서 바꿔 꺼 낸 조끼를 입으면서 시선을 내게 고정하고 대답을 독촉한다.

"그게 아니라……"

날 혹시 알지 않느냐고 물어보면 미친놈처럼 보일까? 여자 는 내 대답을 기다리다가 자기 왼쪽 가슴으로 손을 가져가 빈 곳에 최현우의 명찰을 부착하며 슬쩍 나를 칩떠본다.

"그게 아니라요, 명찰을 잘못 꺼내신 게 아닌가 싶어서……"

여자의 얼굴에서 다시 미소가 번진다.

"아, 이거요. 이거 제 이름이에요. 아까 걘 명찰 신청한 지 얼마 안 돼서 아직 없거든요."

목소리가 훨씬 더 밝고 씩씩해졌다. 눈을 찡긋하며 당신도 이해하죠? 하는 메시지를 얹어서 보낼 땐 살짝 설레기도 했다. 어! 어! 생각난다. 그래, 안나! 뇌리 속에서 폭죽이 터지듯 안나의 얼굴이 떠오른다. 맞다. 최현우가 자기 이름이라고 하는 이 여자는 내가 분명히 언젠가 증명사진을 매만져준 여자다. 미간에 깨알만 한 점이 있었고 그걸 요청에 따라 지운 기억이 난다. 그사이에 점을 뺀 걸까. 화장기가 없는데 점이 보이지 않는다. 그렇다면 내가 착각하고 있는 건데, 아니다, 아무리 봐도 안나가 확실하다. 안나의 저 장난기 어린 눈매는 흔히 볼 수 있는 게 아니다. 이따금 의뢰자를 실제로 마주치는 상상을 해보곤 하는데 그게 이렇게 진짜 일어나다니, 믿기지가 않는다.

"혹시, 고객 센터에 신고하실 건가요?"

안나, 아니 최현우가 한 번만 봐달라는 얼굴로 묻는다. 아랫입술을 삐죽이 내밀고 눈살을 살짝 찌푸린 얼굴이 더없이 귀엽다. 상상했던 대로 안나는 저렇게 표정만으로 다양한 말을 할 수 있는 사람이다. 내가 아는 얼굴들은 화내거나 울거나 웃기만 했다. 증명사진들은 모두 웃고 있었다. 그러나 더러 웃는 건지 우는 건지 헷갈렸다. 광대뼈에 붙은 살은 실룩거리는데 입꼬리는 늘어뜨린 얼굴들이 딱 그랬다. 눈은 화난 듯 땡그란데 입꼬리만 끌어올린 얼굴도 마찬가지였다. 가면 같은 얼굴들 속에서 안나의 사진은 단연 눈에 띄었다. 안나는 진짜로 웃고 있었던 것이다. 사진을 볼 사람이 누구든 그를 진심으로 반기는 표정을 짓고 있었다. 만약 카메라 렌즈가 초점을 놓쳤더라도, 조명이 제대로 비추지 못했더라도 그런 표정 속에 깃든 진심은 가려지지 않을 것 같았다. 나는 안나의 사진에 손을 댈수 없었다. 그저 주문한 대로 미간에 티끌처럼 찍힌 점과 확대하지 않으면 눈에 잘 띄지도 않는 사소한 잡티만 지워주고 보냈다. 내가 무엇을 하려는 순간 중요한 무언가를 망가뜨릴 것만 같아서였다.

안나가 내 눈을 똑바로 쳐다보며 대답을 기다린다. 다시금, 이런 저희 사정을 잘 아시지 않나요, 하는 표정이다.

"그럼요. 아니 아니, 제 말은, 그러니까 그러지 않을 거란 말입니다. 수고하세요."

나는 당황한 바람에 나도 알아듣지 못할 말을 지껄여놓고 편의점을 빠져나왔다. 안나가, 아니 최현우가 내 등에 대고 안녕히 가세요, 하고 인사했다. 나는 출입문을 밀치며 몸을 어정쩡하게 돌려 고개를 깊이 숙였다 들었다. 문을 나선 뒤에야 내가 너무 깊이, 깍듯하게 인사를 한 게 우습게 보였을 것 같아 얼굴이 화끈거렸다.

201103240042.jpg

영수증이나 할인 쿠폰, 여행지에서 산 엽서나 관람 티켓 따위를 쉽게 버리지 못한다. 서랍에 처박힌 명함 뭉치의 대부분은 어디에서 누구에게 받았는지 기억이 가물가물하다. 호더 신드롬 혹은 저장강박증이라 부른다는 걸 어디선가 읽어서 알게 됐다. 단순한 습관으로 생각하던 것에 신드롬이니 강박증이니 하는 말이 붙는 걸 알고 나자 중병에나 걸린 듯 마음이 불편해졌다. 나중에 찾게 될까 봐 버리지 않았을 뿐이다. 포트폴리오로도 쓸 수 없을 의뢰자들의 사진 파일과 그 작업물을 지우지 않는 이유도 마찬가지다. 그러나 "거봐, 버렸으면 어쩔 뻔했어?" "걱정 마, 나한테 있어" "이럴 줄 알고 챙겨놨지" 이런 대사를 칠 기회는 아직 없었다. 안나를 실제로 만나기 전까진 그랬다.

선배에게 전화를 걸어서 접수 번호를 대고 이름을 물어봤다. 예상했던 대로 가르쳐줄 수 없다고 했다.

"최현우 아니야?"

맞는데도 둘러댈까 봐 틈을 주지 않기 위해 냅다 질렀다. 수화기 저쪽에서 잠시 공기가 흔들리는 게 느껴졌다.

"아니야, 이 새끼야. 작업이나 빨리 해서 넘기지, 그런 건 알아서 뭐 하려고? 너…… 행여나 사진 파일 내돌렸다가는 내 손에 죽는다. 이 사업, 신용 잃으면 끝이야 끝. 내 말 무슨 소린지 알지?"

선배가 잔소리를 늘어놓는 걸로 봐서 안나가 최현우라는 사실을 확인받은 걸로 간주해도 되겠다. 사진 파일의 이름은 접수된 날짜와 순서를 말해준다. 3월 24일이면 석 달쯤 전이다. 내가 보정해준 사진을 이력서에 붙여 어떤 업체들에 지원했을지 궁금하다. 무역 회사, 은행, 병원, 여행사, 출판사…… 모르긴 해도 편의점은 아닐 것이다.

202103240042-.jpg

나는 하이픈으로 원본 사진 파일과 수정본을 구분한다. 어떤 것은 하이픈이 두 개나 세 개씩 달린 것도 있다. 의뢰인이 돌려보내서 재작업을 한 경우다. 하이픈이 하나씩 늘어날 때마다 눈동자가 더 커지거나 턱선이 더 가파르게 깎이고, 고혹적인 붉은색이 입술에 칠해지거나 컨실러의 적용 반경이 넓어졌다. 안나의 원본 사진과 수정본을 비교해본다. 잡티를 지우고 피부 톤을 좀더 밝게 했을 뿐이다. 아주 예쁘다곤 할 수 없지만 분명히 흡인력 있는 얼굴이다. 이런 인상이면 어디서든 면접을 보자고 할 거라는 확신이 들 정도였다. 시선을 끄는 힘이 무엇인지 궁금해서 사진을 아주 오랫동안 들여다봤던 기억이 난다. 그건 그냥 느낌이었다. 나로서는 훼손하지 않는 것만이 최선이었다.

문득 나탈리가 생각난다. 나탈리는 하이픈이 다섯 개까지 달려서야 단념했다. 네 개부터는 추가 비용이 발생하는데 얼마든지 지불할 테니 돈값이나 제대로 하라고 했단다. 선배는 나탈리의 표독스러운 말투를 비난했다. 나는 그 비난이 사실은 내게 향해 있다는 걸 모를 만큼 눈치가 없진 않았다. 나는 화가 나기보다는 나탈리가 대체 무엇을 원하는지 알 수 없어 혼란스러웠다. 혹시 성형외과 광고에 쓸 사진이냐고 선배에게 물었다. 선배는 갑갑하게 굴지 말고 나탈리의 내면에 감춰진 아름다움을 과감하게 끌어올려보라고 주문했다. 그런 건 끌어올려지는 게 아니라 드러나는 거라고 가르쳐주고 싶었다. 아무거나 다 이해하는 사람이 그런 것도 모르느냐고 빈정대주고도 싶었다.

그때도 나는 나탈리와 공감하기 위해, 사랑하기 위해 나 스스로에게 최면을 걸었다. 나탈리는 사진 찍는 날 컨디션이 아주 안 좋았다. 큰돈을 들여 연예인이 드나든다는 뷰티 숍에 메이크업을 맡겼는데 자기 얼굴이 아닌 것 같아 어색하기만 했다. 게다가 스튜디오에서 포토그래퍼는 무성의했다. 화장과 사진은 나탈리의 본래 미모를 살려내기는커녕 진실을 왜곡해버렸다. 취직을 해보겠다고 무리해서 투자했는데 뷰티 숍이나 스튜디오에는 한마디 따져보지도 못했다. 모든 게 마음에 들지 않았지만 무엇이 어떻게 왜 마음에 안 드는지 그들에게 설명할 수가 없었다. 비싼 사람들은 그들만의 프라이드가 있을 테고 그것이 그들의 몸값을 올려주는 이유일 텐데 그걸 건드렸다간 촌뜨기 취급을 받을 것만 같아서였다. 그러니 나탈리가 만만한 사람들에게 날카롭게 구는 걸 비난할 수는 없었다.

안나의 사진에 실제의 좋은 느낌을 더해보고 싶다. 사진의 눈웃음은 충분히 예쁜데 편의점에서 최현우가 바로 안나임을 알아보게 했던 장난기가 좀 약하다. 화장을 잘한 듯한데 민낯의 까무잡잡한 피부가 웅변해주는 건강미를 가려버리고 말았다. 단정한 머리 모양만으로는 그녀의 생기를 설명할 길이 없다. 나는 눈꼬리를 조금 늘어뜨리고 매끈하게 그은 눈썹도 단아하고 귀엽게 다시 그렸다. 피부 톤에 생동감을 주기 위해 살짝 태닝을 해봤다. 마침 이마를 드러내며 뒤로 묶은 머리 모양은 다른 것들과 합성해보기에 용이했다. 몇 개를 바꿔 씌워보다가 굵게 웨이브가 진 머리로 결정했다.

202103240042--.jpg

방금 편의점에서 봤던 그 사람이 내 모니터에서 나를 바라보며 다정하게 미소 짓고 있다. 잠시 작업을 쉬고 모처럼 훈훈해진 기분을 즐기려는데 평온을 깨며 메시지 수신을 알리는 벨이 울렸다.

—사진 추가! 이러다 너 부자되겠다ㅋㅋ 파이팅!

선배의 메시지를 확인하고 답장을 하지 않은 채 휴대폰을 침대에 던져버렸다. "ㅋㅋ"이 어쩐지 날 비웃는 것만 같아서 기분이 더러워졌다. 겨울 이불이 먹보 귀신처럼 휴대폰을 단번에 삼켰다. 홈쇼핑 채널에서 인견으로 만든 걸 '냉장고 이불'이라며 파는 때에 아직 겨울 이불을 쓰는 내 인생이 한없이 후줄근해 보인다. 부자가 되고 싶다고 생각해본 적은 없다. 그저 철마다 이불을 바꿔 덮는 삶 정도면 괜찮겠다. 그런데 계절에 어울리는 이불을 모두 갖추려면 그걸 보관할 장이 필요하겠지. 그 전에 먼저 그런 장이 들어갈 만한 방이 있어야 하겠지…… 나이를 먹을수록 욕망은 사소해지는데 그걸 누리기 위한 조건은 한결같이 크고 복잡하고 비싸다. 어떤 학문도 이런 이상한 방정식을 설명하지 못할 것이다. 선배 같은 사람들은 그게 바로 인생의 묘미라고 말할지도 모른다. 아무거나 잘 이해하는 사람은 아무거나 잘 설명한다. 그러나 나는 그따위 말장난에 감복하는 멍청이가 아니다. 솔직해져보자. 절망과 체념을 반복해서 겪는 동안 욕망이 줄어들었다고 생각했다. 늘 내가 손해 봤고 양보했다고 믿었다. 그런데 아닌 것 같다. 나는 나를 속이고 있었다. 내 욕망은 점점 세밀해졌고 계속해서 구체적인 모양을 갖춰왔지 단 한 치도 작아진 적이 없었다. 그래서 인생이 이렇게 꾸준히 엿 같은 거고 이런 인생의 묘미는 언제나 쓰고 떫었다.

웹하드에 접속해 폴더를 열어보니 기가 질린다. 이런 물량이 처음은 아니다. 초반에는 매크로를 걸어 마구 찍어냈다. 그렇게 하니 한 시간 남짓 만에 그 많은 사진을 처리할 수 있었다. 드는 품에 비해 수입이 괜찮은 일이란 생각이 들었고 어쩌면 선배 말대로 제법 돈을 모을 수 있을 것도 같았다. 그러나 선배는 그렇게 허술한 사람이 아니었다. 그는 파일들을 고스란히 되돌려 보내면서 한 번만 더 이런 식으로 하면 다른 사람을 알아보겠다고 했다.

이 일을 언제까지 계속할지 생각 좀 해봐야겠다. 다시 월세를 걱정하는 생활로 돌아가고 싶진 않다. 작은 광고 회사들을 들락거린 경력으로 욕심만 내지 않으면 일자리야 구하겠지만 늘 그랬듯 일과 사람에 치이다가 도망 나와버릴 것이다. 마지막 회사도 어떻게든 되겠지, 하고 그만뒀다. 모아둔 돈의 일부를 떼서 여행을 다녀왔고 남은 것을 쓰며 일부러 아무 일도 하지 않았다. 월세와 공과금이 밀리기 시작할 때까지도 별 대안을 찾지 않았다. 언제나 그랬듯 어떻게든 될 거였기 때문이었다. 집주인이 보증금도 얼마 남지 않았다며 짐을 빼라고 할 때에서야 어떻게든 좀 돼줬으면 했다. 그러던 중에 일을 봐줄 수 있겠느냐는 선배의 전화를 받으니 간절하던 마음은 온데간데없어지고 세상이 어쩐지 좀 만만하게 보였다. 이만큼 했으면 되지 않았을까. 이제 또 '어떻게든 되겠지'의 주문을 외울 때가 다가오고 있다.

의자에서 일어나 침대로 간다. 침대에 넘어지듯 등을 떨어뜨리자 이불 밑에서 용수철들이 삭은 신음을 내지르며 내 몸을 간신히 떠받친다. 익숙하고 편한 자세가 만들어지지 않고 등 밑에서 네모난 이물감이 전달된다. 방금 내가 던져놓은 휴대폰일 것이다. 하찮고 작은 이물감에 몸을 일으키기가 귀찮다. 안나는 애인이 있을까? 갑자기 그녀가 다시 보고 싶다. 일을 마치면 뭘 할까? 명찰을 지적해서 너무 깐깐한 사람으로 보이진 않았을까. 휴대폰의 윤곽이 등을 집요하게 자극한다. 안나와의 즐거운 공상을 그만 방해하고 사라져줬으면 싶다. 휴대폰을 치우고 최대한 편하게 누워 있다가 자위를 한 차례 했다.

늘 사던 것들을 집어 들었다가 내려놓았다. 안나의 눈에 내가 삼각김밥 따위를 사 먹는 백수 자취생으로 비치는 게 싫었다. 비싼 가격이 붙은 커피와 낱개로 포장된 바나나를 담고 고급 초콜릿과 수입 캔 맥주를 골랐다.

하루 사이에 안나의 얼굴이 변했다. 더 예뻐졌다고 해야 맞겠다. 처음엔 그냥 그런 줄만 알았다. 살 물건을 고르면서, 무슨 좋은 일이 생긴 건가, 하고 생각했을 뿐이었다. 그렇게 흘 깃거리며 훔쳐보다가 갑자기 소름이 돋았다. 그녀의 머리 모양이 내가 사진을 보정하며 합성한 것과 똑같아서였다. 어제 만 해도 그냥 길렀다고밖에 보이지 않는 스타일이었다. 마침 미용실에 다녀온 거였고 하필이면 굵은 웨이브를 골랐다고 하기엔 너무 놀라운 우연이었다. 계산대에 물건들을 내려놓고 그녀가 바코드를 찍을 동안 얼굴을 더 살폈다. 그러고 보니 눈썹 모양도 내가 손본 것과 비슷한 것 같았다. 나는 좀더 관찰하고 싶었지만 어제 명찰 일도 있고 해서 영수증을 받자마자 나와버렸다.

일부러 안나가 있을 만한 시간에 가려고 점심을 늦춰서 배가 고팠다. 그런데 편의점에 다녀온 뒤로 아무것도 먹지 못하겠고 계속해서 머리가 멍하다. 눈앞에는 안나의 사진이 있다. 말도 안 되는 일이라고 생각하면서도 사진 원본에 있는 미간의 점에 자꾸 눈이 갔다. 분명히 화장기 없던 어제 얼굴에서도 점을 발견하지 못했다. 만약 내 생각이 맞다면 안나가 그사이에 점을 뺀 게 아니라 내가 사진을 보정한 탓에 점이 없어진 거였다. 안나의 왼쪽 볼에 빨간 점을 찍어봤다. 얼굴 모양을 눈에 띄게 확 바꿔볼까도 했지만 그런 변형이 적용되려다 행여나 사진 주인에게 나쁜 일이 생기는 게 아닐까 해서 그럴 수 없었다. 사진을 보정하고 나서는 내 가설이 맞는지 확인해보고 싶어 참기 힘들었다. 잠시 망설이다가 지갑을 챙겨 일어났다.

안나는 진열대에 붙어 서서 빈 자리를 채우느라 바쁘다. 계산대로 불러들여야 얼굴을 확인할 수 있다. 나는 담배를 달라고 한 뒤 안나의 얼굴을 흘깃거렸다. 내 예측은 빗나갔다. 말끔한 피부 위에는 어떤 흔적도 보이지 않았다. 원래가 억지스러운 생각이었다. 아무래도 너무 작업에 치여 머리가 어떻게 된 것 같았다. 바코드를 찍은 뒤 안나는 내 시선을 의식하고는 더 필요한 게 있는지 물었다.

"머리가 예쁘시네요."

"아, 네…… 고맙습니다."

안나의 대답에서 불편해하는 기색이 전해졌다. 나도 내 입에서 갑자기 왜 그런 말이 튀어나왔는지 이해되지 않았다. 뭔가 일을 크게 그르친 듯한 기분에 휩싸였고 나는 또 도망치듯 편의점을 빠져나왔다.

어제오늘 맡은 작업을 절반도 소화해내지 못하고 있다. 조금만 더 기다려달라고 했건만 선배는 계속 독촉했다.

—나 다른 사람 알아봐야 돼? 왜 그래? 이제 살 만해졌어?

선배에게 미안하긴 했지만 문자메시지에서 노골적으로 상사 행세를 하는 데 비위가 상했다. 처음에 내게 일을 맡길 때만 해도 믿을 사람이 없다, 솜씨가 아깝다, 하며 사정하는 투였다. 언제 이렇게까지 입장이 뒤집혔는지 모르겠다.

나는 안나에게 가서 어제 내가 불편하게 만든 걸 사과하고 싶었다. 밤새 내 목소리가 귓전에 울려서 한잠도 못 잤다. 머리가 예쁘시네요, 머리가 예쁘시네요, 머리가 예쁘시네요, 머리가…… 어쭙잖고 서툰 고백을 한 다음처럼 몇 번씩이나 이불을 걷어차며 일어났다.

시간이 되길 기다렸다가 집을 나섰다. 어떻게 사과해야 할지 몰라 편의점으로 가는 발걸음이 무거웠다. 어젠 많이 놀랐겠다고 위로한 뒤 별다른 뜻이 있었던 건 절대 아니라는 걸 전해야 했다. 그러지 않으면 평생 밤마다 내 목소리에 시달려야 할 것 같았다. 내가 과민한 걸 수도 있었다. 그런 면에서 이게 대체 사과할 일인가 싶기도 했다. 기껏 사과했는데 안나가 나를 기억하지 못할 가능성도 컸다. 그렇게 되면 굳이 기억하지 않는 일을 들춰서 더 나쁜 이미지만 보태는 꼴이 되었다. 그러나 다시 생각해봐도 함부로 여자를 집적거리는 놈으로 남고 싶진 않았다. 어떻게든 안나에게 마음을 전하고 그런 뒤에 편의점을 바꾸든지 해야겠다.

이렇게나 가까웠나 싶을 정도로 금방 편의점 앞에 도착했다. 고개를 푹 숙이고 들어서는데 출입문을 열 때 울리는 종소리가 너무 커서 깜짝 놀랐다.

"어서 오세요."

계산대에서 인사를 한 사람은 안나가 아니라 덩치가 크고 보기에 답답한 뿔테 안경을 쓴 '최현우'였다. 나는 시계를 봤다. 내가 알고 있기로 두 사람은 이미 한 시간 전에 교대했어야 했다. 마음속에서 실망감과 안도감이 엇갈렸다. 감정이 자꾸 뒤엉키는 걸 견디며 생수를 한 병 골라 계산대로 갔다. 가슴에 달린 명찰이 눈에 들어왔는데 거기 적힌 이름은 김영환이었다. 나는 명찰을 한번 보고 김영환의 얼굴을 한번 본 다음 물었다.

"최현우 씨는 어디 갔나요?"

김영환이 뿔테 안경 너머의 졸린 눈으로 나를 내려다보며 대답했다.

"현우 누나, 그만뒀는데요."

나는 하마터면 왜냐고 물을 뻔했다가 가까스로 참았다. 김영환의 눈빛이 이미 당신 때문이야, 하고 힐난하고 있었기 때문이다. 나는 혼란스러운 감정을 들키지 않으려 애쓰며 계산이 끝난 생수를 들고 등을 돌렸다. 편의점 출입문을 나서려는데 등 뒤에서 김영환이 외쳤다.

"누나 결혼하거든요. 괜찮고 돈 많은 남자랑요. 오늘 상견례한댔어요."

출입문 손잡이를 붙든 채 김영환의 말을 등으로 다 들었다. 김영환은 말투에 나에 대한 적개심을 실어 보내고 있었다. 벌레가 된 기분이 들었다. 안 물어봤잖아, 이 돼지 새끼야. 그렇게 목구멍에서 어퍼컷으로 솟구치는 욕을 억누르며 편의점을 빠져나왔다.

무대에서 버스커들이 악기를 조율하고 있었다. 둥둥, 삑삑, 징징, 띠리라리라라단…… 허공에서 맥락 없이 뒤엉키는 악기 소리가 마치 목격자들이 일제히 제출하는 고발장처럼 들려 신경이 날카로워졌다.

장 사장은 보증인도 없이 새 거래를 튼 적이 없다며 고자세더니 샘플로 보내준 사진을 보자마자 태도를 바꿨다. 그는 홍대 근처에 있는 야외 간이 무대의 위치를 설명한 뒤 거기서 야구 모자와 헤드셋을 쓰고 빨간 가방을 멘 아이를 찾으라고 했다. 절대로 직접 나오려고는 하지 않았다. 처음 하는 거래라 나도 조심스러웠기에 이해가 되긴 했다. 나는 현장에서 바로 대금을 받을 수 있는 건지 어떻게 보장하느냐고 물었다.

이 바닥 장사는 서로 신용 없으면 못해요.

나는 장 사장의 말을 어디선가 들어본 것만 같아 머릿속을 뒤지느라 대금에 대한 실질적인 보장을 받아내진 못했다.

장 사장이 묘사한 차림의 똘마니는 어렵지 않게 찾을 수 있었다. 생각했던 것보다 너무 앳돼 보여 의심스럽긴 했지만 손바닥만 한 스탠드에 앉아 있는 몇 안 되는 사람들 중에서 다른 빨간 가방은 보이지 않았다. 똘마니는 태블릿 피시만 들여다보며 헤드셋 쓴 머리를 까닥거리고 있었다. 내가 가까이 다가갔는데도 똘마니는 기척을 느끼지 못했다. 똘마니가 쓰고 있는 헤드셋에서 새어 나오는 굉음이 들렸다. 고막이 차력을 하는 게 아니라면 저런 소리를 계속 듣고 있는 게 가능할까 싶었다. 똘마니가 앉은 자리 옆에는 스케이트보드가 세워져 있었는데 무슨 영문인지 모르겠지만 나는 그게 중세 용병의 방패처럼 보였다. 내가 옆자리에 나란히 앉자 그제야 그는 내 쪽으로 손을 슬쩍 내밀었다. 통성명까지는 아니더라도 용무는 서로 확인해야 하지 않나 싶어 망설이는데 고개를 까닥이는 횟수와 속도가 갑자기 달라졌다. 빨리 달라는 신호인 것 같아 얼른 메모리 카드를 건넸다.

똘마니가 태블릿 피시에 메모리 카드를 연결해서 내용물을 확인했다. 화면에 백 개의 증명사진 수정본이 펼쳐졌다. 나는 예쁜 원본 중에서 보정 작업이 특별히 잘된 사진들로 골라 담았다. 데스메탈에 맞춰 흔들리는 것 같던 똘마니의 고갯짓이

스크롤을 내리는 동안 서서히 발라드로 바뀌었다. 확인이 끝나자 똘마니는 메모리 카드를 꽂은 채로 태블릿 피시를 옆구리에 끼고 스케이트보드를 챙겨 일어났다. 나는 이러다 대금을 떼먹히는 줄만 알고 다급히 따라 일어나서 앞을 막아섰다. 그러자 똘마니는 스케이트보드가 덮어 가리고 있던 바닥의 종이 가방을 턱짓으로 가리켰다. 종이 가방을 집어 들어 내용물을 확인했다. 약속했던 대로 5만 원권 현찰 한 다발이 들어 있었다. 고개를 드니 똘마니는 벌써 사라지고 없었다.

똘마니가 사라졌을 듯한 방향에 둔 시선이 쉽게 거둬지지 않는다. 사진들은 모두 국경을 넘어갔다가 전혀 다른 증명이 되어 더러는 국내로 돌아오고 더러는 세계를 떠돈다고 했다. 한번도 상상해본 적조차 없는 도시에서 윤락 업소 전단지에 찍혀 있을 수도 있고 길거리에 살포되는 업소 명함의 주인이 되거나 짝짓기 사이트에 미끼 매물로 올려질 수도 있을 것이다. 파일에는 안나도 있다. 안나는 한 번 더 수정해서 보냈다. 그냥, 긴 여행을 떠나보내는 순간을 앞두고 다듬어주고 싶었다. 긴 웨이브 머리의 안나, 장난기 어린 눈웃음이 예쁜 안나, 눈썹이 귀여운 안나를 나는 완전히 떠나보냈다.

쇄록(瑣錄)

1

경상감영에서 나온 군졸들이 동구에서 안핵사(按覈使)의 행
차를 맞았다. 안핵사는 말을 재게 몰았으나 사폐(辭陛)한 지
꼬박 열이레가 걸렸다. 군졸들을 인솔해온 장교가 말에서 내
리려는 것을 손을 저어 만류했다. 사소한 예를 따지느라 걸음
을 늦추기엔 시일이 급박했다.

난리가 휩쓴 풍경은 그가 조정에서 글줄로 파악했던 것보다
처참했다. 고을을 가득 메웠을 분노와 절규가 불탄 채 부서진
가옥들 위로 떠도는 듯했다. 고을 외곽에서부터 소리도 형체
도 없는 무언가가 낯선 행차를 경계하는 듯싶더니 그 정체를
안핵사는 이제야 알 것 같았다. 달포나 지났는데도 쉬이 흩어
지지 못하고 거리를 맴도는 탄내였다. 나무가 타고 흙이 그슬

리고 돌이 달귀졌다 식지 못하고 냄새로 당시를 증언했다. 옆
에서 말을 몰며 약식으로 보고하는 장교의 얘기에 따르면 읍
내 가옥만 70여 호, 인근 면들의 것까지 합치면 120여 호가 당
했다고 했다. 장교는 보고하는 중에 은연히 난민의 패악을 탓
하고 있었다. 일전에 본 경상감사의 치계도 마찬가지였다.

   난민(亂民)들이 병사(兵使)를 협박하고 인명(人命)을 불태워 죽었
습니다.

   적힌 내용만으로는 끔찍한 반란이었다.
   ─그것이 전부일 수 없다.
   암행어사 시절부터 몸에 들인 습관대로 안핵사는 경상감사
의 치계도 장교의 보고도 걸러 듣기로 했다.
   고을에서부터 성안까지 개 한 마리 함부로 돌아다니지 않았
다. 이따금 인기척이 나서 눈길로 더듬으면 모퉁이에 숨어 겁
에 질린 표정으로 이쪽을 노려보는 얼굴과 마주하게 되었다.
흙바닥이나 토담과 쉽게 분간되지 않는 입성에 낯빛들이었다.
아무렇게나 굴러다니고 있는 돌확 하나, 주인 잃은 채 부서진
평상 하나와 다를 바 없었다. 신경을 쓰기 시작하자 그런 얼굴
이 더러 보였다. 늙으나 젊으나, 사내나 아낙이나 매한가지였
다. 그들은 겁을 먹고 있었지만 그만큼 적개심도 감추지 않고
있었다. 안핵사는 그런 눈을 볼 때마다 솜털이 쭈뼛 서서 먼

산으로 시선을 피했다.

관원으로서는 무마(撫摩)하는 방도가 없었고, 백성으로서는 감히 완악하고 패려한 습관을 멋대로 부렸다. [……] 혹시 한 사람이라도 부당하게 죄에 걸리는 걱정이 없게 하라.

임금의 하교는 모호했다. 겉으로 보기엔 죄 줄 자와 아닌 자를 명확히 구분하라는 당부였다. 안핵사는 '백성'이란 말을 곱씹었다. 임금이 수령이나 그 아래 벼슬아치들을 두고 '백성'이라고 부르는 경우는 없었다. 미천하고 힘없는 자들을 좋게 일컬어 '백성'이라고 했고 그 맞은편에 분명히 '관원'을 뒀다. 그 미천하고 힘없는 자들 수만 명이 몰려가 병영을 쳤다. 우병사(右兵使)와 목사(牧使)를 제외한 많은 하급 관리가 맞거나 불타 죽었고 더러는 도주했다. 우병사는 시위대가 요구하는 바를 받아들이고 그 내용을 문서로 작성해주면서까지 안간힘을 써서 달랬지만 흙바닥에서 무릎을 꿇고 시위대에 둘러싸인 채 그간의 학정을 호되게 추궁당했다. 목숨을 부지한 게 기이할 지경이었다.

─혹시 한 사람이라도 부당하게 죄에 걸리는 걱정이 없게 하라……

안핵사는 임금의 명을 되뇌고 또 되뇌었다. 임금이 가리키는 방향은 있었으나 명징하지 않았다. 안핵사는 어심 이전에 영상의 뜻이 늘 먼저였다는 사실을 떠올렸다.

안핵사는 숨을 깊이 들이켰다 길게 내쉬었다. 들숨보다 더 많은 날숨을 뱉을 수는 없었다. 그러나 관리들은 백성에게 그런 것을 요구했다. 지방 관아에서는 짜낼 여지가 없다고 해도 중앙에서는 내놓으라고만 했다. 당연히 원성이 높았으나 임금은 아무 말도 못했고 조정의 세력들은 제어되지 않았다. 비변사가 세력의 중심이었고 그곳의 수장이 바로 영상이었다. 일이 터지자 비변사에서 안핵사 자신을 이곳 진주로 보내야 한다고 했을 때는 적잖이 놀랐다. 노회한 영상이 한낱 부호군에 불과한 자신을 안핵사로 택한 저의가 궁금했다. 자신은 장김(壯金) 세력의 근처에서 어슬렁거린 일이 없었으므로 영상의 구미에 맞춰 조사할 리도 없었다. 그러기는커녕 암행어사 때처럼 구석구석 죄다 들추고 다닐 것을 영상이라면 빤히 알아야 했다. 처음에는 자기 사람으로 만들겠다는 수작인 줄 알았다. 그럴 기미가 보이면 보기 좋게 뿌리칠 생각이었다. 그러나 영상은 안핵사가 임금에게 길을 떠나겠다고 하직하던 그날까지 아무런 언질도 없었다.

—설마 영상이 우병사를 버리려는 것인가.

무거운 침묵들은 오히려 너무나 많은 말을 하고 있었다. 생각할수록 안핵사로서 운신할 수 있는 폭이 그리 크지 않을 것이란 짐작만 짙어졌다. 지금 그로서는 안핵과 구휼이라는 근본 소임에 기댈 수밖에 없었다.

병영의 문루가 쓸쓸한 모습으로 쏟아질 듯 다가왔다. 장교가 하마비(下馬碑) 앞에서 말을 세웠다. 수령 이하는 여기서부터 말에서 내리라는 비의 명령이 헛되다 싶어 계속해서 곁에서 말을 몰도록 할까 하였으나 보는 눈이 많아 기강을 거기까지 무너뜨리지는 않기로 했다.

2

우병사는 전라도에서의 일을 떠올렸다. 그때처럼 쉽게 풀리길 바라는 심정이 간절했다. 5년 전이었다. 좌수사(左水使)로 있던 중 우연한 일로 이미 한 차례 파직된 바 있었다. 좌수사가 되기까지 잡직만 떠돌았는데 낯짝 한 번 본 적 없는 암행어사의 치계에 이름이 걸려 한번 뜻을 펼쳐보기도 전에 변고를 당하고 말았다. 주색에 빠져 지내던 임금이 무엇에 홀려 전국에 암행어사를 푸는 등 안 하던 임금 행세를 하려고 한다는 얘기가 파다하던 때였다. 믿는 구석이 있어 비켜 갈 줄 알았는데 정통으로 맞았다. 이제 어찌 되려는가 기다렸더니 얼마 지나지 않아 경상우도 병마절도사로 다시 발령받았다. 부임지는 이곳 진주였다.

우병사에 제수되었음을 알고는 세도가의 힘에 새삼 놀랐다. 모든 건 재물이 부린 재주 덕이었다. 지금껏 바친 재물과 앞으로 바칠 재물이 자신을 구명한 것이나 다름없었다. 잡직에서 굴릴 수 있는 것과 병마절도사의 위치에서 모을 수 있는 재물의 크기는 차이가 컸다. 그들이 자신을 버리지 않은 이유는 솜씨 좋은 갈퀴였기 때문임을 알고 있었다. 샅샅이 후벼 긁어모은 뒤 갈큇발 사이에 낀 것을 빼곤 모두 바쳤다. 그런 우병사에게도 갈퀴가 있었다. 그 갈퀴에게도 갈퀴가 있었을 것이다.

— 나의 학정이라고만 할 것인가. 아니, 내가 다 떠안을 수 있기는 한가. 안핵사가 어디까지 미칠 수 있을 것인가.

우병사는 곧은 것으로 정평이 나 있는 이번 안핵사가 본디 성정대로 조사할 것 같은 예감이 들었다. 며칠 전에 위에서 내려온 두 글자가 예감을 확신으로 돌려세웠다.

신담(薪膽).

우병사는 안핵사가 성문에 도착했다는 전갈을 받고는 며칠 전에 안핵사를 앞질러 내려온 서신을 다시 꺼냈다. 서신을 가져온 자는 위에서 왔다고만 할 뿐, 보낸 이에 대해서는 입을 다물었다. 짐작되는 데가 없지는 않았다. 만일 짐작이 맞다면 내용만 확인하고 불태워 없앴어야 했으나 먹물 아래에 깔린 진의를 헤아리지 못해 아직도 손에 쥐고 있었다.

— 섶과 쓸개라……

와신상담(臥薪嘗膽)의 두 글자였다. 두말할 것 없이 후일을 도모하라는 뜻이었다. 후일을 위해서는 오늘을 버려야 했다. 오늘이 배길수록 후일은 편안할 것이다. 오늘이 떫을수록 후

일은 달 것이다. 어찌하는 것이 오늘을 배기고 떳떳게 사는 것인
가. 며칠 동안 셈해봤으나 아무래도 자복밖에 없었다. 자복하
되 모두 홀로 안고 가야 했다. 위가 상한다면 후일은 없게 됨
을 우병사도 모르지 않았다. 앞으로 우병사 본인에게 닥칠 일
이 환하게 그려졌다. 그러나 분명 기다리라 하였으므로 목이
떨어져 나가지는 않을 모양이었다.

　──그대가 목숨을 부지하는 것은 다만 우리가 역도가 아니
어서임을 알라.

　여전히 그날의 일이 생생히 떠올랐다. 예전에 한번 그놈을
잡았을 때 없앴어야 했다며 우병사는 이를 갈았다.

　난을 주도한 수창자를 난리 전에 미리 알고 가두어두었다가
잠시 방면한 사이에 일이 터졌다. 그자는 농민이며 나무꾼이
며 장사치 할 것 없이 들쑤셔댔다. 환곡이 어떠하고 도결이 어
떠하다며 말을 만들어내어 사람을 모은다더니 나중에는 그가
나타나기만 하면 장터가 미어터진다고 했다. 수시로 등소(等
訴)하여 탄원하고 그 바를 알리는 등, 먹물 든 자가 자기들 편
에 서주니 무지렁이들로선 그저 미뻤을 것이다. 그자는 그렇
게 소를 올리며 처음에는 식자답게 굴었다. 몰락했으나마 양
반 줄이라 몽둥이가 아닌 붓으로 해결해보려 했던 셈이었다.
그러나 소는 번번이 묵살됐고 그의 손아귀에는 붓을 쥐는 힘
이 아니라 몽둥이를 들 힘이 들어갔다. 곧바로 장터에서 사람
들을 모아 시위를 책동하였으나 당시만 해도 무력시위는 호응

을 얻지 못했다. 탄원이 잦은 것도 꽤씸한데 패려한 민심을 모으기까지 하니 그냥 둘 수 없었다. 일단 잡아들였으되 아무래도 양반이라 함부로 다루지는 않고 지켜보았다. 그자를 가둔 것만으로도 소요는 잠시 잦아들었다.

하루는 그자가 집안 제사가 있다기에 잠시 방면했다. 그렇게 병영을 걸어 나가서는 횃불과 몽둥이를 들고 돌아왔다. 우병사는 그날 성을 치고 관아로 몰려온 일당에게 받은 치욕을 떠올리곤 백골이 되더라도 씻기지 않을 것 같아 신음을 흘렸다. 머리에 흰 수건을 두르고 저마다 단단한 막대기나 농기구를 든 그들은 몹시 흥분해 있었다. 본래 나무꾼들이어서 스스로를 초군이라 불렀고 그들을 이끌고 온 수창자는 초군의 우두머리였으므로 초괴(樵魁)라 할 만했다. 며칠 전, 잠시 집에 가서 제사를 지내고 오겠다며 삼강오륜까지 들먹이던 모습은 온데간데없었다. 제삿밥 지을 쌀도 없어 보일 만큼 초라한 몰골이라 방심했던 게 패착이었다.

병영을 치러 오기 전에 진주 목사로부터 조세를 탕감해주겠다는 완문(完文)을 받아낸 뒤였으나 그들은 조금도 누그러진 것 같지 않았다. 오히려 목사를 굴복시킨 승기에 도취되어 병영도 쉽게 보는 것 같았다. 초괴를 달래기 위해 수족처럼 부리던 서리 하나를 매질해 죽여 보였다. 난민들이 말하는 수탈의 최전선에서 늘 분골쇄신하던 자였다. 그 솜씨가 아까웠으나 버려야 했다. 그러나 달래지기는커녕 허물을 부하에게 전가하

려 한다는 욕만 얻었다. 초괴는 이방 둘을 더 지목하며 그들도
죽여보라 했다. 두 이방은 대번에 초괴의 발밑에 엎드려 저희
의 상관인 우병사를 발고했다. 우병사로서는 그들 역시 쓰임
이 많았으나 버릴 수밖에 없었다. 이번엔 난민들 손에 그들이
죽었다. 한 놈은 밟혀 죽고 한 놈은 맞아 죽었는데 그대로 불
길에 던져졌다. 그제야 초괴를 위시한 난민들이 진정됐다.

"그대가 목숨을 부지하는 것은 다만 우리가 역도가 아니어
서임을 알라."

초괴가 병영이 쩌렁쩌렁 울리도록 꾸짖었다.

난민들은 목사에게 했던 대로 우병사에게도 세를 탕감한다
는 완문을 받아내고서야 돌아갔다.

3

임금은 백성을 잘 안다고 자부했다.

잠룡이던 시절, 그때는 그도 백성과 하나였다. 왕족인 줄은
까맣게 잊은 채 함께 흙을 일구며 살고 있었다. 추고(追考)하
기로, 백성들은 굶주리지만 않으면 관아를 향할 일이 없었다.
아니, 어지간히 굶주리더라도 하늘을 쳐다보며 비를 바라거나
흙을 어루만지며 지심을 돋우었지 함부로 수령을 겨누지는 않
았다. 순박하고 가련한 자들이었다. 그저 농투성이에 불과했

던 임금 자신도 그들과 다를 수 없었다. 그런 백성들의 고혈을 짜내는 이가 바로 지방관아의 벼슬아치들이었다.

용상에 오른 지 어영부영 10여 년이 흘렀다. 열아홉 당시는 어리고 무지했다. 나라를 경제하는 일을 힘써 배우고 익히는 한편으로는 농투성이도 임금으로 만들어놓는 세도가들의 경계를 사면 자신을 어찌할까 두려워 술과 여자를 가까이하는 척해서 안심시켰다. 공부는 지독히 고되어 서책들을 이해하는 것이 마치 바위를 핥아 뚫어내고 있는 것만 같았다. 『통감(通鑑)』 두 권과 『소학(小學)』 1·2권을 어릴 때 범연히 읽어놓았으나 깜깜하여 기억할 수는 없었다. 그러던 것이 10년쯤 되자 흐릿하게나마 길이 보이기 시작했다. 섭정을 끝내고 친정을 시작한 지도 수해 지났으니 관리들의 부정과 비리를 지적하며 왕의 위엄을 세워보려고도 해봤다. 암행어사들도 어심을 받들어 동분서주해주었다. 그러나 그뿐이었다. 실권을 틀어쥔 김씨 세력은 임금을 철저히 무시했다. 이제 나라가 이런 지경에 이르고 보니 대전에 든 대신들을 일거에 참해버리고 싶은 마음만 가득했다. 그 구실이 지금 손에 들려 있으나 자체로는 미약한 것이 한스러웠다.

금번 진주(晉州)의 난민(亂民)들이 소동을 일으킨 것은 오로지 전 우병사(右兵使)가 탐욕을 부려 침학(侵虐)한 까닭으로 연유한 것이었습니다. [……] 진실로 그 이유를 따져보면 실은 스스로 취한 것입니다.

임금이 승정원을 거쳐 온 장계를 묘당에 보였다. 영의정 이
하 대신들이 섣불리 입을 떼지 못했다. 대신들의 머릿속은 진
주 안핵사가 첫 치계부터 저렇게 날뛰니 과연 어디까지 갈 것
인가 가늠하느라 분주했다. 대전 밖에는 분명 봄이 와 있었으
나 대전 안은 아직 혹한이었다.

"왜 아무 말들이 없는가. 이를 어찌 처분할지 논하라."

임금의 재촉에는 분기가 서려 있었다. 그러나 그 목소리
는 기운을 받쳐주지 못했다. 월초에 익산에서 새로이 난이 터
졌다고 보고받은 까닭이었다. 임금은 익산은 또 무슨 까닭인가
[……] 너무도 통분스러워 진실로 말하고 싶지 않다, 하고 좌절된
속을 거르지 않은 채 드러내버렸다.

임금의 좌절은 달 전에 진주로 다급히 내려보낸 유시(諭示)
가 아무런 소용이 없었다는 데 있었다. 진주의 일은 분명 안핵
사의 보고처럼 수령들의 잘못이 클 터였다. 그러므로 유시에
적기를, 첫째는 임금 자신의 부덕으로 탓을 돌리고 둘째는 백
성을 다스리고 적을 막아야 할 관리들의 탓으로 돌렸다. 그로
도 부족하여 스스로 돌아보건대 얼굴이 붉어져 마음을 가눌 수가
없다고 잔뜩 낮추기도 했다. 그리하여 연루된 관원을 모두 잡
아 가둔 뒤 힐문하여 백성들에게 사죄토록 했다. 아울러 난을
일으킨 백성들은 법에 따라 처단해야 마땅하나 자칫 옥석이 함

께 불탈 염려도 내비쳤다. 이미 안핵사가 떠나던 날 거론한 일이 있었으나 마음에 새긴 생각이 갈수록 더 간절하여 거듭 유시하는 것이라고 재차 강조했다. 임금이 애민하는 뜻을 애써 전하려 한 것은 다른 지방에서 진주와 같은 일이 일어나지 않길 바라는 마음이 컸기 때문이었다. 그러나 유시가 내려간 지 한 달도 되지 않아 익산에서 새로운 난이 일었다. 임금은 백성을 잘 달랠 수 있을 것이라고 자부했던 자신을 의심하게 되었다.

— 어찌해야 한단 말인가……

"전 우병사를 형신으로 다스리시고 가산을 몰수한 뒤 정배하소서."

맨 먼저 입을 연 자는 영의정이었다. 임금은 그를 노려보았다. 여태의 관례로 보아 도신(道臣)과 수신(帥臣)이 아무리 탐학했기로서니 난민의 주동자들을 잡아 처벌하는 것을 논하기도 전에 그들 관리의 죄를 먼저 짚는 경우는 없었다. 임금은 안핵사의 장계를 다시 떠올렸다. 그는 '오로지 전 우병사'의 탓이라고 했다. 일전에 모든 사정을 평단하게 조사하라 명한 것이 그의 붓머리를 눌러 손쉬운 백성을 기웃거리지 않게 하였으리라는 짐작이 들었다. 그러나 그것으로는 어심에 닿기에 모자랐다. 임금은 안핵사의 붓이 고개를 더 빳빳이 들고 우병사의 너머를 쳐다보길 기대했다. 그 너머의 너머를 더듬다 임금 자신에게 닿더라도 상관없었다.

— 우병사가 자복하였다고는 하나 자초지종을 듣기도 전에

서둘러 처벌하려 한다. 영상이 내 속을 알고 있는 것인가. 우병사를 버리고 무엇을 취하려 함인가.

노회한 영의정을 당하기에 임금은 아직 너무 젊었다. 대신들의 날카로운 혀가 백성을 베기 전에 논의를 끝내야 했다.

"형신은 어찌하는가."

"고한(拷限)을 기다릴 것 없이 1차의 엄한 형신(刑訊)을 가한 다음 절도(絶島)에 정배(定配)시키소서. 또한 물간사전(勿揀赦前)함이 마땅한 줄 아뢰옵니다. 아울러 범장(犯贓)한 물건은 추조(秋曹)로 하여금 일일이 환추(還推)하여 해영(該營)에 수송하게 하옵소서."

임금은 영상의 말을 듣고 다시 한번 놀랐다.

— 물간사전이라 함은 영영 사면되지 않는 죄인으로 남기겠다는 소리가 아닌가. 여지를 두지 않는 처결인 듯하나 내 뜻에는 모자라다. 지금 영상은 우병사의 목숨만은 살리라는 말을 저렇게 하고 있구나.

"살려두라?"

임금이 묻자 영의정은 준비하고 있었다는 듯 대답했다.

"성심을 어지럽힌 신하의 죄는 천만 번의 죽음으로도 씻을 수 없으나, 난민들의 우연한 소요에 수령의 목이 떨어진다면 이치에 어두운 백성들이 그것을 어찌 여길까 다만 그것이 두렵사옵니다. 당장의 처벌이 가볍기로 가죄할 날이 없겠습니까."

임금은 할 말을 잃었다. 익산의 일이 진주에서 번진 게 아니

라고 할 수 없었다. 임금은 영의정의 말에 마음이 무거워지고
말았다.

"유배지는 어디로 하는가."

"고금도가 어떠하오리까."

임금은 다시 영의정을 노려봤다. 눈을 지그시 내리깔고 하
교를 기다리며 서 있는 모습이 흡사 석상 같았다.

— 그럴 것이다. 못해도 고금도는 되어야 할 것이다.

임금은 제주도를 예상했다. 그러나 고금도 또한 일급 유배
지였다. 만일 고금도를 받지 않고 제주도를 고집한다면 영의
정은 굳이 맞서지 않을 것이다. 사소한 사안으로 영의정과 겨
루고 싶지 않았다. 정치에서는 제 주장을 관철시키고도 지는
일이 다반사였다. 전쟁이 이겨야 이기는 일이라면 정치는 비
겨야 이기는 일이었다. 고금의 위정자들이 걸어온 길이었다.

— 그러나 안핵사는 져서 이기는 길을 열어야 한다. 그것이
지금 과인이 가고자 하는 길이다.

"그리하라."

임금은 영의정이 지금껏 고한 그대로 하교하였고 사관은 그
제야 붓을 놓렸다.

4

진주의 조사하는 일이 지금 어떤 지경에 이르렀는데, 달을 미루고 계절이 지나도록 오로지 게을리하고 있으니 여러 가지를 돌보아 거리낌 없이 패려한 습관이 여기에 연유되지 않은 것이 없었다. [……] 삼현령으로 행회하여 그 곡절을 속히 등문하게 하라.

—임금이 재촉하고 있다. 난이 전국으로 퍼질 조짐이 있는 까닭이다. 익산이 터질 때까지만 해도 임금은 백성을 믿었다. 나를 보내듯 여러 안핵사를 내려보내서 진상을 조사하고 적절한 처분을 묘당으로 하여금 품처케 했다. 그러나 이제는 우선 백성의 목을 베고 다음으로 안핵사를 보낸다. 내게도 어서 백성을 벨 명분을 내놓으라는 게 아닌가. 대소 신료들은 이곳 진주의 안핵사인 내가 난민을 제때 처결하지 않아 다른 고을의 난민들에게 구실을 주었다고 하였을 것이다. 임금이 백성을 두려워하기에 이르고 말았다. 한번 고개를 든 두려움은 오랫동안 가라앉지 않을 것이다. 하여, 안으로는 곪아 병을 부르고 밖으로는 불타 피를 부를 것이다.

안핵사는 마주 앉은 자를 말없이 지켜보며 스스로에게 묻고 답했다.

사내는 옥 안에서 험하게 다뤄졌는지 여태 고신은 없었건만 봉두난발이 되어 있었다. 사내는 지루하게 이어진 조사에도 형형한 눈빛을 한 번도 잃지 않았다. 그리고 여전히 그 얼굴 그대로 안핵사의 질문을 기다리고 있었다. 저희들 사이에서는 좌상(座上) 혹은 두목(頭目)으로 불렸고 전 우병사는 사내를 적도라거나 초괴라고 했다.

하나둘 체포된 모든 주동자에게서 사내와 같은 안광이 보였다. 그들은 체포되기 전까지 아무도 도주하지 않았고 그저 저희의 일을 하고 있을 뿐이었다. 잡혀 와서는 따로 형신을 가할 필요도 없이 깨끗이 자복했다. 조사는 끝났고 모든 게 명백해졌다. 치계는 지금 궐을 향해 빠른 속도로 올라가고 있을 터였다. 다 매듭지어진 마당에 안핵사는 사내를 따로 불러 묻고 싶은 게 있었다.

"조정에서는 참형을 내릴 것이오."

안핵사는 심문할 때처럼 하대하지 않고 하오를 했다. 사내가 죄인인 데다 안핵사보다 10년쯤 아래였으나 안핵사는 둘만 있는 자리에서라도 사내를 동료 문사로 예우해주고 싶었다. 안핵사의 부드러운 말투에 사내는 보일 듯 말 듯한 미소를 지었다.

"거추장스러운 이 대가리를 천년만년 몸에 붙여놓을 수 있을 거라 생각지 않소이다. 나으리가 삼정의 문란을 상소하겠다 약조했으니 이 몸이 할 일은 다했다 여기오. 그러나 저잣거리 아이들은 아직도 내가 지은 언가(諺歌)를 부르고 있소. 부디 저 노랫소리가 궐까지 가지 않게 해주시오."

114

안핵사는 노랫소리가 마치 실제로 들리는 것처럼 문밖을 향
해 고개를 돌렸다.

　　이거리 저거리 각거리
　　진주 맹건 또 맹건
　　짝바리 회양근
　　도루매 줌치 장도칼
　　머구밭에 덕서리
　　칠팔월에 무서리
　　동지섣달 대서리

　묻고 싶은 것에 대해 사내가 먼저 말을 꺼내니 안핵사는 체
면이 섰다. 조사를 하던 중에 사내가 지어 돌렸다는 언가를 알
게 되었을 때는 그저 아이들의 놀이에 붙이는 노랜 줄만 알았
다. 못 알아들을 사투리가 많고 짜임이나 운이 학동(學童)들
에게조차 유치할 지경이었다. 그리하여 사내가 난을 일으키기
위해 언가와 더불어 돌렸다는 통문(通文)에만 집중했다. 그러
나 한번 들은 언가의 노랫말이나 가락이 뇌리에 붙어 떨어지
지 않으매 사람을 시켜 노랫말을 채집해오라 일렀다. 몇 사람
이 들리는 대로 적어 왔지만 누구도 그 온전한 뜻을 설명하진
못했다. 안핵사의 명이 있어 백방으로 알아보았으나 노래를
부르던 아이들은 뜻을 묻기만 해도 겁을 먹고 달아나기만 바

빴고 어른들은 괜한 트집을 잡히기 싫어서인지 죄 모르는 척
한다고 했다. 그럴수록 안핵사는 언가에서 벗어날 수 없었다.
어지러운 중에 계산된 질서가 있었고 모호한 중에 예리하게
저미는 맛이 있었다. 익숙지 않은 흐름과 날카로움에 안핵사
는 두려움마저 느꼈다.

처음 들었을 때는 일종의 암호가 아닌가 싶기도 했다. 갓과
망건을 쓴 자들이 도처에 있다는 것 같았고 회양근(건)은 저들
이 머리에 둘렀던 흰 수건으로 짐작할 만했다. 춘궁기에 굶주
림을 면하고자 머위를 키우는 밭에서 떡을 미리 빼앗아 갈 만
큼 수탈이 가혹했다는 고발도 눈에 들어왔다. 그러나 안핵사
가 억지 혐의를 씌우려 한다거나 말마기〔言的〕 놀이나 한다고
볼 눈들이 무서워 노랫말의 뜻을 두고 길게 심문하진 못했다.

"그저 아이들의 노래인데 궐에 들어간들 어떻기에……"

안핵사는 사내를 슬쩍 떠보았다. 사내는 안핵사가 무엇을
묻고 있는지 아는 듯했다. 그러나 속 시원히 말해주지 않았다.
일전에도 슬쩍 물었을 때 그저 함께 부르면 시위에 흥이 날 것
같아 운을 맞춰 지은 노래라고만 했다. 시위란 어찌 보면 놀이
의 원관념들 중 하나가 아닌가. 사내의 언가는 불러볼수록 군
중이 진군하며 함께 부른다면 사기가 고취될 만했다. 그날 성
난 놀이 속에서 많은 이가 죽고 다쳤다. 그리고 이제는 놀이를
하던 그들 자신이 죽게 생겼다. 사내가 입을 열었다.

"나으리, 사대부들은 시가와 시문으로 무엇을 한다더이까.

정치지요. 전해오는 수많은 문장을 들먹이며 충효를 말하는 동시에 그것을 뒤집기도 하지요. 산수를 노래하는 듯하나 자신의 충정을 자랑하는 것이고 강산을 그리는 듯하나 정적을 공격하기 일쑤더이다. 그 숨은 뜻을 캐내는 것이 사대부들의 독서고 감상이지요. 그것은 한 겹 막을 드리운 채 더듬는 짓에 지나지 않습니다. 나으리의 눈과 귀에도 막이 끼어 있진 않습니까. 지은 사람, 부르는 사람, 듣는 사람은 안중에도 없고 그저 나으리의 앎만 찾고 뒤져 말하고자 하지 않습니까. 나으리, 나으리는 지금 제가 나으리의 해석에 맞게 지었길 바라고 있습니다. 그러나 저는 이미 그런 것 없다 말했지요. 기실 저는 나으리 같은 사람이 촌부의 자질구레한 것을 두고 궁리하는 모습을 보니 몹시 즐겁습니다."

사내의 말을 듣는 중에 안핵사는 귀가 뜨거워지는 것을 느꼈다. 사내의 말에는 가시가 돋아 있었고 한껏 뾰족해짐으로써 숨기려 드는 열패감이 얼비쳤다.

"유구한 세월 다듬어져온 글월에 대기에는 너무 성마른 소리인 듯싶소. 내 눈엔 여태 변방으로 밀려나기만 했던 본인의 처지를 변론하려는 듯 보이오만."

이번에는 사내의 낯빛이 붉어졌다.

"두고 보시지요. 후세 사람들이 권문세가의 시가를 더 잇는지 저 아이들이 부르고 있는 저 노래를 더 잇는지. 당대에는 확인할 길이 없겠으니 나으리가 훗날 저를 따라 지하에 오시더라도 부디 이 내기를 잊지 마시오."

안핵사가 고개를 끄덕이며 사내의 말을 받았다.

"내 소견도 그대와 다르지 않소. 다만 나는 정자에서 읊어지는 시문이든 저잣거리에 도는 언가든 모두 당대를 말함이니, 후대에 전수되어야 마땅하다고 여기오. 그대의 언가에서 기성의 시문을 맹렬히 두드려대는 무엇을 보는 듯하더구려. 말하자면……"

안핵사는 망설였다. 입에 물고 뱉지 못한 말을 사내가 어떻게 받아들일지 몰랐다.

안핵사는 사내의 언가를 거듭 되뇌면서 한 사람을 떠올리고 있었다. 팔도를 방랑하며 전에 없는 형식의 시문을 지어 사대부를 농락하던 자였다. 본명보다는 그가 쓰고 다니는 삿갓 때문에 붙여진 김립이란 별호로 더 자주 불렀다. 안핵사는 그가 세상천지를 손아귀의 염주알 굴리듯 농간하는 패기를 높이 샀다. 한때 그의 명성이 장안을 떠들썩하게 했으나 아직 한 번도 대면하진 못했다. 근자에 들어서는 목격담과 함께 객사했다는 소문이 번갈아 들렸다. 안핵사는 기왕 사내에게 물어보기로 작정하고 자리를 마련한 것이므로 에둘러 가지 않기로 했다.

"허심탄회하게 말합시다. 혹 김립이라 불리는 자와 내왕이 있진 않았소. 듣기로 그가 얼마 전 대구에 나타났다고 하던데…… 내 그대의 언가가 어딘지 그자의 시풍과 닮은 데가 있어서 묻는 말이오."

안핵사는 사내의 눈빛이 얕아지며 흔들리는 것을 놓치지 않았다. 그러나 곧 깊이를 되찾고 안핵사를 쏘아보았으며 그 속에서 일종의 힐난이 비치기도 했다. 안핵사는 어쩐지 분위기가 의도했던 것과 다르게 흐르는 것 같아 불안해졌다.

"나으리의 깊고 넓은 식견에 대해서는 이 촌부의 귀에도 들릴 정도라 기대를 했건만 별반 다를 바가 없구려. 대체 댁들은 계보를 만들어 줄 세우고 군을 지어 묶지 않으면 할 말이 그렇게도 없답니까. 비록 박잡(駁雜)하기로 목을 내놓고 지은 것을 두고 빌어먹길 일삼는 망령 든 자의 시풍에 닿아 있다고 하니 그저 허탈할 뿐이외다. 곧 죽을 사람을 두고 더 하실 희롱이 없다면 이만 보내주시지요."

안핵사는 사내가 곡해하여 과하게 분을 내는 모습에 당황스러웠다.

"계보와 군을 지어 식견을 뽐내려 한다는 말은 오히려 이쪽을 난감하게 만드오. 한 시대의 기록이며 역사를 대함에 있어 그 명확한 자리를 살피는 일은 무엇보다 우선해야 하는 일일진대 그것을 어찌 그리 가벼이 여긴단 말이오."

"정히 그러하다면 나는 차라리 변종을 자처하겠습니다. 그리하여 나으리의 맥락에서 빼주시지요. 온 백성을 도탄에 빠뜨려 허우적대게 하는 이 시대가 나와 같은 별종을 낳았다고 하면 어떻습니까. 그리 취급될 수만 있다면 나는 비록 불귀의 객이 되더라도 눈을 편히 감을 수 있겠습니다."

사내는 새로운 난을 일으키기라도 하려는 듯 무서운 결기를 내비쳤다. 안핵사는 아직은 보이지 않는, 나중에도 얼른 알아 볼 수 없는 커다란 전복을 예감하며 팔뚝에 소름이 돋는 걸 느꼈다. 사내의 언가가 저 혼자의 힘만으로 새로운 흐름을 만들어낼 수는 없을 것이다. 그러나 이러한 변종이 하나둘 계속해서 나타난다면 지금까지 견고했던 물줄기에서도 갈래가 생기지 않으리란 법은 없었다. 이미 안핵사 자신부터 사내의 언가가 만들어놓은 균열을 감지했다. 틈을 내고 그 틈을 메우는 일이 바로 난이 아니고 무엇이란 말인가. 난의 징후만을 알아보고 그 과정과 다음을 당대에 맞이하지 못하는 안타까움이 컸으나 그 모두를 내다보는 즐거움도 지대했다. 사내를 구명할 길이 없음 또한 그만큼 안타까웠다.

5

고금도로 들어간 지 닷새 만에 유배지가 바뀌었다. 제주도라고 했다. 제주도에는 가시가 가득한 구귤나무들로 울타리를 두른 초가 한 채만이 우병사를 기다리고 있었다. 더 먼 곳으로 밀렸고 더 치욕스럽게 갇혔다.

구귤나무 앞에서 우병사는 벌써 한 시진이나 미동도 없었다. 유배에 앞서 받은 형신으로 몸에 든 장독도 어지간해지고 바깥 거동이 거북하지 않을 만큼 날이 풀리기까지 석 달이 걸렸다. 편히 운신할 수 있게 된 뒤로는 마당에서 구귤 울타리를 노려보며 시간을 자주 보냈다. 민가에서는 탱자라 부른다고 알고 있었으나 입에 담기에는 경박한 이름이었다.

이름만큼이나 천하고 근본 없는 모양새를 하고 있었다. 나무는 낙수가 물길을 찾듯 잔가지를 함부로 뻗치며 어른 키를 훌쩍 넘길 만큼 크고 무성히 자라 있었다. 가지는 저마다 일정한 방향도 없이 뻗어대며 무언가를 찌르고 후벼대는 중인데 그저 허공뿐이라 소용없이 신경질만 내고 있었다. 그러다 제 안에서 이는 화를 그예 참지 못하고 곳곳에 가시를 토해놓고 말았다. 가시는 하나하나가 잔뜩 벼린 창끝처럼 성이 나 있었다. 녹색의 단단하고 길쭉한 가시들을 보고 있자면 기필코 무엇이든 해하고 말겠다는 앙심이 느껴졌다.

사방으로 뻗친 잔가지와 가시 때문에 구귤나무는 초록으로 불타오르는 형상이었다. 그 초록의 불길이 낡은 초가 한 채를 빙 둘러 세상과 격리시키고 있었다. 불길은 차갑고 어두우면서도 항상 소란스러웠다. 가시들이 겨누는 것은 안에 갇힌 죄인이고 밖에서 떠도는 잡귀였다. 그리하여 저 바깥은 산 사람의 세상이되 이 안은 죽어 마땅한 자의 자리라 우병사를 꾸짖고 있었다. 우병사가 받은 형신이 저지른 죄에 훨씬 미치지 못함도 매일같이 호통으로 일깨웠다. 자못 준엄하고 통렬했다. 그러나 정작 우병사에게는 조금도 닿지 않았다.

제아무리 서슬을 세워본들 흙바닥에 붙박인 나무였다. 나무에게는 한 치의 거리도 수만 리와 다름이 없어 스스로는 우병사에게 손톱자국과 같은 흔적도 입힐 수가 없었다. 우병사는 가능한 한 나무의 가시에 다가서며 그 이치를 거듭 확인했다. 그렇게 제 처지를 자위하다 보면 어느새 다시 들불처럼 달려들던 난민들이 떠올랐다. 그리고 그들이 자신을 이리로 내몰았다는 생각이 들면서 절로 이를 물고 신음을 삼키게 됐다.

— 이것이 제 우듬지를 부러뜨려 내 정수리에 가시를 박아넣은 셈인가.

아무리 헤아려도 나무는 제 스스로 그리할 수 없었다. 그런데 제주의 바람이 알려주었다. 바람에 흔들린 가지 끝에 달린 가시 하나가 우병사의 코끝까지 다가왔다 돌아갔다. 우병사는 선뜩해져 주춤 뒷걸음쳤다.

— 그자가 바람이었다! 그자가 천것들을 흔들었다!

우병사는 이미 효수된 자를 머릿속에서나마 갈기갈기 찢으며 통분을 삼켰다.

우병사의 갑갑증은 미리부터 도져 있었다. 진주의 주창자들을 처결하기에 앞서 영상이 우선 사직했다는 소식을 들었기 때문이었다. 조정에서는 사직한 영상에게 소임 없는 늙은이들을 위한 자리인 중추부 판사를 맡겼다고 했다. 그나마 궐을 아주 떠난 것은 아니니 위안 삼을 수는 있겠으나 우병사로서는 영상이 어찌할 셈인지 짐작할 수 없었다. 부디 혼란한 정세에서 숨을 고르기 위한 행보이길 바랐다.

일찍이 '신담' 두 글자를 내려준 이를 막연히 영상이라고 생각했고 그가 오래지 않아 손을 써주리라 믿고 있었다. 진주에 이어 익산까지 터진 탓인지도 몰랐으나 영상은 그 정도로 직을 내려놓을 위인이 아니었다. 흔히 일인지하 만인지상(一人之下 萬人之上)의 자리라 했거니와, 영상은 앞의 네 글자가 필요 없는 인사였다. 세상도 그리 알고 있었다. 항간에는 사모 안에 익선관을 쓰고 있다는 소문이 들릴 정도였다. 그런 영상이 고을 몇 곳의 소동으로 임금의 눈치를 봐서 사직을 청했다는 건 말이 안 되었다.

우병사로서는 이따금 간신히 선을 대어 조정의 소식을 듣고 있을 뿐이라 도무지 내막을 짐작할 수 없었다. 평소에 아래로는 무심해도 위로는 판세를 읽는 데 도가 텄다고 자부하던 터라 갑갑증이 더욱 심해졌다. 그러는 사이 오월을 넘기고 유월이 왔다. 계절을 건너는 동안 구귤이 몸을 바꾸었다. 온통 진녹색의 윤기를 둘러 물이 잔뜩 올라 있음을 뽐내더니 가지 끄트머리마다 병아리 혓바닥만 한 것을 하얗게 틔웠다. 꽃이 맺히고 있는 것이었다. 처음의 하나가 이 가지 저 가지로 옮아 종래엔 나무 전체, 울타리 모두에 희끗희끗한 붓질이 지나간 듯했다.

바깥에서는 그새 난이 전국으로 번졌다는 소식이 들려왔다. 함평, 회덕, 공주, 은진, 연산, 부안에서 백성이 동헌을 쳤다.

장흥, 순천, 선산, 상주, 거창에서도 횃불이 올랐다. 조정은 아수라장이 돼 있을 게 뻔했다. 서로에게 탓을 돌리며 이 기회에 정적을 제거하려고만 할지도 몰랐다.

　—혹 영상은 모두 내다보고 있었던가. 정녕 혼자 살겠다는 수작인가.

　우병사는 수염을 쓸던 손으로 구귤나무에 손을 뻗어 뒤늦게 피기 시작한 꽃 하나를 뜯었다. 꽃잎은 여리다는 말조차 그것을 담기엔 사나운 표현인 듯했다. 엄지와 검지로 비비자 꽃잎이 눈 녹듯 뭉개졌다. 우병사는 손끝에 남은 희끗한 흔적을 보다가 눈살을 찌푸리고는 낡아 해지기 시작한 창옷 자락에 닦아 털어냈다.

6

　명치끝이 또 뭉근히 아려왔다. 이러다 숨이 가빠지고 식은땀이 나며 시야가 흔들리곤 했다. 어의는 기울증이라 하며 교감단을 처방했다. 때에 맞춰 복용하고 있는데도 별 차도는 없었다. 임금은 곤룡포의 소매를 말아 쥐며 통증을 삭이려 애썼다. 산적한 현안들은 그저 대신들에게 맡기고 어서 침소에 들고만 싶었다.

　대전에 입시한 신료들도 임금의 병을 알고 있었다. 점차 수

라를 물리고 탕약에 의지하는 일이 잦아지고 있음이 대조전 담벼락을 넘지 않을 리 없었다. 그러나 신료들은 걸핏하면 옥체를 보존하여 만수무강하길 기원했다. 서른둘. 만수무강을 듣기에는 이른 나이였다.

잠룡 시절 들판에서 흙을 일구던 일이 고되었다지만 글과 말을 일구는 일에 비할 바가 아니었다. 막걸리와 우거짓국이 자주 그리웠다. 평생을 종이에 먹을 파종하며 살아온 신료들이 어찌 보면 애처롭기도 했다. 그중 가장 애석한 이는 진주의 일을 알아보기 위해 내려갔다 그만 영남 전체를 아우르게 된 안핵사였다. 그는 최선을 다해 피를 뽑고 돌을 골라냈으며 이랑과 고랑을 정비한 뒤 물꼬까지 완벽하게 텄다. 자그마치 3개월 만이었다. 그사이 한 번 재촉한 일이 있었는데 임금은 그것이 못내 미안했다. 안핵사의 철저하고 면밀한 보고는 조정을 아연케 했다.

영남 안핵사가 발송한 관문(關文)의 내용에 온 도(道)의 사림(士林)의 선배(先輩)들을 거론하여 패려한 부류로 돌렸으니, 안핵하는 일이 끝난 뒤에 속히 해당되는 형률을 시행하게 하소서.

하나의 옥사(獄事)를 3개월 동안 논단(論斷)했는데, 그 논단이 가끔 지나치게 가벼운 쪽을 따른 점이 있으니, 안핵사에게 간삭(刊削)시키는 법을 시행하소서.

듣자 하니 임금이 일전에 안핵사를 재촉한 일이 그를 고까
워하는 이들에게 구실을 쥐여준 꼴이 되고 말았다. 임금으로
서는 안핵사에게 기대가 컸던 만큼 조바심을 낸 것일 뿐이었
으나 저들은 교활하게도 임금의 모든 글과 말을 여퉈두고 있
었다. 임금은 영상을 떠올렸다. 저들의 행태에서 영상의 그림
자를 엿보았기 때문이었다.

영상은 판부사로 직을 옮긴 뒤 낯을 보기가 어려웠다. 사직
한 정승에게 예우차 내려주는 직이라 탓을 할 수도 없었다. 그
러나 영상에게는 밤낮으로 부릴 수 있는 쥐와 새가 넘치도록
쥐여 있었고 그만큼 정사를 좌지우지할 수 있는 힘도 여전했
다. 저들 사이에서 영상의 호칭은 현재 직함인 판부사가 아니
라 합하(閤下)였다. 듣기로는 그의 총애를 받는 기생마저도 위
세가 높아 '합'으로 불린다 하나, 실상 그 합은 다른 합(蛤)이
라는 농이 있다기에 잠시 용안에 고소가 스치기도 했다.

"안핵사에게 벌을 내리는 일은 급하지 않다. 그보다 우선
안핵사가 논단한 대로 문란한 삼정을 조처할 필요가 있다. 이
제 비국(備局)에서 말하길 삼정(三政)의 폐단을 바로잡기 위하여
회동(會同)하였는데, 청호(廳號)는 이정(釐整)으로 결정했다고 한
다. 그러니 이정청의 막중한 소임을 누구에게 맡기면 좋겠는
가. 그대들의 의견을 말하라."

"소임이 크고 무거우니 나라의 원로들로 하여금 총재케 함

이 마땅한 줄 아뢰오."

대신들 가운데 누군가 말하자 모두가 같은 의견으로 입을 모았다. 임금은 다시금 숨이 가빠오고 머리가 어지러워졌다. 저들이 말하는 원로란 영상 일파를 말함이었다. 삼정의 문란을 부른 자들이 그들일진대 이제 그 폐단을 바로잡을 적임자라고 하니 기가 탁 막히고 말았다. 그렇다고 임금이 시비를 걸 수도 없었다. 이미 저들은 이정청을 설계할 때부터 누가 맡을지까지 결론지어놓았다고 봄이 옳았다.

특별히 하나의 국(局)을 설치하고, 적임자를 잘 선발하여 위임시켜 조리(條理)를 상세히 갖추게 하소서.

만일 안핵사가 지금 곁에 있다면 그가 보고서에서 말하고 있는 '적임자'가 누구인가 묻고 싶었다. 두말할 것 없이 안핵사 본인이었다. 임금은 그에게 모든 지원을 쏟아 나라의 기틀을 바로 세우는 데 더욱 힘쓰게 하고 싶었다. 그러나 안핵사의 상소에는 신중히 헤아려야 할 행간이 있었다. 그는 직접 '조리를 상세히 갖'춰 상소할 수 있었음에도 그리하지 않았다. 누구라서 그보다 더 상세히 조리를 마련할 수 있단 말인가. 그러나 그는 우선 물길을 낸 뒤에 흐름을 지켜보기로 한 것 같았다. 당장은 안핵사에게 일을 맡길 수 없겠으나 그의 복중에 있는 것만이라도 끄집어내고 싶었다.

임금은 혼미해지는 정신을 가다듬고 생각했다. 안핵사도 여기까지 고려했을 것이다. 임금이 대신들의 주청을 거절할 수 없다는 것도 알았을 것이다. 그렇다면 이것이 순리라고 여겨야 한다. 안핵사의 헤아림을 따르니 얼핏 무언가 보이는 듯도 했다.

──만일 이정청이 제 구실을 해내지 못한다면?

판부사로 물러나 있는 영상이나 영상의 수족과 다름없는 좌상과 그 일파를 총재관으로 삼아 난국을 다루도록 해봄 직했다. 삼남에서 전국으로 번진 난의 모든 주동자는 역모에 준하는 죄를 주어 효수했다. 그러니 만에 하나 그 모든 원인으로 지목된 삼정의 폐단을 혁파하지 못한다면 비슷한 구실로 옭아맬 수 있게 될지도 몰랐다. 문제는 임금 자신이었다. 이정청의 활동을 끊임없이 재촉하고 감독하며 정국을 이끌어야 한다. 임금의 편에 서서 함께해줄 자는 극소수에 불과했다. 전경상우병사를 절도에 위리안치한 데 그치지 말고 죽여야 한다는 상소가 없진 않았다. 미관말직의 젊은 관리나 장동 김씨의 세력 밖에서 고군분투하고 있는 선비들이 목숨을 걸고 그러한 목소리를 냈다. 임금은 안핵사를 비롯한 그들의 요구를 묵과할 수 없었다. 그들이 기댈 곳은 임금밖에 없었다. 임금이 포기하면 그들은 곧 소리 소문 없이 사라질 운명이나 마찬가지였다.

"그리하라."

임금이 윤허하자 영상을 비롯해 또 다른 판부사 한 명과 영부사, 좌의정의 이름이 총재관의 적임자로 나왔다. 임금은 역시 그대로 윤허했다. 임금도 대신들에게 요구할 것이 있기 때문이었다.

"또한 안핵사는 비록 일에 더디고 무리했던 면이 없지 않으나 삼정의 폐단을 밝혀내는 등 그간의 노고가 있으니 형신은 과하다. 다만 삭직하여 근신케 하고자 하니 재론치 말라."

임금은 영남에서 일을 매듭짓고 있을 안핵사를 어서 불러올려 어사주라도 내리고 싶었으나 안핵사를 직에서 물려 저들의 관심에서 떨어뜨려놓는 것 외에 따로 보호할 방법이 떠오르지 않았다. 안핵사라면 어심을 충분히 읽어내리라 믿는 수밖에 없었다.

7

해가 바뀌고 전국을 들썩이게 한 민란도 소강상태에 들었다. 근자에 제주에서 또 잠깐 소요가 있었으나 작년의 난리들에 비하면 작은 소요라고 하기도 뭣한 규모에 불과했다. 그렇다 해서 나라가 안정을 찾아가고 있다고 말할 수는 없었다. 그저 모두가 지쳤을 뿐이었다. 백성은 관에 불을 지르는 데 지쳤고 관은 백성의 목을 자르는 데 지쳤다. 지르고 자르는 일이 반복되어도 바뀌는 것 하나 없이 국토를 뒤덮은 침울만 짙어질 뿐이었다. 그러는 사이 임금은 일강(日講)을 핑계로 정무를 보지 않는 날이 많아졌다. 눈에 띄게 쇠약해져 운신이 어려운 탓이었다. 때문에 당상관들이 주청하는 일이라면 두루 살펴보는 일도 없이 윤허해버리곤 했다.

— 바야흐로 일을 도모하기에는 지금이 적기다.

일전에 북경에 사행을 다녀온 지부사(知府事)는 영상에게 불려간 일을 떠올렸다. 영상은 이정청의 총재관을 맡아 잔뜩 꼬인 매듭을 풀어내는 데 진력한 듯 한눈에도 지쳐 보였다. 그러나 당장이라도 사람을 꿰어버릴 듯한 눈빛은 여전했다.

"합하, 얼굴이 많이 상하셨습니다. 이정청의 일이 골치를 꽤 썩이던가 봅니다."

지부사는 아무리 영상의 자리에 있었던 자라 해도 이제는 사직하고 판부사로 내려온 마당에 대감이라 칭하면 그만이었으나 오금이 저려 감히 그러질 못하고 합하라 했다.

이정청의 일은 지부사도 귀를 열어두고 있어 잘 알았다. 영상이 총재관을 맡은 지 몇 달 만에 임금으로 하여금 삼정(三政)을 다시 옛 규범에 의거하여 행하도록 명하게 만든 귀신같은 솜씨에 감복하고 있었다. 각 지방으로부터 삼정을 바로잡을 방안을 올리도록 하며 의견을 취합하겠다며 시일을 미루는 한편으로 관례와 사리를 따지며 하나하나 토론하여 임금을 지치게 만들었다. 작년의 난리로 울증이 깊어진 뒤 빠르게 기력이 소진되고 있는 임금의 상태마저도 영상의 계책 중 하나인 것처럼만 보였다. 영상을 비롯해 조정의 요직들 사이에서는 진작부터 양위를 염두에 두고 있는 눈치였다.

지부사는 영상과 동년배였으나 영상의 얼굴을 바로 볼 엄두가 나지 않았다. 그저 영상에 비해 셈에 하염없이 어둡기만 한 자신이 부끄러워 교자상을 사이에 두고 술잔을 받을 때마다 연신 허리를 숙일 수밖에 없었다. 그런 영상이 지부사를 부른 것은 긴히 할 얘기가 있어서였다. 들으니 진정 나라를 위하는 일이었고 말년에 치적을 남길 만한 길이었다. 지부사는 영상이 시킨 대로 지금 상소문을 쓰려는 참이었다. 새삼 입술이 바싹 말라 혀로 입술을 훑으니 두툼한 수염이 움찔거렸다.

"신이 삼가 국계변무(國系辨誣)를 상고하여 보건대 [……] 야승(野乘)이나 쇄록(瑣錄)에 여기저기 산발적으로 보이는 것을 다 고칠 수는 없는 것이기에 그릇 기록된 것이 그전과 다름이 없는 주린(朱璘)의 패사(悖史)가 나오게 되었으므로 드디어 사신을 보내어 변무(辨誣)하는 거조가 있기에 이르렀던 것입니다.

신이 마침 근일 북경(北京)에서 구입하여 가지고 온 이른바 『이십일사약편(二十一史約編)』이라는 책을 보니, 그 내용 가운데 본국 조항에 대한 종계(宗系)와 수선(受禪)은 그대로 그릇된 것을 답습하여 그것이 한정이 없을 정도이므로, 가슴이 놀라 뛰고 뼈를 깎는 듯하게 통분스러워 살고 싶지 않은 마음이었습니다. [……] 삼가 바라건대 먼저 신의 이 소장(疏章)을 가져다 조정에 내려 널리 묻고 의논하게 하는 바탕으로 만드소서."

8

— 뜬금없다.

안핵사는 종일토록 방 안에서 한 발도 나서지 않고 서안 위에 두 손을 모으고 앉아 지부사의 상소문을 생각했다. 처음 소식을 접했을 때부터 거푸 곱씹고 있는데도 도무지 무슨 꿍꿍인지 짐작할 수 없었다. 앉아 있는 동안 이따금 복사뼈께가 저릿저릿하여 버선 위를 오랫동안 주물렀다. 그러는 것도 잠시, 안핵사의 손은 금세 다시 깍지를 끼고 서안 위로 올라왔다.

진주에서 올라오자마자 파직되어 재동(齋洞) 집에 머물며 바깥출입을 자제하고 있으나 궐내 사정은 싫어도 귀에 들어왔다. 젊은 후배들이 찾아와 말벗이 되어주는 것은 큰 위안이 되면서도 그들의 들끓는 심정을 다 다독이려니 힘에 부쳤다. 대개 이정청의 총재관을 자임하듯 맡은 저 노회한 원로들을 욕했고 그러다 장김 세력을 삿대질하며 분기를 터뜨리는가 하면 마침내는 임금을 향해 차마 내뱉지 못할 말을 머금은 채 안핵사가 모두 짐작해주길 바랐다. 안핵사는 그럴 때마다 눈을 내리깔고 못 들은 척했다. 대안이 없었고 방법이 없었다. 파직을 처분한 임금의 심정을 그들에게 다 설명하기도 어려웠다.

진주의 일을 조사하며 최대한 위쪽까지 촉을 뻗칠 때는 이미 더한 일도 각오하고 있었다. 그러면서도 자신을 안핵사에 천거한 영상의 속내를 마저 헤아려내지 못했으니 짐작만큼 큰 보복은 없을 것도 같았다. 생각이 거기까지 미칠 때마다 영상의 손바닥 안에서 놀아나고 있는 기분이 들었다. 정치는 깊이 고려하고 싶지 않았다. 그저 원칙이 가리키는 길을 따랐고 현장이 하는 말에 귀를 기울일 따름이었다. 그랬던 안핵사에게 지금 사랑채를 찾는 이들이 보이는 비분강개는 부담스럽기만 했다. 때를 기다려달라 말하고 싶어도 이제는 임금의 몸이 그럴 만하지 않았다.

오래전 중국의 역사서 중 하나가 조선을 다룬 대목에서 태조의 가계를 엉뚱하게 기록했음을 알고 고친 일이 있었다. 지부사도 적었듯 자그마치 2백 년이 걸린 일이었다. 중국의 정사를 바로잡는 일은 그만큼 지난한 외교가 필요했다. 그 밖에 하찮은 책들에 적힌 잘못들까지는 조정도 중국도 관여할 바가 아니었다.

드나드는 이들에게 좀더 알아봐달라 했더니 상소문에서 호들갑스레 떠드는 청의 책은 지역의 한 이름 없는 문필가가, 그마저도 160여 년 전에 엮은 사찬(私撰)에 불과했다. 본국에서조차 기억되지 않을 듯한 잡서를 이제 와 끄집어내는 것부터가 저의를 의심케 했다.

영조대왕의 경우는 미처 다잡지 못한 잔불을 끄는 데 비교

할 일이지 그것을 들어 지금 저 잡서에 적힌 것을 들춰내면서까지 국계를 변무하자고 떠드는 건 어불성설이었다. 안핵사는 상소문에서 궤변으로 분을 칠하듯 뒤덮어 논리의 비약이나 억지스러움을 감추고자 하는 바를 직접 보고 싶었다. 그런 간절함이 생긴 건 사랑채까지 입으로 전해진 두 글자 때문이었다.

―쇄록이라 하였다. 자질구레한 기록이라 하여 업신여기는 말이다. 그러나 저들은 걸핏하면 자신의 글에 쇄록이라는 글자를 붙이곤 한다. 당호에 그 두 글자를 달아 책의 이름을 짓는 일은 흔하다. 하나같이 제멋대로의 이해를 짜깁어 엮은 것들이다. 사소하고 쓸모없는 주절거림이라는 겸양은 글의 허술함과 지식의 박약함에 대한 변명에 지나지 않는다. 그러면서도 더러 읽어주길 바라고 있다. 수다스럽고 책임감 없는 날조이되 어찌해서든 서로 문사의 면모를 떠받들어주길 주저하지 않는다. 그러므로 쇄록이라는 말은 허세를 허세 아니게 보이도록 하려는 수작이다. 그러나 남의 글을 가리킬 때는 그만한 비난이 또 있던가.

듣자니 임금은 지극히 놀랍고 슬퍼 감히 잠시도 편히 있을 수가 없다며 변무를 서두르도록 하겠다는 비답을 내렸다고 했다.

―그럴 수밖에 없었을 것이다. 전하가 중국의 기록에 종계가 잘못 기재되어 있음을 알고도 무감하게 반응했다가는 만고의 불효를 저지르는 셈이다. 대체 저들은 무엇을 하자는 겐가.

안핵사는 아까부터 머리가 지끈거려 관자놀이를 양손으로

지그시 눌렀다.

9

　어린 황제를 대신하여 수렴청정 중인 황태후에게 조선에서 해괴한 요청이 들어왔노라는 보고가 올라왔다. 무슨무슨 책에서 문장을 고쳐달란 말이었는데 자기네 왕가의 가계가 잘못 기록돼 있다는 것이었다. 대신 중 누구도 그 책에 대해 아는 이가 없었으나 조선에서 샅샅이 뒤져 구해 온 수십 권의 필사본들은 분명 본국의 옛사람이 엮은 것이 맞았다. 그러나 대국을 호령하는 황태후로서는 소국의 임금이 어떤 가계를 거쳤는지까지 살펴줄 이유가 없었다.

　"들어줄 만하더냐?"

　황태후는 조선이 보낸 공납물에 대해 묻고 있었다.

　"그것이……"

　황태후의 눈썹이 치켜 올라갔다.

　"말하거라."

　"주청의 경중에 비해 과합니다. 왜 그렇게까지 해서 변무를 하려는 건지 신 등은 도무지 알 수가 없습니다."

　대신들은 조선에서 황태후에게 바치고자 가져온 물품들을 조목조목 보고했다. 한껏 사나워졌던 황태후의 표정이 어느새 인자한 어머니처럼 평온해져 있었다.

사실 황태후의 속내가 온전히 평온하지만은 않았다. 조금은 조선의 임금이 부러웠기 때문이었다. 그녀는 매 끼니마다 독살을 걱정해야 했고 누구든 조금이라도 곁을 주면 눈을 빛내며 제 윗자리를 탐하기에 가까이 둘 이가 없었다. 매질하고 죽이길 쉬지 않은 덕에 이만큼의 위엄이나마 세우고 있는 것이었다. 그런데 조선에서는 한 나라의 임금이란 자가 한가로이 고서를 뒤적이며 가계도나 헤집고 있었다.

"멍청한 것들. 듣자니 작년에 각지에서 난이 일었다지 않느냐. 한낱 도적 떼 같은 것도 난이라며 허둥대는 꼴이 우습더라만 아마도 조선의 조정은 뒤숭숭할 것이다. 이럴 때일수록 소국으로서는 대국의 황은이 절실한 게야."

황태후는 굶주려 죽기 직전인 쥐에게 먹이를 줘보느냐 마느냐를 고민하는 것처럼 재밌어했다. 먹이를 주지 않으면 그대로 시름시름 죽어갈 것이되 먹이를 아가리에 쑤셔 넣으면 오랜 공복이 감당하지 못하고 탈이 나서 죽을 것이었다. 이러나저러나 매한가지라면 탈이 나는 구경을 하고 싶었다.

북경에서 소식이 왔다. 황제가 청을 받아주었다고 했다. 상소를 올린 지부사가 직접 진주사(陳奏使)가 되어 황제를 만나고 오겠다고 떠난 지 석 달이 조금 더 되었을 뿐이었다. 북경까지 가고 오는 데 소요되는 날을 제하면 열흘이 채 안 되어 해결한 셈이었다. 임금은 귀를 의심했다.

처음 상소문을 받았을 때는 눈앞이 캄캄해지고 호흡이 가쁠 지경으로 놀랐다. 어지럽혀진 종계를 방치할 수는 없는 일이었다. 상소를 묵살한다면 끊임없는 정통성 시비에 빌미가 될 게 뻔했다. 각고의 노력을 쏟고 있다는 것이 영상 일파의 성에 차게 드러나야 했다. 임금이 놀라고 두려워한 직접적인 이유는 바로 그것이었다.

─드디어 내쳐지는 것인가. 이상할 것도 없지.

자포자기의 상태에서 사신을 보내는 등의 할 일은 다했다. 작년의 일들만으로 기진할 지경인데 그 끝을 알 수 없을 만큼 지난한 외교를 벌여야 할 판이라 그저 무심한 하늘만 탓하던 차에 황실로부터 승인을 받았다는 전갈이 온 것이었다. 모처럼 용안이 밝아졌으나 이미 몸과 마음에 병이 깊어 기뻐하는 일마저 힘에 겨웠다.

─어쩌면 하늘의 도우심인가.

임금은 직전에 안핵사를 이조참의에 봉할 수 있었던 일을 생각했다. 조정 세력의 눈치를 보느라 내친 지 근 1년 만이었다. 국사를 맡을 인재가 모자람은 어제오늘의 일이 아니었다. 눈엣가시이긴 하겠으나 안핵사도 저희와 같은 사대부라 복권시키는 일에 토를 다는 자는 없었다. 원래가 무리한 징벌이었으니 더 이상 소외시킨다면 가벼운 죄를 무겁게 다룬 전례 중하나가 될 우려가 있었다. 하는 김에 품계도 올렸으니 이제 그의 힘을 빌려 작은 일부터 다시 시작해보고 싶었다. 세도가의 힘을 조금이라도 빼놓지 않으면 종사의 후일은 누구도 장담할 수 없었다. 그러나 아무래도 차도 없이 깊어만 가는 병환이 문제였다.

북경에서 치계가 오자마자 새 영상을 비롯한 당상관들과 옛 영상까지 임금을 찾아왔다. 그들은 기뻐하며 경사를 만백성에게 포고해야 한다고 말했다. 임금은 흔쾌히 그리하라고 비답을 내렸다. 이어 새 영상이 홍조를 띤 채 말했다. 임금이 잠룡이던 시절 직접 강화도로 찾아와 궁까지 이틀 거리를 수행한 자였다. 이미 10년도 훌쩍 넘은 일이었다. 당시만 해도 죽이러 왔나 싶어 저승사자처럼 두렵기만 하던 얼굴이 그사이 정다워져 있었다.

"하늘이 낸 성상(聖上)의 효도에다가 사개(使价)가 잘 변정(辨正)하여 일월(日月)이 다시 밝아지고 우주(宇宙)가 빛을 회복하였으니, 조선을 생각하고 근본에 보답하는 정성과 선왕(先王)의 뜻을 계승하고 사업을 이어가려는 생각으로 전대를 잇고 후손(後孫)을 여유 있게 한 것은 고금에 드문 일입니다. 하여 바라옵건대 이 모든 일이 전하의 크나큰 은덕으로 인한 일인즉, 이를 기려 전하의 존호(尊號)를 올릴 것을 청하오니 윤허하여주시옵소서."

임금은 가만히 듣고 있던 중 놀라 황급히 손을 내저었다.

"이것이 무슨 말인가? 실로 이는 천만 뜻밖의 말이다. 진실로 망령된 것이니, 모쪼록 다시 말하지 않는 것이 마땅하겠다."

이에 판부사가 나섰다. 그는 옛 영상 시절에도 늘 그러하였듯 임금의 발아래 꿇은 자세로 위를 가벼이 여기는 태도를 보였다.

"성명(聖明)께서 여기에 대해 겸손하는 미덕(美德)으로써 일체 윤허를 아끼시는 것은 부당한 조처인 것 같습니다. 다만 속히 힘써 따르겠다고 허락하시기를 기원합니다."

한 치도 줄어들지 않은 옛 위세를 그대로 살려 임금을 몰아붙였다. 기원한다고 하였으나 내놓고 부당하다고 하는 둥 숫제 명령이나 다름없는 소릴 내놓았다. 그러나 임금으로서는 낯이 뜨거워 도저히 받아들일 수 없는 청이었다. 무얼 한 것이 있다고 존호를 올리는가. 후세에 길이 욕을 남길 소리였다.

임금이 완강할수록 원로들은 거세졌다. 이번에는 좌의정을 지낸 판부사가 아뢰었다.

"임어(臨御)한 이래 지대(至大)한 인덕(仁德)이 사람들의 살과 뼈에 흡족히 젖었고 풍성한 공렬(功烈)이 백성들의 눈과 귀에 흠씬 배어 있으므로, 국사(國史)와 야승(野乘)에서 장차 이루 다 기록할 수 없을 정도인 것은 진실로 신 등의 말을 기다릴 것도 없습니다. [……] 전하(殿下)께서 여기에 대해 겸양하여 피하려고 하신들 되겠습니까? 조속히 유음(俞音)을 내리시기를 기원합니다."

임금은 이미 마음을 굳히고 있었다.

─이 늙은이들이 나더러 지금 무엇을 하라는 것인가. 그 옛날 강화도의 농투성이였던 나를 찾아와 내가 이 나라의 왕

이라 하였을 때만큼이나 망측하구나.

임금은 더 이상 번거롭게 하지 말라며 모두 물리려 했다. 그러나 존호를 올리는 문제는 그날 하루만 임금이 사양한다고 해서 없었던 일로 될 게 아니었다. 이후 원로들은 조정의 모든 벼슬아치를 거느리고 나타나 희정당의 뜰에 엎드려 존호를 올리라고 강요했다. 사흘 동안 수시로 몰려와 목소리를 높였는데 임금은 열 차례가 넘어선 이후로는 헤아리길 포기했다. 좋은 말로 사양도 해보고 번거롭게 하지 말도록 윽박질러보기도 했으나 대신들은 요지부동이었다. 임금의 깊어가는 병환 따위는 안중에도 없었다. 희정당 지붕을 뒤흔드는 아우성을 견디는 데만도 체력이 급속히 소진되어 더 버티다가는 사지육체가 그대로 분해되어버릴 것만 같았다.

결국 임금이 마음대로 사양할 수 있는 일이 아님을 깨달아야만 했다. 진실로 그것은 대신들이 임금에게 내리는 명령이었고 임금은 그들에게 항명할 수 있는 입장이 아니었다. 임금은 하는 수 없이 비답을 내렸으나 비답 안에서나마 지금의 민망함을 장황하게 설명해놓지 않을 수 없었다.

"여러 날 헤아려본 끝에 이에 마지못해서 힘써 따르기는 하겠으나, 나의 마음에는 끝내 부끄러움이 있다. [……] 경(卿) 등은 각기 잘 알고 있으라."

10

임금의 존호는 희륜정극수덕순성(熙倫正極粹德純聖), 왕비의
존호는 명순(明純)으로 가상(加上)하였다. 대신들은 임금을 종
묘에 세워 존호를 올렸다는 사실을 고하도록 하게 한 이후에
야 비로소 저희끼리 품계를 올리거나 상을 주고받을 수 있었
다. 그 단물을 제일 알차게 받아먹은 이는 국계를 바로잡아야
한다는 상소를 올리고 청에 다녀온 진주사였다. 그는 공로를
인정받아 공조판서에 봉해진 지 얼마 지나지 않아 재차 승진
하여 의금부 판사에까지 올랐다. 말년에 벅찬 권력을 손에 쥐
게 된 것이었다.

판사는 은인에게 인사를 올리러 찾아갔다.

"합하, 판의금부사 문안드립니다."

사랑채에는 이미 손님들로 가득하였다. 모두 판사의 눈에도
익은 정계의 선후배들이었다. 그들은 너나없이 판사의 승진을
축하해주었다. 판사는 이들 틈에 자신의 자리가 있다는 데 감
격했다. 청운의 뜻을 품은 젊은이들도 이곳이 대전(大殿)보다
들기 어려운 곳이라는 걸 잘 알고 있었다. 판사는 자리를 잡고
앉아 은인과 눈이 마주치길 기다렸다가 한 번 더 말없이 묵례
를 올렸다. 은인은 가만히 눈을 거두어 좌중을 둘러보았다.

"이제 마지막 단추를 꿰어야지요?"

모두가 의아한 얼굴로 서로를 쳐다보기만 했다. 그러나 누

구도 '마지막 단추'를 짐작하지 못하는 눈치라 좌장의 입을 향해 시선을 모았다. 한때의 영상이 아닌 만세의 영상, 일인지하만인지상이 아닌 실질적 지존의 언질을 사타구니에 꼬리를 말아 감춘 황구처럼 모두 쪼그리고 앉아 기다렸다.

"곧 낙엽이 어지러이 흩어질 계절이 옵니다. 그런데 쓰시던 갈퀴를 더러들 잃지 않았습니까? 새로 장만하자니 시일이 걸릴 테지요. 가서 주상께 아뢰세요. 지난번 민요(民擾)가 있었을 때 소란을 피운 여러 놈 중에서 죄명(罪名)이 가장 긴중(緊重)한 자 외에는 전부 놓아 보내어 경사(慶事)를 넓히는 뜻을 보이도록 하라고 말이에요. 나라의 큰 경사가 있는데 백성들도 성은을 맛봐야지요. 그런 연후에 그대들의 갈퀴를 되찾으면 됩니다."

그는 말을 잠시 중단하고 판사를 쳐다봤다. 그 눈빛이 더욱 다정하고 부드러웠다.

"아무래도 의금부에서 하실 일이 많겠습니다. 내 긴한 부탁이 있어요. 실은 나도 쓰던 게 하나 있었지요. 고놈이 내 손엔 썩 맞춤이었거든. 그런데 지금까지 제주도에 처박혀 있는 것 같습디다. 그걸 좀 돌려받고 싶네요."

판사는 명을 듣자마자 몸을 세워 무릎을 꿇더니 그대로 바닥에 코를 박았다.

"진충갈력(盡忠竭力)으로 받들겠습니다, 합하."

그날 회합이 있은 보름 뒤, 임금은 가극(加棘), 위리(圍籬), 도배(島配), 원찬(遠竄), 찬배(竄配), 양이(量移) 죄인에 해당하는 이름 여러 개를 나열하고 그들을 모두 **전리(田里)로 방축(放逐)**하라 하였다. 제주도에 위리안치되어 있던 전 경상우도 병마절도사는 분명 사면을 받지 못하는 물간사전의 죄인이었으나 어명에서 그 이름이 불렸으므로 다른 죄인들처럼 겨울이 오기전에 고향으로 돌아갈 수 있었다.

임금은 해를 넘기지 못하고 승하했다. 그의 나이 서른셋, 열아홉에 등극하여 재위 14년 만이었다. 임종을 지킨 자들은 임금이 숨을 멈추기 직전에 잠깐 팔을 휘두르다가 가슴을 크게 들었다 놓더라고 했다.

가시나무로 울타리를 빼곡히 두른 좁은 마당 안에 갇혀 있었다. 한 걸음 운신하기도 힘들 만큼 마당은 좁았다. 모든 틈이 어둡고 깊어 가시 울타리의 두께는 짐작할 수 없었다. 절망스러운 중에 몸이 떠올랐다. 서서히 울타리를 벗어나더니 그대로 솟구쳐 훌훌 날아볼 수 있었다. 깜짝 놀랐다가는 자유로워진 줄 비로소 알게 되어 아주 오래전부터 남몰래 바라보던 방향으로 몸을 틀었다. 서쪽으로 해가 넘어가고 있었다. 하늘이 붉게 물드는 풍경에 조급해져서 옷자락을 한껏 펼쳤다. 날아서 닿고자 한 곳은 고향 집이었다. 그러나 아무리 날갯짓에 힘을 써도 전혀 나아갈 수 없었다. 허우적댈수록 바람이 마주 일며 더욱 높이만 떠오를 뿐이었다. 묵직한 맞바람에 들숨이 넘쳐버렸다. 아까부터 불안하게 붉어지기만 하던 서쪽 하늘이 빠르게 어두워졌다.

지구평면설

지구는 둥그니까

자꾸 걸어 나가면

온 세상 어린이를

다 만나고 오겠네

"온 세상 어린이가…… 온 세상 어린이가……"

몇번째 같은 구간을 불러도 다음 가사가 떠오르지 않았다.

취해서 그런가?

발 앞에서 보도블록의 틈이나 무늬가 수많은 실선을 그리며

뒤로 흘렀다. 마치 러닝 머신 위를 걷고 있는 것 같았다. 걸음

을 늦추면 늦추는 대로, 서두르면 서두르는 대로 바닥의 속도

와 결의 굴곡이 바뀌었다. 방향은 정수리로 감지했다. 인기척

과 소음을 놓치지 않으려고 애썼다. 이따금 바닥이 소용돌이를 일으켜서 몸이 움츠러들었다. 턱을 가슴에 붙인 채 오래 걸어 목덜미도 뻐근했다. 그럴 때는 고개를 들어 제대로 가고 있는지 확인해야 했다.

자꾸 걸어 나가면……

을지로 일대는 자정이 가까웠는데도 차도가 북적이고 있었다. 이제 횡단보도를 건너서 택시 잡을 일만 남았다. 보행 신호등은 방금 빨간색으로 바뀌었고 정체에 걸린 차들이 횡단보도 위를 엉금엉금 통과했다. 침대가 간절히 그리워졌다. 눕고 싶어 그런지 허리에서 희미하게 통증이 느껴졌다. 걸핏하면 결리곤 하던 부위였다. 길바닥이 푹신해 보이기 시작했다. 천천히 내 앞을 지나가는 자동차의 보닛은 따뜻할 것 같았다.

횡단보도에서 신호를 기다리는 사람들의 얼굴마다 휴대폰 불빛이 서늘하게 반사되고 있었다. 얼핏 산 사람의 얼굴 같지 않게 보여서 머리털이 섰다. 나도 휴대폰을 꺼냈다. 12시 10분 전이었다. 그러니까 아내에게서 마지막 메시지가 온 지 20분쯤 지났다. 아무래도 들어가면 한바탕 잔소리를 들어야 할 것 같았다. 언제 들어와? 내일 출근 안 해? 취해서 들어오기만 해. 아내는 10시 반부터 정확히 30분 단위로 세 개의 메시지를 보냈다. 어, 안 늦게 갈게. 당연히 출근해야지. 하나도 안 취했어. 나는 그때그때 바로 답신을 보냈지만 아내는 더 대꾸하지 않았다. 불룩한 바지 주머니가 불편해 손을 넣어보니 아무렇게나 구겨 넣은 넥타이가 달려 나왔다. 이걸 언제 풀어서 넣었는지 기억나지 않는 걸 보면 기분보다는 더 취한 게 맞는 것 같았다.

옷깃과 소매를 코앞으로 가져와 냄새를 맡아봤다. 호프집을 가득 메우고 있던 식용유 끓는 냄새가 흐릿하게 남아 있었다. 처음에는 술자리 냄새나 좀 털어내고 지하철을 타려고 걷기 시작했다. 두 정거장쯤 걸으며 바깥 공기를 쐬면 어지간히는 자연 탈취가 될 줄 알았다. 그런데 경수와 성훈을 남겨두고 호프집을 떠난 순간, 직전에 마구 마셔놓은 술이 온몸으로 번지기 시작했다. 구두는 군화만큼 무거웠으며 가능하다면 손가방은 아무 데나 던져놨다가 나중에 찾으러 오고 싶었다. 무엇보다 졸리고 귀찮고 어지러웠다. 아무래도 환승을 해가며 지하철로 가는 건 무리인 것 같아서 택시를 타기로 하고 방향을 틀었다. 택시가 잘 안 잡히는 시간이 아닐까 걱정이 되면서도 그냥 낙관하게 됐다. 어떻게든 집엔 가겠지. 지구는 둥그니까…… 그러면서 중얼거리기 시작한 노래가 어느 대목에서 막혀버렸다. 노래 전체를 떠올려내지 못하면 어쩐지 길 위에서 영영 헤매게 될 것만 같았다.

"지구는 두웅그으니이까아……"

지구가 둥글다는 걸 직접 본 적 있어?

경수가 하던 말이 떠올랐다. 대화가 달아오르자 경수는 아예 막무가내로 나오기로 작심한 듯했다. 지구는 알려진 것처

지구평면설 149

럼 구체가 아니라 원반 모양을 하고 있는 평면인데 우리가 알고 있는 북극은 원반의 중심이고 남극은 테두리라고 했다. 테두리를 따라 거대한 얼음 장벽과 같은 산이 막고 있어 누구도 그 너머로 갈 수 없다는 게 이른바 지구평면설의 요지였다.

"자꾸 걸어 나아가며언, 온 세상 어어리인이이르을 다 만나고 오오게네에……"

차마 듣고 있을 수 없어 내가 아는 선에서 지구가 둥글 수밖에 없는 과학적인 이유를 몇 개 들어 반박했더니 그게 다 NASA와 CIA가 전 지구적인 세뇌를 위해 만들어낸 거짓 증거라고 했다. 인공위성에서 찍었다는 지구의 사진은 포토샵으로 조작한 것이고 바다에서 멀어지는 배가 바닥부터 시야에서 사라지는 것은 신기루의 경우와 마찬가지로 대기 중의 수증기와 빛의 작용 때문이라고 했다. 남반구와 북반구에서 보이는 별자리가 다른 이유에 대해 말해보라고 하자 우리가 온 우주를 한 시야에 다 담을 수 있는 것은 아니지 않느냐며, 어느 위치에서든 밤하늘의 부분만 보이기 때문에 차이가 나게 마련이라고 했다. 경수는 정부나 언론에서 말하는 대로 '와르르' 몰려다니는 사람들을 가리켜 우리 어릴 적에 소독차를 따라 달리던 아이들 같다고 비꼬았다. 경수는 단 한 번도 소독차를 따라 달려본 적이 없다고 했다. 나는 그만 속이 터져버릴 것 같아서 성훈에게 동조를 구하며 소리쳤다. 얘 미친 거 아니야?

"오온 세에사상 어린이가아……"

온 세상의 어린이를 다 만난 뒤에는 뭘 했을까? 문제의 대목에 다다랐는데 이제는 멜로디마저 헷갈렸다. 음계를 높이 잡았다가 떨어뜨려도 보고 낮게 잡았다가 끌어올려도 봤지만 다음 가사는 기억의 바구니 속에서 똬리를 틀고 요지부동이었다. 그러는 사이 마침내 신호가 바뀌었다. 인도에 있던 사람들이 '와르르' 횡단보도로 내려섰다.

검정색 승합차 한 대가 꼬리를 물고 들어와서는 횡단보도를 가로막고 있었다. 이미 뒤에 붙은 차 때문에 후진으로 나갈 수도 없었다. 왕복 6차선을 가로지르던 인파는 승합차를 삼각주처럼 놓고 두 갈래로 갈렸으며 나는 차의 앞쪽으로 돌아 나가는 흐름에 섞였다. 어떤 거대한 주먹이 나타나 승합차를 단숨에 한강까지 날려버리는 장면을 상상했다. 지나가면서 운전석 쪽을 노려봤는데, 짙게 코팅되어 있어 시커먼 유리 외엔 아무것도 보이지 않았다. 그래도 안에서는 이쪽을 보고 있을 거라 생각하고 한껏 눈을 부라렸다. 만약 운전자가 문을 열고 나온다면 얼마든지 상대해줄 용의가 있었다. 그러나 승합차는 바위인 양 꿈쩍도 하지 않았다.

나는 승합차를 뒤로하고 행인들을 둘러봤다. 한심했다. 아무도 화내지 않고 누구도 욕하지 않으니 저런 인간들이 버젓이 다니고 있는 거라고 소리를 빽 지르고 싶었다. 이대로 저 승합차를 보내면 어디선가 또 다른 보행자들이 횡단보도 위에서 쩔쩔매게 될 거라고 생각하니 발이 떨어지지 않았다. 내가 사람들에게 뭔가 보여줄 수 있을 것 같았다. 나는 잊고 온 게 있는 사람처럼 빠른 걸음으로 온 길을 되짚어 승합차 앞으로 갔다. 신호등의 초록불이 점멸하며 어서 갈 길이나 가라고 재촉했지만 나는 기어코 횡단보도 한가운데에 도착해 승합차와 대치했다.

가까이서 본 승합차는 몸집이 이렇게나 컸나 싶게 우람해서 지나가며 보던 것만큼 만만하지가 않았다. 돌진해오는 탱크를 마주한 기분마저 들었다. 그러나 이제 와서 피할 순 없었다. 두 손을 허리에 올리고 승합차를 노려봤다. 밀어붙인다면 깔려 죽을 것이고 비켜 가려 한다면 걸음을 옮겨서 가로막을 작정이었다. 그러나 승합차는 꼼짝도 하지 않았고 나는 깜빡이고 있는 신호가 계속 신경 쓰였다. 승합차가 움직이지 않는 한 내가 할 수 있는 건 없었다. 신호등이 빨간색으로 바뀌면 이번엔 승합차가 정당해져버릴 상황이었다. 도로 밖에서 이쪽을 보고 있는 시선들이 느껴졌다. 어서 뭐라도 해야 했다. 나는 내가 지금 할 수 있는 것 중에 가장 가혹한 응징을 떠올렸다. 그리고 심호흡을 한 번 한 다음, 두 손을 내밀어, 있는 힘껏……

승합차 정면에 대고 주먹감자를 날렸다. 그런 뒤 개선한 병정처럼 걸어 횡단보도에서 나왔다. 심장이 뛰어서 마음속으로 '지구는 둥그니까'를 크게 불렀다. 신호등은 내가 횡단보도를 빠져나오자마자 빨간불로 바뀌었다. 동시에 경적이 마구 울려 대서 돌아보니 승합차가 횡단보도에 올라탄 채로 아직도 출발 하지 않고 있었다. 뒤에서 이만저만 재촉하는 게 아닌데도 버 티는 모습은 마치 일부러 이목을 끌려는 것 같았다. 슬며시 기 가 눌렸다. 괜한 객기를 부린 걸까. 아무것도 보이지 않는데 검은 창 안에서 나를 잡아먹을 듯 노려보고 있는 시선이 느껴 졌다.

늦기 전에 내가 먼저 눈을 내리깔고 등을 보이면 시비는 피 할 수 있을 것 같았다. 그러나 몸이 말을 듣지 않았다. 명백히 승합차가 잘못한 거라는 신념이 내 어깨를 짚었다. 쫄 거 없 어. 그러는 동안에도 승합차 뒤쪽에서는 계속해서 경적이 울 려댔다. 마치 나를 향해 너라도 어서 없어지라고 호통치는 듯 했다. 그러나 이대로 돌아서면 모두 내가 잘못한 걸로 끝날 것 만 같아서 무서워도 버텨볼 수밖에 없었다. 참다못한 차들이 대가리를 틀어 승합차를 비켜 갔다.

승합차는 중앙선 너머에 있고 승합차와 나 사이를 세 개의 차로가 막아주고 있었다. 더구나 주위에 보행 신호를 기다리 는 사람도 늘고 있었으니 여차하면 이들 모두가 목격자가 되 어줄 것 같았다. 이런저런 상황이 내게 유리하게 돌아가고 있 다는 걸 깨닫는 동안 승합차도 주위를 둘러본 듯했다. 슬며시 속도를 내며 갈 길을 가는 승합차를 눈으로 좇다가 시야에서 완전히 사라지고 나서야 주먹감자를 한 번 더 날려줬다. 나는 약간의 승기에 도취되어 콧노래가 절로 나왔다.

"지구는 둥그니까 자꾸 걸어 나가면……"

그런데 기분과는 정반대로 다리가 풀려버렸다. 택시 잡을 일이 걱정인데 이미 많은 사람이 인도의 가장자리에 서서 너도나도 도로를 향해 손을 들었다 내렸다 하고 있었다. 내가 끼어들 틈이 보이지 않았다. 인도 안쪽으로 들어와 아무 건물 앞이나 통행을 방해하지 않을 만한 자리를 찾아 앉았다. 낮은 데 앉아 지나가는 사람들을 올려다보고 있자니 내가 노숙자처럼 보일 것 같았다. 그렇게 보든 말든 몸은 나른하니 편안해졌다.

내가 왜 보여주는 대로 보고 들려주는 대로 들어야 하냔 말이지. 누구 좋으라고?

경수의 날카로운 말투가 떠올랐다. 그는 그렇게 말하고는 맥주잔을 들어 벌컥벌컥 들이켰다. 우리는 둘 다 화가 많이 나 있었고 더하다간 감정이 상할 것 같았다. 이미 1차에서 소주를 한두 병씩은 배 속에 담아 온 길이었다.

지금 그러란 게 아니잖아. 누가 그런 황당한……

나는 목청이 너무 높아진 걸 깨닫고 낮춰 말했다.

소릴 하냐고! 지구가 평평하다니?

그때 조용히 목만 축이고 있던 성훈이 껴들었다.

술이나 마셔 이 새끼들아. 왜 니들은 만나기만 하면 싸우냐? 지구가 둥글면 어떻고 평평하면 어때?

둥글다니까.

평평하다고!

경수와 내가 동시에 성훈에게 소리쳤다. 성훈은 그러거나 말거나였다. 건배하자고 들었던 맥주잔을 홀로 조용히 입으로 가져가더니 반 넘어 남은 것을 숨도 쉬지 않고 쭉 들이켰다. 그는 빈 잔을 눈앞에 들어 보이고는 세계 곳곳에서 좋은 맥주를 많이 맛봤지만 그래도 우리나라 생맥주가 최고라고 했다. 지구평면설만큼이나 말이 안 되는 소리였다.

성훈이 잔을 툭 내려놓고 먹태를 집어 들며 말했다.

물론 말 그대로의 맥주 맛은 어느 나라에 어디가 더 좋다느니 나쁘다느니 할 수 있겠지만 그게 다 고정관념 같더라고. 그냥, 남들이 다 그렇게 얘기하니까 그렇게 알고 있다는 식이랄까? 술을 입에 대지도 못한다는 사람들까지 우리나라 건 맛이 없다, 하고 떠들어대지 않아? 내가 생각하는 맥주 맛은 그런 게 아니거든. 신토불이인가? 난 맥주 마실 때 소시지 말고 이런 게 생각난단 말야, 이런 게.

성훈의 손에서 간장 소스가 묻은 먹태 한 점이 흔들렸다.

야, 근데 요새 애들은 신토불이 같은 말 안 쓰겠지?

성훈이 혼자 떠들고 웃는 사이 경수와 나는 의도치 않게 휴전을 하고 있었다. 이제 막 사막을 횡단하고 온 사람처럼 생맥주를 들이켜는 모습이나 먹태를 바라보며 그윽해지는 눈초리를 보니 여행 작가랍시고 가벼운 주머니로 타국에서 고생만하다 온 게 아닌가 싶었다. 1차에서도 혼자서 갈매기살 3인분은 먹어치우는 것 같았다. 그런 성훈에게 경수가 한다는 말이 지구평면설이었다. 남극을 가봐라, 장벽을 보고 오는 거다, 그런 게 팔린다, 빤한 여행 에세이는 사람들이 안 본다…… 내 귀에는 베토벤에게 선거 송을 작곡하라는 소리처럼 들렸지만 성훈은 빙긋이 웃으며 그럴까?라고만 할 뿐 별 대꾸가 없었다.

여기 5백 한 잔 더요!

성훈이 소리치는 바람에 나오려던 말이 쑥 들어갔다. 뭘 안 다고 이걸 써라 저걸 써라 그러느냐며 공격하고 그걸 확장해서 지구평면설에 대해 한바탕 더 따져보고 싶었다. 그러나 성훈의 외마디는 이제 정규 라운드가 다 끝났으니 판정이 나올 때까지 코너에서 얌전히 궁둥이를 붙이고 있으라는 뜻 같았다.

앉은 자리에서 냉기와 습기가 동시에 올라오는 것 같아 아래를 털고 일어났다. 그러잖아도 깜빡 잠이 들려던 차였다. 봄이라지만 아직 밤공기는 찼다. 마흔을 바라보는 나이가 되니 몸에 한기가 한번 스며버리면 아무리 몸부림을 쳐도 쉽게 데워지지 않았고 그래서 좀비가 된 기분만 들었다. 조금만 더 다리를 쉬다 가고 싶지만 그럴수록 정신을 차려야 했다. 왜냐하면 이 밤이 가면 또 어김없이 출근 시간이 올 것이고,

"지구는 두웅그으니까……"

타령조로 노래를 부르며 도로에 다가갔다. 그새 사정이 조금 나아진 듯했다. 차들이 드문드문 지나가다가 한 번씩 몰렸는데 저 아래쪽에서 신호를 받아 한꺼번에 오는 것 같았다. 신

호가 바뀔 때마다 많은 택시가 이쪽으로 쏟아졌지만 이미 앞에서 손님을 태운 것들뿐이었다. 그게 아니면 '예약' 표시등을 켜고 있었다. 택시를 자주 타지 않아서 콜택시 앱을 깔아두지 않았는데 그러고 있는 사이에 나만 이 지구에서 완전히 따돌려진 것 같았다.

'빈 차' 표시등을 켠 택시 한 대가 다가오기에 손을 들었지만 외면당했다. 저렇게 손님을 걸러도 되나 싶다가도 취한 사람들의 행태를 보면 이해가 되기도 했다. 저 아래 20미터쯤에 있는 중년 남자 둘은 어깨동무를 한 채 아예 차도까지 내려가 택시를 몸으로 막을 기세였다. 언젠가 신입들을 따라 회식을 겸해서 볼링장엘 간 적이 있는데 레일 구석에서 스페어 처리를 기다리고 있던 볼링 핀 두 개가 꼭 저랬다. 미숙한 플레이어가 굴린 공처럼 차들은 모두 멀찌감치서 둘을 지나쳤다.

— 택시 잡는 중이야. 곧 들어갈게.

아내에게선 아직 네번째 메시지가 오지 않았다. 어렵게 초점을 맞춰 오타가 나지 않도록 자판을 하나하나 짚어가며 추가 메시지를 보냈다.

— 사실 지하철을 타려고 했는데……

메시지를 보태다가 지웠다. 취기를 밀어내려고 하면서 자판에 집중하려니 어지럽기도 하고 어차피 한바탕 치를 거면 구질구질해 보이지나 말자 싶어서였다. 평소에는 고깝기만 하던 재력가들이 이럴 때는 부러웠다. 내 인생에 한 번쯤은, 아무리 취해도 집까지 척척 태워다줄 기사와 차를 부려보고 싶었다.

지금이라도 콜택시 앱을 깔아서 호출해보는 게 낫지 않을까 고민하고 있는데 멀리서 빨간색 표시등을 켜고 다가오는 택시가 보였다. 반사적으로 손을 들자 택시는 볼링 핀들을 아슬아슬하게 비켜서 내 앞으로 왔다. 반갑고 고마우면서도 어리둥절했다. 좌우에서 택시를 애타게 부르던 사람들이 나를 노려보고 있었다. 어부지리로 먹잇감을 얻은 작은 짐승이 된 기분이었다. 특히 왼쪽의 볼링 핀들은 벌써 휘청거리며 다가오는 중이었다. 나는 택시가 완전히 멈추자마자 재빨리 문을 열고 올라탔다.

"어서 오세요. 사장님, 어디로 모실까요?"

기사의 음색이 밝았다. 막 교대해서 나온 사람인가 싶었다.

"3호선 원당역이요. 그리고, 하하, 저는 사장이 아닙니다."

"우리야 뭐 다 사장님 아니면 선생님이니까요. 그럼 출발하겠습니다."

차가 출발하자마자 뒤를 돌아봤다. 볼링 핀들이 계속 따라와보긴 하는데 이미 역부족이었다.

"근데 왜 앞에 있던 사람들 먼저 태우지 않으시고요?"

"아이고, 차도에 내려서 있으면 우린 절대 안 태워요. 큰일나려고."

나는 태우다가 큰일이 난다는 건지 태우면 큰일이 난다는 건지 헷갈렸다. 경험상 택시 기사에게 말을 붙여봐야 좋았던 적이 없으므로 묻지는 않았다. 다행히 기사도 그리 수다스러운 타입은 아닌 듯 말을 더 잇지 않았다. 좌석 깊숙이 몸을 맡기는데 어디선가 담배 냄새와 방향제 냄새가 동시에 맡아졌다. 라디오에서 나오고 있던 마감 뉴스도 비로소 들렸다. 남북미 정상들이 판문점에서 만난 일과 관련해 여러 꼭지가 간추려진 문장으로 소개되고 있었다.

"저런 사람들이 승차 거부네 뭐네 하면서 겁 없이 달려든다니까요."

세상이 정말 바뀌려는 건지 뉴스를 좀더 들어보려는데 기사가 꺼들었다. 그럼 그렇지. 과묵한 택시 기사와 백두산 천지의 맑은 하늘은 삼대가 덕을 쌓아야 만난다고 했다.

"그렇죠…… 위험, 하죠."

상대가 말을 하는데 무시해버릴 수 있는 성격이 되지 못해 딴에는 최소한의 대꾸만 해줬다.

"좋다 이거예요. 승차 거부로 걸려서 최악의 경우 면허를 빼앗긴다 쳐요. 까짓것 팔다리 멀쩡하니 다른 일 찾아보면 되지. 내 나이가 지금 낼모레 환갑인데, 늙었다고 일을 안 주면 폐지라도 주우면 된다 이거야. 근데 달리는 차랑 싸우다가 막말로 병신이라도 되면 누가 더 손해야. 정의 실현하려다 그냥 한 방에 인생 조지는 거지."

"그럼요. 사람들이 융통성이 좀 있어야지."

아마 승합차와 대치했던 게 계속 맘에 걸렸던 것 같았다. 나도 모르게 기사에게 적극적으로 맞장구를 치고 말았다.

"말해 뭐 해요. 요새 사람들 너무 여유가 없어. 젊을 때 피안 끓는 사람 있나? 저도 윗사람이고 뭐고 수틀리면 그냥 들이받아버렸단 말이죠. 내가 뭐가 아쉬워서 움츠리고 지내냐, 아닌 건 아닌 거다 그러면서 그냥 성질대로 막…… 그런데, 그게 다 한때더란 말입니다. 당장은 뭔가 해낸 것 같고 세상이 바뀔 것 같았는데 길게 보니까 나만 손해더라고요. 내 뒤에서 날 부추긴 놈들은 몸 사린 채 챙길 거 다 챙겨가며 살고 있지 뭡니까. 홍제 쪽으로 가드릴까요, 강변북로로 해서 자유로를 탈까요? 이 시간에는 뭐 비슷비슷해요."

나는 기사가 자기 얘길 하다가 갑자기 길을 묻는 바람에 자세를 고쳐 앉고선 목을 빼서 앞을 살폈다. 을지로에서 집까지 택시를 탈 일이 거의 없어 당황스러웠다. 엉킨 실 뭉치 같은 강북의 도로는 잘 모를뿐더러, 안다 한들 내가 이 시간의 도로 사정까지 예측해낼 리 없었다. 까닭은 모르겠으나 기사는 한쪽으로 정해놓고 묻는 것 같았다. 짧은 순간에 여러 생각이 스치면서 그냥 알아서 가주지 뭘 묻나 하고 짜증도 났다.

"상관없습니다. 기사님 편하신 대로 가주세요."

"자유로가 좀 낫겠죠?"

질문이 아니고 대답이었다. 나는 이제 그만 눈을 좀 붙였으면 해서 토를 달지 않았다.

"손님, 담배 태우시죠? 한 대 해도 괜찮겠습니까? 허허허."

나는 기사 말대로 흡연자긴 하지만 능글맞게 웃는 게 불쾌했다. 그러나 융통성 어쩌고 하며 떠든 직후라 안 괜찮다고 하기도 어색했다.

"그러시죠. 저도 한 대 얻을 수 있을까요?"

"멘톨인데 괜찮으세요? 이놈의 것 딱 끊어버려야 하는데 말이에요."

기사가 담배를 문 채 웅얼거리며 오른손만 뒤로 넘겨 담배를 건넸다. 이 빠진 자리가 몇 개 안 되는 걸로 봐서 금방 뜯은 것 같았다. 차 안 어딘가에 새 담배가 또 있을 것도 같았다. 기사가 창을 열자 차고 시원한 바람이 들이쳤다. 내 쪽의 것도 열었다. 시리고 거친 바람에 정신은 맑아졌다.

"라이터도 좀……"

기사는 창밖으로 길게 한 번 연기를 내뿜고는 담배를 건넬 때와 마찬가지로 라이터를 내게 보냈다. 간신히 불을 붙였는데 바람 때문에 연기가 차 안으로 들이쳤다. 차창을 올렸다 내렸다 하면서 풍향과 풍량을 조절해보고 얼굴을 창밖으로 내밀다시피도 해봤지만 연기는 마음대로 되지 않았다. 기사는 나와 달리 수월하고 능숙하게 바깥으로 뿜어내며 맛있게 피우고 있었다.

기사의 손에는 어느새 담배가 사라지고 없었고 나는 담배를 끼운 손가락을 창밖 뒤쪽으로 내민 채 이러지도 저러지도 못

하고 있었다. 창 안쪽으로 가져오자니 칼날 같은 바람이 불똥을 댕강 잘라서 앉은 자리 어딘가에 떨어뜨릴 것만 같았고 입을 담배 쪽으로 가져가서 물려고 하면 연기가 들이쳤다. 그렇다고 그대로 손을 내밀고 있자니 바람이 담배를 다 피워버릴 지경이었다.

"담뱃불 조심해주십시오."

나는 기사가 주의를 당부하자마자 이미 꽁초가 돼버린 것을 튕겨 멀리 던져버리고 차창을 닫았다. 우리는 어느새 남산터널로 진입하고 있었다.

휴대폰을 꺼내 아내에게서 메시지가 들어오진 않았는지 확인했다. 뭐라고 할 만도 한데 계속 아무 말이 없으니 어쩐지 조급해졌다. 조급해지라고 일부러 냉랭하게 나오는 줄 빤히 짐작하면서도 속수무책으로 당하지 않을 수가 없었다. 여자들은 아내가 되면서 그런 마력을 갖게 되는 것 같았다.

—나 이제 택시 탔어. 경수가 그러는데 지구가 평평하대. 미친 것 같아.

메시지를 보내놓고 나니 다시 경수의 그 뻔뻔한 얼굴이 떠올랐다.

"하, 나 참……"

나도 모르게 탄식을 내뱉고는 소리까지 낼 건 아니었다 싶어 룸미러를 흘끔거렸다. 그 바람에 기사와 눈이 마주쳐서 뭐든 말을 해야 했다.

"아니…… 술을 한잔하다 보면 좀 늦어질 수도 있고 그런 거 아닙니까? 메시지 보내면 따박따박 대답도 하고, 뭐 어디 가서 뻘짓을 하고 다니는 것도 아닌데 왜 이렇게 이해를 안 해주나 몰라요."

기사가 아, 하고 안타까워했다.

"그거요, 절대 이해 못 받아냅니다. 저도 술 좋아하고 사람 좋아해서 속 많이 썩였죠. 그러다 간에 문제가 생겨서 죽는 줄 알았지 뭡니까. 의사가 그랬다니까요, 죽는다고. 그런 저를 누가 살려냈겠습니까. 이러나저러나 마누라밖에 없었죠. 아마 대한민국에서 간에 좋은 음식 만들어내는 걸로 따지면 가짓수로든 질로든 제 와이프 이길 사람이 없을걸요? 그러니 어쩌겠어요. 이젠 죽으라고 하면 죽는 시늉이라도 해 보여야죠. 당장엔 좀 서운하고 그래도 잘해놓으세요. 그게 남는 장삽니다. 아무렴요. 남고말고요."

나는 기사의 말을 들으면서 조금 약이 올랐다. 남자끼리라 동조해주길 기대했는데 배신을 당한 기분이 들었다. 이래라저래라 하는 말투도 마음에 안 들었다. 어쩐지 기사의 뒤통수에서 성취감 같은 것마저 보였다.

"그나저나 오늘 저녁엔 어떤 사람이 지구가 평평하다고 하더라고요. 미치지 않고서야 어떻게 그런 소릴 할까요?"

기사는 대답 없이 정면만 주시했다. 한남동을 지나 강변북로로 접어드는 중이었는데 아마도 진입로에서 주도로로 합류

하는 중이라 정신없는 듯해 더 방해하지 않았다. 우리가 합류하자 강변북로를 따라 달리는 차들이 굉음을 내며 지나갔다. 기사는 좀처럼 속도를 내지 않았다. 택시답지 않다는 생각이 들었다.

"아까 뭐라셨습니까?"

기사가 룸미러로 나를 보며 물었다. 기사의 말투로 봐서 정말 별소릴 다 듣는다는 것 같았다. 나는 마치 든든한 동지가 생긴 것 같았고 그래서 구체적으로 일러바치고 싶어졌다.

"대학 동기 둘하고 모처럼 만났는데 한 놈이 지구가 평평하다고 우기질 않겠어요? 하도 어이가 없어서 그냥 웃고 넘기려다가 다른 친구가 아무 소리도 안 하고 그걸 또 받아주기에 제가 조곤조곤 짚어줬죠. 근데 얘가 아주 억지를 부리더란 말입니다. 곧 죽어도 지구가 평평하대요. 그런 놈이 지금 은행원을 하고 있다면 믿어지십니까? 실적 압박을 좀 받는 것 같던데, 스트레스 때문에 돌아버린 게 아닌가 싶더라고요."

경수를 더 욕하고 싶었지만 손에 쥐고 있던 휴대폰으로 메시지가 들어오는 바람에 그쯤에서 그쳐야 했다. 메시지는 아내가 보낸 것이었다.

—취했어?

나는 내가 보낸 메시지에 오탈자가 있었나 싶어 꼼꼼히 살폈다. 그러나 오탈자는 고사하고 문장부호까지 완벽했다.

"손님, 지금 지구가 둥글다고 말씀하시는 겁니까? 에이, 제가 아무리 택시나 몰고 있다지만 그런 농담에 넘어가려구요. 지구는 평평한 게 맞죠."

"네?"

나는 아내에게 보냈던 메시지를 읽어보느라 기사의 말을 제 대로 못 들었다.

"지구는 평평한 거란 말입니다. 처음부터 지금까지요."

기사는 한 손으로 날을 세워 운전대를 탁탁 두드리면서까지 강조했다. 듣기에 따라 화를 내고 있는 것도 같았다.

"지구가 평평하다고요? 처음부터요? 기사님, 진짜 그렇게 말씀하신 게 맞습니까?"

"말이라고요. 저는 살다 살다 지구가 둥글다는 얘긴 첨 듣 습니다. 좀 취하셔서 반대로 말씀하고 있는 게 아닌지 싶네 요."

"아니오. 술은 덕분에 다 깼습니다. 진짜로 그렇다고 생각 하시는 거예요? 세상이 다 기사님처럼 알고 있다는 겁니까?"

"그렇죠. 어느 미친놈이, 아 죄송합니다. 세상에 어떤 사람 이 지구가 둥글다고 한답니까? 거 이상한 사상에 물든 놈들이 나 그러지요."

"아닙니다. 잘못 알고 계신 거예요. 잘 들어보세요. 지구가 어째서 둥그냐면……"

나는 다급해졌고 경수에게 했던 대로 따져 물었다. 위성사 진은? 멀어지는 배가 가라앉는 것처럼 사라지는 건? 북반구와

남반구에서 보이는 별자리가 다른 건? 마치 랩을 하듯 숨도 쉬지 않고 쏟아부었다. 기사의 뒤통수는 표정이 없었다. 룸미러에 비치는 얼굴에도 마찬가지였다. 전방만 주시하며 정말이지 택시답지 않게 규정 속도를 준수할 뿐이었다. 기사는 묵묵히 내 말을 다 듣고 입을 열었다.

"저희 같은 사람이야 그런 건 모르겠고요, 그저 살면서 겪어온 게 그렇단 말입니다. 아무리 경험을 가지고, 메주는 콩으로 쑤는 거라고 말해도 하루아침에 헛소리가 되는 세상인 줄 잘 압니다. 그래도 저희 같은 사람은요, 평생 보고 듣고 배운 걸 이제 와서 부정할 수가 없어요. 또 모르죠. 늙은이들 다 죽고 나면 손님 말처럼 지구가 둥글어질지도요. 그런데 손님, 지구가 꼭 당장 둥글어져야 합니까? 둥글어지면 뭐가 좋습니까? 배운 분이니 말씀 좀 해주시지요. 물가가 내려간답니까, 남북이 통일된답니까?"

기사는 화가 나 있었다. 기사가 말하는 사이에 속도가 시속 130킬로미터를 넘긴 것이 그 증거였다. RPM과 속도계의 바늘은 진정할 기미가 안 보였다. 깜빡이도 켜지 않고 차선을 마구 바꿔가며 내달려서 아까와는 전혀 다른 사람이 운전하는 것만 같았다. 지금껏 겪어보지 못한 속도와 핸들링에 나도 모르게 앞 좌석 등받이에 붙은 손잡이를 붙잡았다. 몸이 자꾸 오그라들었지만 속도를 줄여달라고 말하지 않았다. 지금 우리는 기싸움을 하고 있다는 생각이 들었기 때문이었다. 나는 되도

166

록 아무렇지 않은 척하고 싶었는데 마음대로 되지 않았다.

한참을 곡예하듯 달리다가 자유로를 벗어나서야 기사는 속도를 줄였다. 그러나 심장을 쥐어짜는 통증은 그대로였고 어깨와 등은 계속해서 곱아들었다. 팔뚝과 목덜미와 등줄기로 날카로운 한기가 스몄다. 운전석 쪽 창문이 언제부턴가 열려 있었고 기사는 다시 담배를 피우는 중이었다. 내게 양해를 구한 적이 없어 당혹스러웠다. 속도를 늦췄다지만 한산한 도로를 제법 빠르게 달리고 있어 차창으로 계속해서 큰바람이 들이쳤다. 제발 담배를 끄고 창문을 닫아달라고 하고 싶은데 말이 나오지 않았다. 나는 두 손으로 양쪽 팔뚝을 쓸어가며 버텼다. 도착지까지는 몇 분만 더 가면 될 것 같았다.

어떻게 택시에서 내려 집까지 왔는지 모르겠다. 온몸이 마구 떨려 정신없이 걸어야 했다. 아내에게 택시에서 내렸다고 전화를 하는 것도 잊고 어느새 아파트였다. 엘리베이터에서 11층 버튼을 누르는데 마치 냉동실에 들어와 있는 것처럼 추웠다. 어디선가 기계음에 섞여 자동차 소리가 들리는 것 같았다. 엘리베이터의 모터 장치겠거니 했다. 소음보다는 엘리베이터 안의 어느 틈에서 지속적으로 칼바람이 들이치고 있어 그게 더 불편했다. 나는 부들부들 떨면서 엘리베이터가 11층에 도착할 때까지 이를 악물고 있었다.

집 앞에 닿아서야 겨우 한숨을 돌렸다. 센서 등이 꺼지는 바

람에 손을 허공에 휘저었다. 택시에서 내렸다고 전화했어야
했는데 아내가 놀라지 않을까 걱정됐다. 비밀번호를 누르고
드디어 집에 들어섰다. 잠을 자지 않고 있을 거라는 예상과는
달리 집 안은 깜깜했다. 그리고 기대했던 것만큼 그리 따뜻하
지가 않았다. 아니, 따뜻하지 않은 정도가 아니라 바깥만큼 추
웠다. 도저히 집 안이라고 할 수 없는 기운이 감돌았다. 어둠
에 눈이 익숙해질 때쯤 어렴풋이 거실의 실루엣이 보였다. 거
실에는 가구가 하나도 없었다. 나는 놀랍고 두려운 풍경 앞에
서 몸이 완전히 굳어버렸다. 그 풍경 안에 아내도 있다는 건
한참 뒤에 깨달았다.

아내는 거실 한가운데에서 나를 향해 서 있었다. 아내 뒤로
베란다 창문은 완전히 열려 있었다. 추운 이유가 저거였구나
생각하며 아내에게 어떻게 된 건지 물었다. 아내는 슬픈 얼굴
로 나를 바라볼 뿐 아무 말이 없었다. 나는 발이 떨어지지 않
아 아내에게 다가갈 수가 없었다. 그러는 동안에도 열린 베란
다 창으로 차고 단단한 바람이 들이쳤다. 아내가 추워 보였다.
나는 간신히 다시 입을 열었다.

"여보, 왜 그러고 서 있어? 집은 또 왜 이래?"

아내가 무슨 말을 하는데 잘 들리지 않았다. 바람이 집 안을
휘돌아 나가는 소리에 어디선가 사람들이 웅성거리는 소리가
섞였다. 자동차 경적도 들리고 담배 냄새도 났다. 한밤중에 아
파트에서 담배를 피우는 사람이 있다니, 관리실에 단단히 항

의해야겠다고 생각했다.

"지구가 둥글다고?"

소음을 비집고 아내의 목소리가 들렸다. 나는 반가운 한편
으로 아내가 왜 그런 걸 묻는지 의아했다. 의식하지 못한 사이
에 아내는 내게서 더 멀찌감치 떨어져 있었다. 아내가 뒷걸음
을 친 것 같지는 않고 집이 커진 것 같았다. 모든 것이 어둠 속
에서 불분명했다.

"그게 무슨 소리야?"

"당신이야말로 무슨 말을 그렇게 해? 원래 그런 사람이었
어?"

아내는 울먹였다. 나는 도저히 아내의 말을 이해할 수 없었
다. 아내를 붙잡고 무슨 일이 있었던 거냐고 묻고 싶었다. 아
내를 끌어안고 다 잘될 거라고 말하며 등을 토닥여주고 싶었
다. 대개는 그러면 괜찮아졌다. 그러나 도무지 발이 떨어지지
않았다. 한 걸음 내디디면 아내는 두 걸음 멀어질 것 같았다.

"아니야, 내가 잘못했어. 이제 그런 말 안 할게."

다급한 대로 둘러대느라 내가 무슨 소릴 하고 있는 건지 나
조차 헷갈렸다. 아내는 내 말을 듣지 않았다. 잠시 휑한 거실
을 둘러보다가 뭐라고 중얼거렸는데 잘 들리지 않았다. 얼핏
이게 집이냐고 하는 것도 같았고 이게 사는 거냐고 하는 것도
같았다. 안방으로 들어가서 문을 닫아버렸다. 동시에 거실은
한없이 넓어졌고 안방은 내게서 그만큼 멀어졌다. 도무지 알

수 없는 상황에 내던져져 절망에 휩싸여 있을 때 그때까지 막연하던 소음들이 구체적으로 들리기 시작했다. 멀어진 베란다 창에서 불빛이 보인 건 그때였다.

검은 승합차 한 대가 경적을 울리며 거실에 들어섰다. 도대체 11층까지 어떻게 올라왔는지는 알 길이 없었다. 이미 호텔의 로비만큼이나 커진 거실을 승합차 한 대가 혼자서 꽉 채우고 있었다. 바퀴 하나가 내 키를 훌쩍 넘기고 있어서 승합차의 운전석을 보기 위해서는 고개를 한껏 젖혀야 했다. 괴물 같은 승합차가 나타나자 아내가 안방에서 나왔다. 나는 위험하니 들어가 있으라고 소리쳤지만 아내는 잠시 나를 노려볼 뿐이었다. 나는 아내의 차가운 표정보다는 아내가 웨딩드레스 차림이라서 더 놀랐다. 몸매의 모든 곡선을 드레스가 우아하게 살려주고 있었고 작은 머리에 얹힌 티아라는 영원히 빛을 내줄 것 같았다. 여러모로 내게 과분한 사람이라는 생각이 들어 눈이 부셨고 눈물이 났다.

아내가 승합차에 다가가자 문이 열렸고 아내는 부케와 드레스 자락을 조심스럽게 간수하며 차에 올랐다. 나는 아무 말도 못 하고 모든 걸 그저 바라보고만 있었다. 아내가 올라탄 뒤 곧이어 승합차의 문이 부드럽고 묵직하게 닫혔다. 문이 닫히는 틈으로 아내를 조금이라도 더 보고 싶었지만 내부는 금세 깜깜해졌다. 내가 손을 뻗어 차를 만지려 하는데 이번엔 승합차 조수석 쪽에서 창문이 내려왔다. 나는 산기슭에서 꼭대기를 쳐다보듯 했다. 꼭대기에서 굵은 팔이 뻗어 나왔다. 팔꿈치 위쪽은 차 안에 있어 실루엣으로만 보였는데 머리가 엄청나게 컸다. 어쩐지 그림자가 나를 비웃고 있는 것 같았다. 갑자기 두 팔이 내게 주먹감자를 날렸다. 한 번, 두 번, 세 번……커다란 주먹과 주먹이 일으킨 바람이 코끝에 닿았다. 코가 시려 재채기가 났다. 그 바람에 나는 주먹 위에 묽은 코를 묻히고 말았다. 그림자가 기분이 상해서 진짜로 나를 때리지 않을까 두려웠다. 그런데 뜻밖에도 그림자는 가만히 손을 뻗어 내 어깨를 짚었다. 큰 손과 길고 굵은 팔 저편에 있을 얼굴은 여전히 어둠에 파묻혀 보이지 않았다.

손이 내 어깨를 가만가만 두드렸다. 엉덩이 쪽에서 아까부터 냉기가 느껴졌다. 냉기는 허리와 등줄기를 타고 올라와 목덜미와 정수리까지 휘감아 조였다. 손은 계속해서 내 어깨를 두드렸다. 처음에는 가만히 짚어주더니 이제는 두들겨대는 손맛이 꽤 매서웠다. 아파요. 말을 하고 싶었지만 목소리는 나오지 않았다. 나는 어서 이 상황이 끝나기만을 기도했다. 승합차가 그냥 떠나줬으면 싶었다.

"그래도 아내는 돌려줘."

간신히 말했다.

"네? 뭐라고요? 선생님, 여기서 이러고 있으면 큰일 나요. 어서 일어나세요."

경찰관 두 명이 내 앞에 석상처럼 서 있었다. 나는 아직 건물 입구에 앉아 있었고 상황을 깨닫고는 몹시 부끄러워졌다. 몸을 일으키는데 세상이 한번 기우뚱했다. 경찰관들이 부축해 줘서 똑바로 설 수 있었다. 그러나 여전히 발밑이 일렁거렸다. 마치 시소의 가운데에 서 있는 기분이었다.

"고맙, 습니다아. 죄송, 합니다아."

나는 최대한 두 경찰관에게 공손하게 굴었다.

"근데, 질문이, 있습니다. 지구는, 둥급니까, 평평합니까?"

경찰관들은 내가 똑바로 설 수 있는지만 확인할 뿐 대답해 주지 않았다. 그 순간 그들이 몸에 붙이고 있는 무전기로 알아 듣기 어려운 용어가 섞인 지령이 들어왔다. 그들은 갓길에 대 놓았던 경찰차를 타고 순식간에 사라졌다.

멀리서 빨간색 표시등을 켜고 다가오는 택시가 보였다. 반사적으로 손을 들었다.

사이드미러

1

"별일 없지? 저녁에 나와서 술이나 한잔해."

종규였다. 무슨 재단에서 창작지원금을 천만 원이나 받게
돼서 한턱내는 자리라 했다. 종규가 선정자 명단에 있다는 얘
긴 다른 데서 들어서 이미 알고 있었다.

"시간 봐서."

"시간은 개뿔. 이따 보자."

종규는 자기 할 말만 하고 전화를 끊어버렸다.

개뿔?

나는 불시에 뒤통수를 맞은 것처럼 불쾌해졌다. 동갑내기
대학 동문의 스스럼없는 말 한마디에 이렇게까지 기분이 상할
필요는 없었다. 내가 어떤 술자리든 빌붙는 걸 개의치 않고,

자리에 부르지 않아도 어떻게든 찾아가는 걸 잘 알아서 하는 소린 줄도 알았다. 그래도 데뷔 연차로는 까마득한 후밴데 바짝 기어오르는 게 마음에 걸렸다.

장난 좀 쳤다고 질질 짜던 병아리가 어느새……

종규가 신춘문예에 투고해놓고 전화를 기다리던 때였다. 투고자로서는 휴대폰 화면에 서울 지역 번호만 떠도 가슴이 철렁하는 시기였다. 나는 그런 의례는 오래전에 통과해놓았기에 어느 학교 누구의 제자가, 동문이 모 신문 무슨 부문에 됐다고 하더라는 식으로 들려올 소식을 느긋하게 기다리고 있었다. 마침 내 첫 시집을 낸 직후라 출판사에 갈 일이 있었는데 문득 휴대폰을 붙들고 있을 종규 생각이 나서 출판사 전화를 이용해 신문사인 척해봤다. 종규는 내 목소리를 바로 알아듣지 못하고 고분고분 받았다. 나는 웃음을 참지 못하고 정체를 밝혔다. 그날 종규는 전에 없이 화를 냈고 안 하던 욕도 하다가 결국 울어버렸다. 뭘 울기까지 하냐며 면박을 주곤 끊었는데 생각해보니 꽤 놀랐을 것도 같았다. 기왕이면 진짜 당선 전화를 받아서 확 풀어졌으면 싶었는데 그해는 그렇게 그냥 넘겼고 이듬해에 됐다.

새해 첫날 마주하는 당선자들의 프로필과 당선 소감은 당선작이나 심사평만큼, 아니 그보다 조금 더 흥미로웠다. 암묵적인 성과 평가를 받고 있을 각 학교 선생들의 표정이 보이는 것 같아서였다. 문단 안에 학연이 없는 듯한 당선자가 보이면 그

래서 반가웠다. 종규는 그 반대였다. 당선 소감 말미에 학과의
모든 교수의 이름을 나열한 뒤 감사하다고 했고 깃털 같은 인
연만 있어도 선배 문인들을 마구 끌어다놓았으며 심지어는 내
이름도 넣어뒀다.

장황해.

작년 겨울 한 출판사의 송년회에서였다. 맥주로 입술만 적
시며 주변을 두리번거리고 있는 종규에게 최근 발표작에 대한
독후감을 말해줬다. 종규는 미간을 잔뜩 찌푸린 채 나를 노려
보더니 왜 걸핏하면 그러냐고 되물었다.

니가 무슨 대가야? 모르는 것 같아서 얘기해주는데, 사람들
이 뒤에서 수군거려.

그때 나는 종규의 얼굴에서 싸구려 야망 같은 걸 보았다.

어쩌라고? 다 꺼지라 그래! 뭐가 진짜 창피한 건 줄 아냐?
되도 않는 걸 써 갈겨놓고 잘난 척하는 거야 인마!

목소리가 컸는지 몇몇이 고개를 돌려 우리를 봤다. 종규는
그게 못내 창피한 듯했다. 얼마 안 있어 편집부 직원 둘이 우
리 쪽으로 와 앉더니 종규를 감쌌다. 근작에 대한 매우 호의적
인 평가를 붙여가며 종규를 떠받들었다. 그때 종규의 머리 뒤
에서 빛이 보이는 것 같았다. 그날 나는 평소처럼 잔뜩 취했
고, 꽤 유명한 어떤 시인 선배와 시비가 붙어 여러 사람에게
깊이 각인되었다는데 정작 나는 하도 잦은 일이라 잘 기억이
나지 않았다.

그런 일이 몇 번 반복되니까 종규가 나를 피했다. 문단에서 누가 어느 자리에서 누구와 있었다는 얘기 정도는 어떻게든 떠돌기 마련이라 아마 이번에도 나를 부르고 싶은 마음은 없었겠지만 이다음에 마주쳤을 때 민망해지지 않으려 전화한 것 같았다.

옛날 일을 생각하다 무언가에 이끌리듯 책장으로 가서 내 시집을 꺼냈다. 처음에는 이 출판사의 시집 목록이 유명해 그 안에 들어가게 된 것만으로도 기뻤으나 나중에는 홍보에 무심하기로 작심한 듯한 출판사의 영업 기조가 못마땅했다. 초판 1쇄가 소진되는 데 꼬박 2년이 걸렸고, 2쇄는 1쇄의 절반도 안 되는 부수를 찍었는데 아직 거의 그대로 남아 있었다. 종규가 지원금을 받는다는 소식에 불현듯 창작욕이 불탔다.

구간을 살리는 건 신간이지.

나는 노트북 하드디스크에 방치되어 있는 시들을 떠올렸다. 발표한 날짜와 매체로만 나눠둔 상태라 시집을 꾸리려면 서둘러 목차와 구성을 짜야 했다. 노트북을 켜고 프린터를 연결했다. 퇴고를 할 때는 늘 이면지에 출력했는데 새것을 얻은 기분이 그리웠다. 카트리지에서 이면지를 빼내고 새 종이를 한 뭉치 넣는데 이번엔 토너 부족을 알리는 경고등이 깜빡거렸다. 영감의 고갈을 알리는 경고등이 켜졌다는 문장이 떠올라 메모해뒀다.

2

전화벨 소리에 잠에서 깼다. 휴대폰에 뜬 종규 이름을 보자 숙취와 함께 잠결의 곳곳에서 나를 괴롭히던 꿈이 떠올랐다. 꿈이 아니라 새벽에 실제로 벌어진 일의 온전치 못한 기억인 줄은 아직 깨닫지 못하고 있었다. 나는 여전히 비몽사몽이었고 목젖이 갈라 터질 것만 같아서 여보세요란 말이 쉽게 나오지 않았다. 그걸 아는지 종규는 곧바로 용건부터 말했다.

"차주한테서 전화 왔어."

알아듣기 힘들었다.

"차주가 누군데?"

내가 듣기에도 짜증날 만큼 꽉 잠긴 목소리가 성대를 긁으며 나왔다.

"쯧, 벤츠 말이야."

종규는 혀를 차며 말했다.

"벤, 츠? 음흠흠."

가늘게 뜬 눈으로 천장을 쳐다보며 헛기침을 몇 번 해서 목을 가다듬은 다음 천천히 한 번 더 발음해봤다.

"벤…… 츠……"

그 순간 천장이 무너지는 환상을 봤다. 새벽에 벌어졌던 일이 꿈결보다는 구체적으로 기억났다. 내가 또 사고를 쳤다. 바닥에 눌어붙다시피 한 몸을 일으키려는데 허리께에 날카로운 칼이 들어오는 것처럼 아파서 도로 누웠다. 몸이 왜 이런 거지? 허리만 문제가 아니었다. 각 관절을 모조리 끊었다가 다시 이어붙인 듯 뭐 하나 내 것 같지가 않았다. 몇 번 심호흡을 하고 중환자처럼 손으로 바닥을 조금씩 짚어가며 일어나서는 휴대폰을 귀에 바짝 갖다 댔다.

"그래서, 얼마래?"

"몰라. 맡겨보고 연락하겠대. 잡아뗄까 싶어서 전화한 거지. 근처에 CCTV가 세 대나 있었고 차 안엔 블랙박스도 돌아가고 있었다는데 확인 전화라니, 지독하지."

"씨발, 있는 새끼들이 더하다니까. 왜 길바닥에 주차를 해놔서는……"

"야, 그런 소리 마. 니가 잘못하긴 했어."

"누가 뭐래냐."

"어쩔 거야? 아는 형한테 물어보니까 한 2백은 잡아야겠던데. 그 형이 차를 좀 알거든. 아, 너도 알겠다. 소설 쓰는 K형 말야."

안다. 최근에 포르셴지 페라린지로 차를 바꿨다는 얘기를 들었다. 니미럴, 그럴 돈 있으면 술이나 살 것이지. 그나저나 문단 돈은 죄 소설가들한테만 쏠리나…… 그런데, 2백?

"좆도! 무슨 백미러 하나가 2백이야?"

"벤츠야 벤츠. 그리고 백미러가 아니고 사이드미러."

"아우, 너는 이 상황에 씨발…… 됐고, 혹시 그 차 불법 주차나 뭐 그런 건 아니야?"

"기억 안 나? 순찰하던 경찰도 보고 갔잖아. 비상등 켜놓고 담배 사려고 편의점 앞에 잠깐 세웠단다. 그사이에 누가 차를 부쉈으니 얼마나 황당했겠냐."

기억이 난다. 3차인가를 하고 나온 참이었다. 나는 (늘 그렇 듯) 무엇엔가 잔뜩 골이 나 있는 상태였고 일행 뒤에 멀찍이 혼자 처져서 비틀거리며 걷고 있었다. 나를 떼어놓고 싶어 하 는 분위기가 어렴풋이 감지됐다. 그리고 저 앞에, 내가 일행을 따라붙어야 할 경로 위에 허옇고 커다란 짐승 한 마리가 시뻘 건 눈을 껌뻑이며 엎드려 있는 게 보였다. 비켜…… 그렇게 경 고했지만 짐승은 꿈쩍도 하지 않았다. 거리가 좁혀질수록 나 는 조급해졌다. 막고 있지 말라고…… 한 번 더 경고했다. 짐 승이 나를 향해 위협적으로 포효하는 걸 봤다. 나는 급기야 이 판사판으로 달려들었다. 짐승의 한쪽 눈을 뛰어넘듯 해서 펄 쩍 뛰어올랐는데 오른쪽 발에 뭔가가 걸리는 느낌이 들었고 그대로 아스팔트 바닥에 나동그라졌다.

벤츠 주인의 연락처를 물었다.

"그래, 뭐, 니가 전화할 거라고 얘기는 해놨어. 저쪽에도 네 연락처를 줬고…… 챙겼어야 하는데 괜히 우리 잘못 같다. 워 낙 다 취했고 눈 깜짝할 새 일어나서 말이지. 아무튼 차주한테 얼른 전화부터 해. 그게 예의겠어."

종규의 말투에서 귀찮은 숙제를 끝냈다는 홀가분함이 느껴졌다.

그래, 넌 이쯤에서 빠지고 싶겠지. 잘 먹고 잘 살아라 새끼
야……

전화를 끊고 곧바로 벤츠 주인에게 걸었다. 뭐라고 사과부
터 해야 할 텐데 마음은 준비가 안 돼 있었다. 일단 끊었다가
멘트부터 준비하고 다시 거는 게 좋지 않을까 생각해봤다. 그
러나 어쩐지 이대로 끊으면 저쪽에서 나를 우습게 볼 것만 같
아 통화 대기 신호를 계속 듣고 있었다. 노래나 음악이 아닌 그
냥 평범한 벨 소리였다. 분명히 현장에 있었는데도 얼굴이나
목소리가 전혀 기억나지 않았다. 누구의 손에 의해 나는 벤츠
에서 멀찌감치 떼어놓아졌던 것 같다. 어딘가에 내동댕이쳐진
채 쭈그리고 앉아서는 아직 덜 풀린 분을 삭이며 상황을 지켜
봤을 것이다. 그러나 아무리 기억을 더듬어봐도 종규 일행과
어떤 사람이 경찰들의 커다란 등짝에 가려진 채 마주하고 있는
장면만 어렴풋이 떠올랐다. 그마저도 알록달록하거나 지나치
게 환한 간판 불빛들이 그들의 실루엣을 뭉개버리고 있었다.

"전화를 받을 수 없어 소리샘으로 이동……"

나는 얼른 통화 종료 버튼을 눌렀다. 그리고 다시 걸지 않기
로 했다. 어쩌면 받지 않길 바라고 있었던 것도 같다. 피차 불
편한 사이에 목소리를 나눌 필요가 있을까 싶었다.

—차를 파손한 사람입니다. 수리하신 뒤 영수증과 계좌 번
호를 보내주시면 송금하겠습니다.

문자를 찍어놓고도 전송 버튼은 누르지 못했다. 다시 읽어보니 너무 사무적이었다. 벤츠가 기분 상해서 덤터기를 씌우면 어떡하나 싶었다. 선처를 호소할까. 2백이면 현재 내 통장 잔고의 전부나 마찬가지였다.

— 안녕하십니까. 간밤에 선생님의 차에 불미스러운 짓을 한 사람입니다. 오늘 심기가 많이 어지러우실 것 같습니다. 불원천리 찾아뵙고 백 번이고 천 번이고 머리를 조아려 사죄함이 마땅하나 선생님의 일정에 누가 될까 싶어 이렇게 결례를 무릅쓰고 문자를

나는 성의껏 문장을 만들어나가다가 한번에 다 지웠다. 바짝 엎드린 문투도 마음에 들지 않았거니와 너무 산문적이었다. 이런 문장은 종규 따위의 소설가나 쓰라지. 나는 잠시 눈을 감고 호흡을 가다듬으며 내 몸에서 말들이 비늘처럼, 깃털처럼 일어서길 기다렸다. 뮤즈의 숨결은 나의 들숨에 섞여 들어오고 내 안에 고착된 습벽들은 모두 날숨과 함께 배출되길 기도했다. 심호흡을 해보니 뮤즈가 들어오는 기미는 느껴지지 않았으나 들척지근하고 시큼한 날숨에서 술 냄새는 분명히 맡아졌다. 그때 손에 쥐고 있던 휴대폰으로 메시지가 들어왔다. 저장되어 있는 번호는 아니었다.

— 차부순분이죠지금회의중인데이제번호확인했으니수리후연락드리겠습니다

텍스트를 받아들이는 데는 잠시 시간이 걸렸다. 한 덩어리

로 뭉쳐 있는 문장의 형태가 독해를 지연시켰다. 띄어쓰기를 몰라서가 아니라 일부러 무시하고 있었다. 그저 보이는 그대로라면 무성의한 메시지인데 읽어볼수록 최소한의 예의는 지키고 있는 것처럼 느껴졌다. 들여다보면서 행간에 숨어 있는 감정을 읽어내고 싶었다. 내가 한심한가? 안타까운가? 무서운가? 아직은 아무것도 보이지 않았다. 그러나 분명히 무언가가 있긴 있었다. 천천히 소리 내어 다시 읽어보았다. 문자메시지 하나를 들고 끙끙대고 있는 게 우스웠지만 나는 글에서 상대의 감정이 읽히지 않는다는 이유만으로 무척이나 당황하고 있었다.

어라? 이거 시적인데?

볼수록 글자 뭉치 안에서 수상한 기운이 느껴졌다. 그것은 마치 수면 저 아래에서 유유히 헤엄치는 커다란 물고기의 그림자 같았다. 어쩐지 시를 좀 아는 사람일 것만 같았다. 행장을 고려해 어휘를 골라 쓸 줄도 아는 사람이었다. 띄어쓰기와 문장부호를 없앰으로써 기표를 잠시 미끄러뜨릴 줄도 아는 사람이었다. 나는 그 순간적인 표류 안에서 새로운 운동성이 움트는 걸 보았다. 어쩌면 발신인은 벤츠가 아닐지도 몰랐다. 그리고 나 또한 수신인이 아니어지고 있었다. 우리는 점차 뒤엉켰고 우리는 계속해서 미지의 영역으로 흘러갔다. 우리는, 우리는……

뭐라는 거야 씨발.

나는 망상에 빠져들었음을 깨닫고는 서둘러 답신을 보냈다. 최대한 정중하게, 그리고 착해 보이게.

—네. 알겠습니다. 수고하세요^^

3

며칠 동안 벤츠에게선 연락이 없었다. 그렇다고 없던 일이 되는 건 아니라 수리비를 마련할 방법을 찾아야 했다. 궁리 끝에 원고 뭉치를 들고 첫 시집을 낸 출판사로 달려갔다. 안면 있는 직원들이 인사를 걸어오는 것도 무시하고 무작정 대표실로 갔다. 대표는 나를 보자마자 드러나게 어색해했다.

"연락이라도 하고 오지 그랬어?"

연락을 했다면 요리조리 피하며 만나주지 않았을 게 뻔했다. 언제는 내 첫 시집을 꼭 직접 내고 싶다며 하루가 멀다 하고 술을 사주더니 이제는 대놓고 나를 피하고 있다. 대표는 괜히 넥타이를 매만져보다가 사자 갈기처럼 기른 머리를 쓸어 올려 뒤로 한 번 질끈 붙잡아보기도 했다. 부리부리한 눈매에 각진 턱, 그 밑에 짧게 기른 거친 수염까지 가세해서 전체적으로 위압적인 인상을 풍기고는 있지만 기본적으로 문인들을 향한 동경과 측은지심을 함께 간직한 유순한 사람이었다. 저런 사람마저 나를 피해 다닐 정도니 내가 그동안 너무 까불긴 했던 것 같다.

직원이 바깥에서 쭈뼛거리다가 열린 문 사이로 목만 들이밀고는 차를 내올지 물었다.

"난 됐고, 넌 뭘로 할래? 믹스도 있고 녹차도 있고……"

"저도 됐어요. 거기서 그러고 있지 말고 이리 와서 좀 앉죠? 긴히 할 얘기도 있고요."

주인이 안 마시겠다는데 객이 차를 내라 마라 할 수는 없었다. 대표는 직원에게 고개를 끄덕여 보이고는 자기 자리에서 일어나 소파로 와서 나와 마주 앉았다. 나는 여기까지 찾아올 때 어차피 쪽팔리기로 작정했으니 단도직입적으로 나가기로 했다. 가방에서 원고 뭉치를 꺼내 테이블 위에 소리 나게 내려놨다. 지구를 가격하는 묵직하고 둔탁한 소리를 기대했으나 A4 용지 60장이 채 안 되는 무게가 말해주듯 내 시들은 너무나 가벼웠다. 일단 계약을 해놓고 출간 때까지 최선을 다해 퇴고하기로 했다.

"형, 시집 좀 내줘요. 계약금이 필요해요."

대표는 그제야 노골적으로 피곤한 얼굴을 하고 소파 등받이 깊숙이 몸을 묻었다. 동시에 한쪽 다리를 들어 다른 쪽 다리 위에 포갰는데 슬리퍼 밖으로 튀어나와 꼼지락거리는 쥐색 발가락 양말이 허공에서 소심한 호를 그리는 게 눈에 들어오는 바람에 처지에 맞지 않게 웃음이 비어져 나왔다.

"시집…… 언제 또 이만큼이나 모았어?"

대표가 어물거리기만 하다가 마지못해 상체를 숙여 원고를 향해 손을 뻗었다. 다리를 꼰 상태에서 짧고 두툼한 몸을 접는 게 힘겨워 보였다. 허공에 동동 떠 있는 쥐색 발가락들이 일제히 꽉 오므려지며 기합이 잔뜩 들어갔다.

"그런데 말이야."

대표는 몇 장 건성으로 뒤적이다 말했다.

"알다시피 책을 내고 말고는 나 혼자 결정하는 게 아니거든. 출간위원회에 부쳐서 회의를 해봐야 해. 그러려면 일단 한두 달은 걸릴 테고……"

그는 원고를 그대로 내려놓은 뒤 원고를 들추던 손으로 발가락을 매만지며 자세를 고쳐 앉았다. 그러다 나를 한 번 보더니 잊고 있던 걸 기억한 사람처럼 고개를 홱 돌려 책상 위의 서류들을 봤다. 그때 다시 까딱거리는 쥐색 발가락들이 내 시야에 들어왔다. 잘 익은 열매처럼 포동포동 맺혀 있었다. 중년 남자의 발가락이 저렇게 앙증맞을 수 있을까. 나는 발가락들이 무척이나 평온해 보여 문득 내 신세가 서러워졌다.

"그럼 인세라도 좀 당겨서 받을 순 없을까요. 절판은 안 시키시니까 어쨌든 다 갚게 되잖아요."

나는 이왕 질러버린 거 바닥까지 훤히 드러냈다. 이러는 것이 내게 어떤 도움이 될지는 몰라도 체면을 차리려고 하면 아무것도 얻을 수 없다는 건 경험상 잘 알고 있었다.

"인세를 가불해달란 거네? 형편 어려운 시인이 한둘도 아닌데 괜한 선례를 남겼다간 내가 부담스러워서 안 되겠고……
야, 그러지 말고, 정 급하면 회사 일을 좀 도와주지 그래?"

나는 의외의 대답에 눈이 번쩍 뜨였다. 출판사 일이라면 필요한 만큼은 알고 있었다. 편집은 열두어 권쯤 통으로 진행해봤고 영어 번역도 초벌 정도는 가능했다. 무슨 일인지 아직 듣지도 않았는데 벌써 숨통이 트이는 기분이었다.

"뭐든지요."

대표는 꼬고 있던 다리를 풀고 상체를 이쪽으로 기울였다. 그놈의 발가락이 탁자 아래로 사라지자 한결 시야가 편해졌다.

"차 있지?"

차? 10년쯤 된 아반테가 있긴 있다. 첫 시집을 내고 수도권 외곽에 있는 대학의 학부 창작 수업을 한 학기 맡은 김에 중고로 산 건데, 전국 각지에서 특강 요청이 쇄도할 걸 대비해서였다. 물론 그런 일은 일어나지 않았다. 일어나지 않을 걸 나도 알고 있었다. 알고 있었으면서도 샀다. 왜 그랬느냐면, 모르겠다. 뭐에 홀려 있었던 것 같다. 사람들에겐 필요보다는 핑계가 있을 때 사는 게 있다. 내 경우엔 그게 차였다.

"네, 있죠."

"물류에 대해 좀 아나?"

"물류요?"

"창고 말이야."

언뜻 그려지는 게 없어 대표의 눈만 바라봤다. 그 눈빛이 조금 전까지와는 달랐다. 착각인 줄 알았는데 분명히 광채가 어려 있었다. 기필코 회유하고 설득해내고 말겠다는 사람들이 뿜어내는 갈급함이 있었다. 대표는 분명히 오늘이 아닌 과거의 어느 날도 나를 저렇게 봐준 적이 있었다. 첫 시집을 내자고 했을 때였다.

한국의 시단은 이제 자네 이전과 이후로 나뉠 거야.

그렇게 말했다. 얼마나 아득한지 그때와 지금 사이에 서너 개의 우주가 가로놓인 기분이었다. 그동안 문단 행사 같은 이런저런 자리에서 마주칠 때마다 나를 향한 저 광채는 조금씩 흐려졌다. 그리고 시단이 어떻게 어떻게 나뉠 거라는 말을 다른 시인에게 하고 있는 것도 봤다.

"실은 얼마 전에 우리 창고에 아르바이트 애 하나가 입대 때문에 그만뒀는데, 이게 위치도 위치고 해서 사람이 잘 구해지지가 않네. 파주 알지? 거기서 조금만 더 들어가면 탄현이라고 있거든. 좀 외지긴 했지. 벌써 한 달이 다 돼가. 창고에서는 이러다가 출고도 펑크 나게 생겼다면서 지나가는 고양이 발이라도 빌릴 판이래. 알바비가 한 달에 160만 원인데…… 180만 원 어때? 가불도 돼. 당장 필요한 게 얼마야?"

창고지기라니까 처음엔 불쾌했다. 그러나 꼭 나쁘게만 생각할 게 아닐 수도 있다는 계산도 동시에 돌아갔다.

"책은 맘대로 가져다 봐도 돼요?"

"그러엄!"

"할게요."

4

　자유로를 타고 한참 북진하다가 통일동산 못미처에서 국도로 빠진 뒤, 몇 개의 한적한 마을을 지났다. 대표가 주소를 잘못 일러줬을 리 없고 내비게이션이 오작동을 일으킬 가능성도 희박했지만 마을들을 그냥 지나칠 때마다 잘못 가고 있는 게 아닌가 하는 불안이 커졌다. 급기야 산을 깎아 길을 낸 비탈을 내비게이션이 가리켰다. 나는 구불구불한 비탈을 마지못해 오르면서 주소를 다시 찍어보는 게 낫지 않을까 생각했다. 그때 눈앞에 장관이 펼쳐졌다.

　그것은 또 하나의 마을이었다. 출판사 로고를 소형차 크기로 붙여 넣은 거대한 창고들이 오와 열을 맞춰 단지를 형성하고 있었다. 그러니까 대표네 회사만의 창고가 아니라 수많은 출판사의 '창고 연합체'쯤 되는 것 같았다. 연합에 속한 각 출판사들이 경쟁하듯 크게 붙여놓은 회사의 마크들을 차창에 얼굴을 대고 올려다보는데 마치 고대의 유적지에 진입하고 있는 기분이 들었다. 평소에 마우스만 깔짝거려 주문할 줄 알았던 나로선 숙연해지기까지 했다. 창고 건물들 사이로 잘 닦인 아스팔트 위를 지게차며 트럭 들이 오가고 있었다. 아슬아슬하게 스칠 때도 많았는데 복잡한 중에도 각자의 속도와 방향은 미리 약속돼 있는 듯했다. 그러거나 말거나 내비게이션은 비어 있는 도로 위에서 대표네 출판사의 창고로 인도했다. 내비게이션에 표시된 길들은 사다리 모양을 하고 있었다. 나는 사다리의 외곽에서 차를 몰고 올라가다가 곧 발판 쪽으로 들어갔다.

열려 있는 철문 안으로 복잡한 구조물들이 보였다. 창고 앞에 차를 세우고 내리자마자 작달막한 사내가 어디선가 나타나더니 차를 바깥쪽에 대고 오라고 소리쳤다.

창고장은 오십대 초반 정도로 보였다. 내 턱에도 못 미치는 작은 키로 나를 훑어보는 시선이 마치 깐깐한 노예상 같았다. 내가 이 출판사에서 시집까지 낸 시인인 건 말하지 않기로 했다. 피차 불편해질 수 있다며 대표가 당부했다. 그래서 내 신분은 대표의 지인이 잘 아는 후배와 군대 동기쯤으로 돼 있었다. 이름도 본명인 주형식이 아니라 가명을 써서 주연무라고 했다. 창고장은 창고 안쪽에 딸린 사무실로 나를 데리고 들어갔다. 초봄인데도 난로를 켜놓아야 할 만큼 창고 안은 서늘했다. 밀도 높은 공기에서 종이 냄새와 기름 냄새가 함께 맡아졌다. 우리가 사무실에 들어서자 낡은 컴퓨터 앞에 앉아 있던 중년의 여자가 일어서서 반겼다. 창고장보다 키가 컸고 조깅을 하러 나온 사람처럼 입고 있어서 몸이 가뿐해 보였다.

"이쪽은 주연무 씨고, 이쪽은 송윤정 과장. 커피나 한 잔씩

하고 시작하지."

창고장은 나를 여자에게 넘기고 직접 커피를 타서 사무실 구석에 둔 소파에 앉았다. 나는 창고장이 테이블에 놓여 있던 신문을 펼쳐 드는 걸 눈으로 좇으며 여자의 말을 들었다.

"어서 와요. 그냥 송 과장이라 부르면 돼요. 믹스밖에 없는데 어떡하나?"

"괜찮습니다. 저도 믹스 좋아합니다."

"첨엔 좀 헷갈리는데 금방 익숙해질 거예요. 고등학생 애들도 일주일이면 다 하니까."

송 과장은 먼저 창고를 둘러보자고 했다.

창고는 보통 건물의 4, 5층 높이였고 두 층으로 나뉘어 있었다. 보관할 책이 많아지면 층을 더 쌓으려 1층 천장이 아주 밭게 지어져 있었다. 넓이는 빼곡히 차 있는 선반 등의 구조물 때문에 짐작이 어려웠지만 못해도 농구장 정도는 되는 것 같았다. 모든 선반은 4단짜리여서 선반 사이의 좁은 통로에서 들여다보면 반대편의 소실점을 향해 여덟 개의 선이 힘차게 달려가고 있었다. 선반마다 덩이째 묶인 책들이 가득했다. 내가할 일은 전국의 각 서점에서 보내 온 주문서를 들고 통로를 뒤져 책을 찾는 것이었다. 과장은 2천 5백 종, 80만 권쯤을 관리하고 있다고 했다. 책을 찾다가 행방불명되는 남자에 대해 시를 쓰고 싶었다. 오랫동안 주문이 없던 책처럼 구석진 선반 사이의 작은 틈에 낀 채 발견되길 기다리는 상상을 했다. 창고장이나 송 과장은 물론 출판사의 어느 누구도 그 존재를 잊고 있는 책일 것이다.

"넓죠? 우선은 주문서에서 내가 체크해주는 것만 찾아다 줘요. 어디에 있는지 창고장님이나 나한테 물어보고 가고요. 잘 나가는 책 위주로 시작해요. 몇 번 하다 보면 그런 책들 위치는 빨리 기억할 수 있어요. 그런 담에 그 책들을 기준으로 머릿속의 지도를 넓히는 거예요. 별거 아니죠?"

손에 든 종이컵이 그새 다 식어 있었다. 때마침 도트 프린터가 째재쟁, 째재쟁 하며 창고 안을 울렸다. 구식 도트 프린터의 소리를 마지막으로 들어본 게 못해도 15년 저쪽은 아닐까 싶었다. 마치 신경질적인 감독관이 일을 시작하라고 재촉하는 소리 같았다. 도트 프린터의 소음은 주문서 한 장당 적게는 서너 번에서 많게는 수십 번까지 울려댔다. 잠깐 듣고 있었을 뿐인데 관자놀이가 얼얼해졌다.

한 줄 주문, 비명, 공간이 찢어진다. 터진다.

시상이 떠올라 휴대폰을 열고 메모했다. 그걸 본 송 과장이 혀를 찼다.

"일할 때 그거 보고 있을 여유는 없을 거야. 창고장님이 아주 싫어하기도 하고요."

나는 그런 게 아니라 일종의 예술적인 활동이라고 설명하고 싶었지만 불가능하다는 걸 깨닫고 휴대폰을 바지 뒷주머니에 감추듯 넣었다.

일은 걱정했던 것보다 그리 어렵지 않았다. 송 과장이 장담한 대로 금방 대강의 책 지도를 갖게 되었다. 친정 같은 출판사라서 평소에도 내놓는 책마다 관심을 둔 덕분에 눈에 익은 책이 많았다. 창고에서도 시리즈나 분야별로 분류를 잘해놓고 있었다. 종수가 많다지만 나가는 것들은 어느 정도 정해져 있는 것 같았다. 그래도 이따금 주문서에 찍혀 있는 제목과 저자 이름만으로는 짐작조차 가지 않는 책이 있었는데, 그럴 때면 창고장이나 송 과장이 정확한 위치를 말해줬다. 가리킨 곳에 가보면 이런 걸 누가 찾을까 싶은 책이 아주 적은 양만 보관돼 있었다. 나는 2천 5백 종, 80만 권의 책을 모두 외우고 있는 듯한 두 사람이 초능력자처럼 보였다.

그렇게 하루, 이틀…… 일주일이 지났다. 나는 그동안 벤츠에게서 연락이 오지 않은 것도 잊고 있었다. 오전 내내 선반 사이를 누비면서 책을 한 아름씩 찾아오다 보면 점심쯤엔 정강이가 뻐근해졌다. 몸을 움직이니 입맛도 돌았다. 점심은 늘 배달시켜서 먹었는데 주로 중국 음식이었다. 두 사람 모두 10분도 안 되어 자기 그릇을 비워버리는 건 잘 적응되지 않았다. 굳이 식사 시간을 맞출 필요는 없었으므로 나는 소파에 오래 앉아 내 몫의 음식을 다 먹었다. 그러지 않으면 오후를 버텨낼 수가 없었다. 오후에는 오전에 책이 빠져나가서 훌렁해진 선반들을 채우는 작업을 했다. 청소부터 했다. 책을 찾는 게 우선이라 복도에 아무렇게나 던져놓은 댐지와 밴딩 끈 들을 주워 마대 자루에 담았다. 매일 마대 자루 세 개가 꽉 찼다. 그러곤 2층에 가서 빈 선반의 책들을 몇 덩이씩 가져와야 했다. 2층에는 수백 권은 돼 보이는 책 무더기들이 팔레트라고 부르는 사각형의 커다란 받침대 위에 반듯하게 쌓여 있었고, 그런 팔레트가 두 사람이 몸을 비껴 지나갈 정도의 공간만을 사이에 두고 가득 보관되어 있었다. 매일 정신없이 바빴고 집에서는 곧장 뻗었다.

서점들이 반품하는 책이 창고 한쪽에 잔뜩 쌓여 있었다. 그걸 풀어헤쳐서 되팔 수 있는 것과 버려야 할 것들을 구분하는 게 이른바 반품 작업이었는데 내가 들어와서야 할 수 있게 되었다. 내가 오기 전에는 오후에도 출고 처리에 여념이 없어 도무지 손을 댈 수가 없었다고 했다. 조금씩 짬을 내서 할 수 있는 게 아닌가 했으나 그렇지 않았다. 일단 작업에 손을 대면 판을 크게 벌여서 오랫동안 붙들어야 하기 때문에 모아뒀다가 일주일에 한 번씩 하는 일이었다. 그래야 했는데 사람이 없어 수주째 밀려 있었다.

반품들 중에 재생되지 못할 책은 도살장으로 옮겨졌다. 창고 단지 구석에 설치된 도살장은 전체 출판사가 공유하고 있는 듯 쌓인 책이 산더미였다. 갈기갈기 분해되길 기다리는 책들은 저마다의 고향이 있었고 저마다의 사연이 있었다. 그러나 아무렇게나 대여섯 권씩 한데 묶여 책등을 위로 한 채 엎드려서는 저 위쪽에서 가로로 돌아가고 있는 톱날을 향해 보내졌다. 너는 어디에서 왔니, 우린 어디로 가는 걸가. 어깨동무를 한 책들이 그렇게 불안한 눈을 굴리며 말하는 듯했다. 기어코 톱날이 책등을 썰 때는 내 정수리로 칼날이 들어와 목덜미와 등짝을 훑고 꼬리뼈까지 길게 한 겹 벗겨내는 듯 아팠고 톱날에서 쏟아지는 비명과도 같은 소음에는 식은땀마저 났다. 그렇게 척추가 저며진 책은 수백 조각의 낱장으로 흩어져 자루에 담겼다.

어디 기증이라도 하면 안 되는 거냐고 송 과장에게 물으니 책은 파는 거지 주는 게 아니라고 했다. 출판사들이 책을 공짜로 풀어버리면 시장이 어지러워진다고도 했다. 도살장 근처는 하얀 종이 분진 같은 것이 뼛가루처럼 쌓여 있었다. 이번엔 창고장이 가루에 대해 설명했다. 당연히 종이라고 생각했는데 돌가루였다. 나는 종이에 왜 돌가루를 섞는지 물었다. 탈크라고 하는 활석 가루인데 종이 표면의 요철을 메워 매끄럽게 해주었다. 재생지나 한지의 거친 질감을 떠올리니 고개가 끄덕여졌다. 평소에 말수가 적은 창고장은 크게 한 수 가르쳐준 장인처럼 입꼬리를 내려 웃었다. 도살장 견학은 거기까지였다. 원래는 인수증만 받고 돌아간다고 했다. 나는 학살되고 있는 책들을 향해 마음으로나마 애도하고 등을 돌렸다.

도살장을 목격한 뒤로 어쩐지 싱숭생숭해졌다. 나는 내 시집도 다른 책들과 함께 창고에 있다는 걸 가볍게 생각하고 있었던 것 같았다. 일주일 동안 단 한 권도 나가지 않았다. 다른 시집들은 못해도 하루에 한두 권씩 주문이 있었다. 신간 쪽에 가까이 있는 어떤 시집은 서른 권짜리 덩이가 밴딩 끈을 뜯을 것도 없이 통째로 나가기도 했다. 나는 주문장의 책을 찾느라 오갈 때마다 내 시집의 표지를 한 번씩 닦아줬다. 그러나 8일 이 지나고 9일이 흘러 열흘이 넘어가고 있는데도 주문은 들어 오지 않았다. 간밤엔 내 시집들이 모조리 도살장으로 실려 들 어가는 꿈을 꿨다. 꿈에서 대표가 나타났다. 대표는 파쇄기를 돌리는 전기도 아깝다며 그냥 묻으라고 했다. 나는 생선처럼 펄떡이며 흙을 뒤집어쓰고 있는 그것들을 아무 말도 못 하고 바라보기만 했다.

밴딩 끈을 뜯다가 손을 베었다. 장갑이 더러워졌는데 새것 으로 갈아 끼는 걸 미루고 맨손으로 만진 게 화근이었다. 핏방 울이 댐지 위로 떨어진 걸 보고 다행이라 생각했다. 피 묻은 책이 배송되는 건 생각만으로 끔찍했다. 반창고를 붙이고 장 갑을 끼니 그만큼 둔해져서 책 덩이를 옮기다 떨어뜨렸다. 발 등을 찍을 뻔했는데 창고장은 내 발을 전혀 걱정해주지 않고 책 모서리가 바닥에 찍혀 깨진 것만을 봤다. 출고해봐야 반품 될 게 빤하니 덩이째 폐기 더미 쪽에 던져놓으라고 했다. 나는 그래도 살릴 게 있지 않을까 싶어 끈을 끄르고 책들을 살폈다. 하필이면 내가 지독히 샘내고 있는 시집이었다. 대중적으로 과대평가되어 있다는 의심을 지울 수 없지만 어쨌든 당대에서 큰 사랑을 받고 있는 시집이었다. 나는 폐기 더미 근처에 쭈그리고 앉아 도살장이 아니라 매대에 나갈 수 있을 만한 걸 최대한 골라냈다.

3주째 되는 날에서야 내 시집도 한 권 주문되어 나갔다. 나는 감격에 겨워 모든 것에 감사했다. 요전에 동료의 시집에 대해 마음을 곱게 썼기 때문인 것도 같았다. 나는 내 책을 주문한 서점 인근의 지역민들을 축복하고자 했다. 그러나 온라인 대형 서점이었기 때문에 주문서만으로는 어디서 내 책을 찾는 건지 알 수 없었다. 할 수만 있다면 면지에 '미지의 독자에게 감사의 마음을 담아'라고 써주고 싶었다. 서점으로 가는 화물차에 다른 책들과 함께 실어 보내며 잘 읽혀라, 하고 속으로 외쳤다. 아마도 한 달에 한두 권은 나가는 것 같았다. 그러니까 한 달에 한두 사람 정도는 내 시집을 찾는다는 말이 되었다. 그걸로 충분했다. 나는 오후까지도 힘든 줄 모르고 일할 수 있었고, 송 과장이 무슨 좋은 일이 있느냐고 내게 물었다. 나는 그럴 일이 있다고만 했다.

그런데 벤츠에게서는 왜 아직 연락이 없나.

나는 좋은 일이 생기면 있는 그대로 만끽하지 못하고 기어코 불운한 일을 떠올려 감정의 균형을 약한 강도의 우울에 맞췄다. 반대의 경우도 마찬가지였다. 너무 가라앉으면 무슨 수를 써서든 벗어나려 애썼다. 시상을 떠올리는 데 좋다고 해서 들인 습관이었다. 효험이 있었는지는 모르겠고 이제는 그냥 습관일 뿐이다. 희로애락은 언제나 습관성이고 만성이다.

5

　월급날이 다가왔다. 그동안 일이 몸에 익어 이제는 퇴근해서도 곧바로 곯아떨어지지 않고 책을 읽을 수 있게 되었다. 술을 마시지 않으니 정신도 한결 맑아졌다. 이대로 창고에 다니며 시를 써도 될 것 같았다. 그런데 어쩐지 글을 쓰는 게 조금 귀찮아졌다. 적으나마 밥벌이를 하게 되니 느슨해진 게 분명했다. 문득 선득한 기운이 등줄기를 훑고 내려갔다. 어떤 채찍질도 그렇게 나를 잡아챌 순 없었다. 나는 시인이므로, 애초에 사이드미러 수리비 때문에 시작한 일이므로 여기서 그만두는 게 맞았다. 기회를 봐서 창고장에게 얘기하기로 했다.

　기회를 좀처럼 잡지 못하고 월급날을 맞이했다. 바빠서였던 것도 같고 무뚝뚝한 창고장에게 말을 걸기가 무서워서였던 것도 같고 잘 챙겨주고 있는 송 과장에게 미안해서였던 것도 같다. 마음을 먹고 출근해서 창고에 들어서기만 하면 머릿속이 비어버렸다. 주문장을 출력해내는 도트 프린터의 쨍한 소리를 들으면 간신히 먹은 마음이 풀어져버렸다. 한편으로는 앞으로 받을 수 있는 월급들이 아까워서가 아니냐는 힐난이 내 안에서 들렸다. 절대 아니라고 반박했지만 정말로 '절대' 아닌지는 자신할 수 없었다.

　점심시간이 되자 이메일이 도착했다는 알림이 휴대폰에 떠서 확인해보니 급여명세서가 와 있었다. 대표가 처음에 약속한 금액에 못 미쳤는데 4대 보험과 근로소득세를 징수해서였다. 내가 근로소득세를 납부하고 4대 보험의 적용을 받는 게 잘 믿기지 않았다. 뭔가 몸에 맞지 않는 옷을 입고 있는 기분이었다.

이게 다 벤츠 때문이야.

아무래도 사이드미러 수리비를 청산하지 않고서는 그저 제자리에서만 맴돌 것 같았다. 나는 약간 화난 상태가 되어 문자 메시지를 보냈다.

— 차 수리는 아직인지요. 바쁘시더라도 얼른 처리했으면 합니다. 2백 정도면 될까요? 영수증 없이 정리해도 좋습니다. 괜찮으시면 계좌 번호 주십시오. 답장 기다리겠습니다.

몇 번 반복해서 읽어봐도 고칠 데가 없었다. 발송 버튼을 누르자 속이 뻥 뚫리는 것만 같았다. 점심으로 배달되어 온 송이 덮밥을 순식간에 해치웠다. 한 달 사이에 창고의 두 사람과 식사 속도가 비슷해져 있는 걸 깨닫고 잠시 놀랐다.

오후에는 밀린 반품들을 싹 정리하기로 했다. 석 달 밀린 것에 매일 조금씩 더 들어오는 바람에 끝이 보이지 않더니 이제야 다 정리될 듯했다. 출고대를 치우고 그 위에 반품된 박스들을 까서 책을 쌓았다. 늘 놀라지만, 그냥 봐서는 하등 반품될 이유가 없는 깨끗한 책들이었다. 송 과장은 인터넷 서점이 늘면서 반품이 폭주했다고 했다.

"서점에서 손으로 만져보고 눈으로 살핀 담에 사는 사람들은 약간의 하자는 감수해주는데 택배로 배송된 책을 받는 사람들은 티끌 하나도 못 참더라고. 책을 읽으려고 사는 건지 책장에 전시하려고 사는 건지…… 그래서 창고장님이랑 나는 온라인 서점에 내보내는 책들은 선반에서 꺼낼 때부터 한 번씩 더 봐. 우리 눈엔 다 똑같은 새 책인데 사는 사람들은 안 그렇거든. 아, 우리는 온라인 서점에서 책 샀다가 반품하는 사람들은 독자라고 안 해. 구매자, 소비자, 고객이지. 어쩌겠어, 우리가 더 꼼꼼해야지. 그러니까 연무 씨도 지금까지는 그냥 꺼내왔겠지만 내일부터는 온라인에 나가는 건 한 번씩 더 봐줘요. 고객님들 안 언짢으시게."

나중에 써먹고 싶은 얘깃거리였다. 나는 씁쓸한 뒷맛이 남는 송 과장의 이야기를 곱씹으며 반품된 책들을 정리하고 있었다. 우선은 손에 잡히는 대로 높이 쌓기만 했다. 평상 하나 넓이의 출고대를 반으로 나누어 가급적 많은 책을 쌓아야 작업의 동선을 줄일 수 있었다. 그러던 중 눈에 익은 책을 발견했다. 잔뜩 쌓여 있는 책의 탑들 사이로 책등의 일부만 보였을 뿐이었으나 나로서는 그것을 몰라볼 수가 없었다. 내 시집이기 때문이었다.

나는 작업에 여념이 없는 창고장과 송 과장의 눈치를 보며 책을 빼냈다. 이미 반품 박스에서 꺼내 쌓아놓은 것이기 때문에 어느 서점에서 온 것인지는 몰랐다. 접근 권한이 있다면 거래 내역을 전산으로 확인하고 싶었다.

"대체 이 많은 책을 반품하는 이유가 뭐랍니까?"

나는 지나가는 척, 넌지시 물었다.

"하자가 있거나 안 팔려서지."

창고장이 눈길을 주지 않고 말했다.

"무슨 하자가 있다고 그런답니까?"

나도 모르게 목소리가 높아져 나조차 놀랐다. 창고장은 일손을 멈추고 눈을 치떠 나를 봤다. 나는 손에 들려 있던 내 시집을 떨어뜨리듯 내려놓았다. 창고장은 시집을 잠깐 쳐다보기만 했을 뿐 더는 말을 하지 않고 다시 작업에 몰두했다. 송 과장이 받지 않았다면 좀 어색해질 분위기였다.

"우리도 모르지. 본사 영업자들이 와서 좀 보고 멀쩡한 걸 반품했다 싶으면 서점들이랑 싸워줘야 하는데 어디 그럴 짬이 있나? 짬이 나더라도 안 싸우지. 요새 말로 서점들이 갑 아니겠어? 서점에서 하자가 있다면 있는 거야. 그 사람들도 갑갑하겠지, 대금 줄 날은 돌아오는데 책은 죽어라 안 팔리지, 그러니 받아놨던 책 중에 가망 없다 싶은 건……"

"거 쓸데없는 얘기 좀 그만하고 일들이나 하지."

창고장이 말을 막았지만 송 과장의 이야긴 다 들은 거나 마찬가지였다. 팔릴 가망이 없는 건 대금 대신 돌려준다는 얘기였다. 창고장이 왜 그런 말을 막았을까 생각하니 어쩌면 내가 주연무가 아니라 주형식인 줄 아는 게 아닐까 싶었다. 작업이 마무리될 때까지 송 과장만 이따금 서점들을 욕할 뿐 우리는 대화를 나누지 않았다.

　작업을 마치고 창고 밖에서 담배를 피웠다. 송 과장이 옷을 털며 다가와서 한 대 달라고 했다. 내가 눈을 크게 뜨고 바라보자 어깨를 으쓱하며 말했다.

　"나도 가끔 피워요. 오늘처럼 일 많았을 때."

　나는 송 과장의 말이 곧이들리지 않았다. 안에서 잠깐 창고장과 둘만 있었던 게 신경 쓰였다. 송 과장도 내가 주형식인 걸 알아버렸을까? 송 과장은 말없이 담배만 즐겼다. 가느다란 목이 부풀도록 크게 마셔서 천천히 길게 내뿜었다. '가끔' 피우는 게 어떤 건지 보여주고 있는 것 같았다.

　멀리서 검고 커다란 짐승의 형태를 느끼고 눈을 던지니 고급 세단이 사다리 외곽에서 천천히 지나가는 중이었다. 발판 쪽에 서 있는 우리의 시선에서는 곧 사라졌지만 송 과장이 알아보았다.

　"사라고 출판사 사장님 나오셨네. 오늘도 한 푸닥거리하나 봐."

　"사라고요?"

　"웃기지? 우리도 얼마나 웃었는지 몰라. 아무리 그래도 사라고는 아니지…… 신생인데, ○○출판사 창고 구석에 세 들어 있대. 저러고 들어와서는 팔라고, 팔라고 하고 외친다나? 신생이 뭘 얼마나 벌었다고 벤츠야 벤츠가……"

　나는 벤츠 소리에 생각나는 게 있어 휴대폰을 찾았다.

6

벤츠에게서는 아무 답장이 없었고 종규의 메시지만 들어와 있었다.

—야, 그거 장난이야. 너는 알 만한 놈이 그러냐? 미안하게.

나는 답장을 보냈다.

—무슨?

메시지 전송 버튼을 누르고서야 퍼뜩 무슨 뜻인지 깨달았다. 이어서 들어온 종규의 메시지가 그걸 확인해주었다.

벤츠의 사이드미러는 처음부터 멀쩡했다. 앞쪽에서 가격한 바람에 그대로 접혀버려 약간 긁히기만 했을 뿐 파손되지는 않은 것이다. 나는 그렇지 않을까 싶었지만 모두가 부서졌다니 그런 줄 알고 있었다.

—아니…… 난 문자도 오고 그래서 진짠 줄 알았지……

종규를 죽이고 싶었다. 놈이 날 골탕 먹여서가 아니라 내가 속은 게 분해서였다.

—그건 내가 후배 시킨 거지. 이상하지 않았어?

도무지 화를 낼 수가 없었다. 머릿속에서 내 시집들이 도살장으로 끌려가는 꿈이 생생히 되살아났다. 한 달에 한 부 출고된 게 좋아 설레던 그날도 떠올랐다. 책이 반품되어 온 오늘의 절망은 어디에 하소연할까. 이건 누가 뭐래도 반격이었다. 그 옛날 내가 장난쳤을 때 놈이 그랬듯이 울어버리고 싶었는데 나는 울 명분이 없었다. 내가 운다면 고작 2백만 원에 쫄았다는 걸 실토하는 거나 마찬가지였다.

—나름 일리 있더라고. 속아줄 만했지. 한 방 제대로 먹었네.

—니가 코치해준 거라 그런가? 벤츠, 아니, 후배라고 했지? 문장이 좋던데?

나는 메시지를 연달아 보냈다. 정말이지 옹알이하던 힘까지다 짜내서 이 상황에 대해 유쾌하게 받아치고 싶었다. 메시지를 기다렸는데 종규에게서 전화가 들어왔다. 목울대가 뻐근해서 받기가 부담스러웠지만 할 수 없었다.

"문장은 개뿔. 아무튼 내가 괜히 좀 그랬네. 그나저나 2백은 어떻게 준비했대? 애썼겠다 야. 그래도 아주 뻥은 아니지, 안 부서졌지만 기스는 났잖아."

"그래, 알았다."

나는 기스가 아니라 흠집이라고 고쳐주고 싶었지만 더 말하지 않았다. 더 말하다간 험한 욕이 나올 것 같았다.

"야, 너 진짜 화났구나. 알겠어, 내가 너무 나갔다. 미안해. 술 한잔 크게 살게. 근데 말야……"

종규가 무슨 말을 더 하려는 건지 듣기도 전부터 불안해졌다. 어서 이 지옥의 통보문 같은 전화를 끊고만 싶었다.

"여자가 어떡할 거냐면서 엄청 날뛰다가, 내가 너 쥐뿔도 없는 시인이라니까 좀 흔들리더라고. 그러더니 그냥 됐대. 얼떨떨했지. 게다가 떠나기 직전에 슬쩍 네 이름을 묻는 거야.

와, 나 그때 진짜 놀랐잖아. 네 팬인가 싶어서 말이지. 근데 이름은 모르는 눈치더라. 그냥 무슨 사정이 있겠거니 했지. 아는 사람 중에 시인이 있나? 좀 물어볼 걸 그랬나?"

나는 대답하지 않고 전화를 끊었다.

오늘 밤엔 아무래도 술을 좀 마셔야겠다. 빌붙지 않고 마시는 게 얼마 만인지 모르겠다. 월급을 탈탈 털려도 좋다. 잔뜩 취할 것이다. 토하도록 들이부을 테다. 누굴 부를까. 누가 나 와줄까……

새 식구

현관 쪽에서 비밀번호 누르는 소리가 들렸다. 시계를 보니 지수가 퇴근해서 들어올 때였다. 부모님과 나는 소파에 등을 붙인 채 바닥에 앉아 테이블 위의 귤을 까먹으며 티브이를 보고 있었다. 04141020. 지수와 내 생일을 합친 여덟 자리 번호가 오늘도 한번에 입력되지 못한다. 성격이 급해 자주 있는 일이다. 현관과 가장 가까운 엄마가 일어났다. 또 실패하면 열어주려는 것이다. 그냥 둬버려야 고쳐질 버릇이라고 몇 번이나 말했는데……

"어머, 그게 뭐니?"

나는 고개를 돌리지 않는다. 엄마가 지수를 보고 놀란 이유는 보나마나 또 무슨 쓸데없는 쇼핑을 해서다. 대개는 그랬다. 버는 족족 써대는데 가족의 생활비를 혼자서 책임지다시피 하고 있기 때문에 지수를 나무랄 수 있는 사람은 없다. 열의 한두 번은 엄마가 걸칠 만한 것을 사 오고 나머지는 죄다 제 물건들이다. 아버지나 내 것은 이제 기대도 안 한다. 들고 들어오는 것에 관심을 보이면 지는 거다. 현관을 향해 오른쪽 귓등이 빳빳하게 긴장하는 것을 느끼며 티브이에서 눈을 떼지 않았다. 그러나 왼쪽에서 아버지가 고개를 돌리는 기척이 느껴졌고 그 시선이 나를 지나쳐서 지수 쪽에 오래 고정되는 바람에 나도 더 이상은 참기 힘들었다.

지수는 품에 커다란 가방 같은 것을 안고 있었고 그것 때문에 구두를 벗는 데 시간이 걸리고 있었다. 엄마는 두 손을 어정쩡하게 내민 채 서 있을 뿐 도움이 되지 않았다. 지수가 구두를 벗고 올라와 거실에 내려놓은 물건은 전체적으로 분홍색을 띠고 있었는데, 작은 텐트처럼 생겨서 개나 고양이를 넣고 다니는 캐리어 정도로 착각하기에 알맞았다.

"새 식구야."

지수가 가방의 입구를 열어 보였다. 안에서는 하얀 덩어리 두 개가 꼬물거리고 있었다. 나는 내 눈과 귀를 의심하며 캐리어에 다가갔다. 먼저 들여다보고 있던 엄마가 거의 울먹이며 말했다.

"강아지 아니니, 어쩜……"

엄마는 들뜬 얼굴을 하고서도 선뜻 다가가지 못했다. 아마도 강아지들이 놀랄까 싶어 조심하는 것 같았다. 나는 엄마가 그러거나 말거나 캐리어 입구에 얼굴을 바짝 들이댔다. 강아지들은 서로의 겨드랑이로 얼굴을 더 깊게 파묻기 위해 경쟁하면서 바르르 떨고 있는 것으로 보아 제 의지로 기어 나올 것 같지는 않았다. 나는 몸을 틀어 아버지를 쳐다봤다. 아버지는 어느새 다시 티브이만 묵묵히 보고 있었다. 보세요 아버지, 개예요. 내가 눈으로 그렇게 물으며 오래 쳐다보는데도 아버지는 한사코 시선을 티브이에서 떼지 않았고 늘어난 러닝셔츠 위로 불룩하게 튀어나온 배만 한 번 긁을 뿐이었다. 이어서 다리를 기지개 켜듯 뻗어 파자마 밖으로 나온 가느다란 발목을 돌리며 오도독 소리를 내기도 했다. 그런 행동에 특별한 의미가 있는 것 같지는 않았다. 29년이나 함께 산 사람의 속을, 방금 만난 강아지들 것보다 읽어내기 힘들었다.

지수와 나는 초등학교에 다니던 내내 강아지를 갖고 싶다고 졸랐다. 그러나 아버지는 두 번 듣지도 않고 절대 안 된다고 못을 박았고 엄마도 아파트에서 무슨 동물을 키우느냐고 했다. 우리가 매일 목욕도 시키고 똥오줌도 치울 거라고 수백 번 다짐을 해도 소용없었다. 아버지는 눈만 무섭게 부라릴 뿐이었고 엄마는 우리 남매가 당신의 강아지라며 말을 돌렸다. 그렇게 털 날리는 것은 현관문을 넘을 수 없다는 오랜 금기를 지수가 아무런 예고도 없이 깨뜨린 셈이었다. 오랜만에 지수가 한 살이라도 누나인 게, 그리고 현재는 우리 집 가장인 게 실감났다.

"포메라니안 쪽인데, 이름은 지돌이랑 지둥이로 했어. 별 뜻은 없어."

지수가 강아지들을 꺼냈다. 나는 포메라니안이면 포메라니안이지 포메라니안 쪽은 뭔가 싶었다. 지수가 그것들을 양손으로 하나씩 들어 보였다. 왼쪽이 지돌이고 오른쪽이 지둥이라고 했다. 지수가 제 이름의 '지'를 돌림자처럼 쓴 데에서 강아지들에 대한 지분을 온전히 제게 두겠다는 의지가 엿보였다. 배 아래쪽에 둘 다 무언가의 흔적처럼 작은 것을 달고 있었다. 암만 봐도 색깔과 생김새가 같은 두 수컷을 무엇으로 구분해서 이름 지었는지 궁금했다. 구분은 둘째 치더라도 '지돌'과 '지둥'은 너무나 성의 없이 지은 느낌이 들었다. 돌림자를 맞게 쓰자면 차라리 돌수와 둥수라 해야 하지 않나 싶기도 했다. 그러나 지수, 현수, 돌수, 둥수 이렇게 나란히 놓자 좀 망측해졌다. 강아지들은 허공에서 잠시 버둥대더니 체념한 듯 사지를 늘어뜨리고 여린 꽃잎 같은 혓바닥을 내밀어 제 코를 핥았다.

"우리 학원 수학 쌤 있잖아?"

지수가 강아지들을 품에 넣듯 안으며 말했다.

"왜 그 연애에 정신 팔려서 나한테 맨날 지 수업 시간 땜빵 해달라고 징징거리는. 저번에도 다낭인가 어디 티켓이 싸게 나와서 남친이랑 급히 가게 됐다고 며칠이나 안 나왔잖아. 내가 땜빵 안 해줬음 학부모들 난리 나고 다시는 이 바닥에 발

못 붙이지. 아무튼, 그 쌤이 공짜로 분양해준 거야. 거긴 벌써 다 큰 애들이 세 마리나 있거든. 팔면 둘이 합쳐서 50만 원은 받을 수 있는데도 가족 같아서 그러긴 싫었대나? 진짜 믿을 수 있는 사람한테 맡기고 싶어서 아무한테도 얘기 안 하다가 나한테 처음 얘기한 거래. 예방접종도 다 했대."

명색이 국어 선생이란 게 땜빵이니 남친이니 하며 지껄이는 걸 듣고 있자니 그 학원 학생들에게 내가 다 미안해졌다. 수업 마치고 들어오면 곧 죽을 것처럼 피곤해하며 목소리를 내는 것 조차 성가셔하던 애가 아무리 갑자기 강아지를 데려왔다고 해도 좀 지나치게 수다스러웠다. 그래서 엄마나 나 들으라는 소리가 아니라 아버지에게 하는 말인 줄 알 수 있었다. 아버지는 여전히 굳은 얼굴을 티브이로 향하고 관심을 보이지 않았다.

티브이에서는 혼자 사는 연예인을 카메라가 관찰하듯 따라다니고 있었다. 엄마는 저 프로그램을 볼 때마다 연예인의 자취 집을 가리키며, 저런 집은 보증금이 얼마나 하니? 작으니까 그렇게 비싸진 않겠지? 하고 지수에게 묻곤 했다. 지수는 그럴 때마다 어마어마하게 비싸다고 딱 잘라 말했다.

나는 엄마가 이따금 독립하려는 기미를 보이는 게 모두 아버지를 향한 시위라고 생각했다. 아버지가 '정부 쪽 인사가 뒤를 봐주고 있다'는 지인의 회사에 퇴직금을 투자했을 때나, 그일이 잘 안 풀리자 아파트를 담보로 대출까지 받으려 했을 때가 엄마로서는 독립할 적기였다. 엄마는 눈 딱 감고 재산을 분할 받아 나갔어야 했다. 비록 아파트는 지켰지만 당신의 삶은 계속해서 다른 세 식구에게 묶여 있었다. 아버지는 돈과 지인을 잃은 뒤부터 거실에서 생활했다. 티브이를 보다가 소파에서 그대로 잠들어 버릇하더니 결국엔 안방으로 들어가는 게 아주 어색해져버렸다. 나는 엄마가 진짜 나가버릴까 봐 저러는 건가 싶기도 했다.

"젖은 뗐니?"

엄마가 지수의 품에 가만히 안겨 있는 둘 중에서 한쪽의 머리에 조심스럽게 손을 갖다 대며 말했다. 그게 지돌인지 지둥인지는 벌써 헷갈렸다. 엄마의 손길에 녀석은 작은 입을 짝 벌렸다 닫았다. 하품인지 반항인지 구분하기는 어려웠다. 하품이든 반항이든 사람 심장을 녹아내리게 할 만큼 귀여워서 나도 모르게 아랫입술이 내밀어지며 한숨이 나왔다.

"이유식 시작했으니까 우유랑 혼식하면 된대."

"세상에…… 어미가 얼마나 찾을까……"

나는 엄마의 그 한마디에 정신이 번쩍 들었다. 마치 우리가 어느 단란한 가족을 산산조각 내버린 것만 같아서였다.

"찾기는, 젖 물리기 싫어서 요리조리 도망 다니느라 바쁘대. 이제는 남남이야, 남남."

"아무렴 그럴까, 아직 요렇게 작은데……"

"됐어. 우리가 잘 키우면 되지, 뭐."

내 귀엔 엄마의 거듭되는 독백이 그냥 하는 소리로 들리지 않았다. 오래전에 나를 잠시 수원 외가에 맡겼다던 얘기가 떠올라서였다. 아버지가 이런저런 직장을 전전하느라 형편이 아주 안 좋을 때였다. 연년생 남매를 키우려니 너무 힘들어 나를 9개월 정도 외가에 보냈다는데 나로선 전혀 기억이 없다. 지수는 이미 말을 시작했을 때여서 떨어뜨려놓을 수가 없었고 나는 늦된 게 아닌가 걱정될 정도로 순해서 어렵잖게 보낼 수 있었다고 했다. 그렇게 순했으면 굳이 보낼 필요는 없지 않았느냐고 물은 적이 있었다. 엄마는 아무리 순해도 입히고 먹이고 씻기는 일은 똑같다고, 사내아이라 덩치가 크고 힘이 좋아서 더 힘들었다고 했다. 먹고 싸는 것도 지수의 두 배는 됐다고 했을 때 나는 엄마에게 좀 미안해졌다. 내가 자라는 동안 다방면에서 평균을 밑도는 모습을 보일 때마다 엄마는 어릴 때 떨어져 지내서라고 진단했고 아무리 형편이 어려웠다지만 식구끼리 어떻게든 뭉쳐 살았어야 했다고 자책했다.

내가 모자란 모습을 보일 때마다 엄마가 차라리 나를 다그쳤다면 어땠을까 생각하곤 했다. 엄마가 자책하는 걸 보기 싫어 나름대로 한다고 해보았지만 학업을 비롯한 삶 전반은 결코 만만하지 않았고 어느 순간부터는 엄마 말대로 내 탓이 아닌 셈 쳤다. 나와 달리 지수는 어떤 분야에서건 평균 이상의 자질을 보였다. 그래서 나는 동네에서든 학교에서든 아주 오랫동안 내 이름 현수가 아닌 지수 동생으로 불렸다. 네가 지수 동생이구나. 누나한테 한글 좀 가르쳐달라고 해. 네 누나 반만 따라가봐라…… 그런 소리를 들을 때면 그저 멋쩍게 웃었다. 지수가 선생님과 어른 들 사이에서 유명한 게 자랑스럽기도 했다. 어느 날 운동장에서 말뚝박기를 하고 있다가 지수가 멀찍이서 제 친구들과 지나가는 걸 발견하고 손을 흔들며 부른 적이 있었다. 못 들을 만한 거리가 아닌데도 이쪽으로 고개를 돌리지 않던 그때, 나는 처음으로 '누나'가 아닌 '야, 이지수!'로 불러봤다. 지수의 친구들만 나를 쳐다봤을 뿐 정작 지수는 걸음을 서둘러 멀어지는 것을 본 그날, 나는 말로 표현하기 어려운 복잡한 감정을 느꼈다. 지금 생각하면 그 느낌은 식구들과 떨어져 지내던 시기에 대한 어렴풋한 기억이 아니었나 싶다. 그 뒤부터는 놀이에 집중이 되지 않았고 상대편 플레이에 자꾸 트집을 잡기 시작했다. 우리 편조차 나를 거들어주지 않아서 결국 놀이에서 쫓겨나고 말았다. 얼른 집에 가고 싶어 일부러 그랬던 것 같다. 집에 오자마자 엄마에게 지수를 고발했으나 지수는 정말 못 들었다고 잡아뗐다. 나는 지금도 그날의 하늘이 어땠고 바람이 어땠고 운동장에서 일던 먼지가 어땠는지까지 모두 생생한데 지수는 전혀 기억나지 않는다고 했다.

"야, 이백수!"

엄마가 다급히 손을 들어 지수의 팔뚝을 쳤다.

"현수한테 그러지 말래두! 쟤가 왜 백수야. 친가 외가 탈탈 털어봐라, 석사 하나 나오나."

"아이고 어머니임. 요새 석사는 개도 안 물어 간다고 몇 번이나 말해? 그리고, 지금 3개월이나 놀고 있는데 백수 맞지 뭘. 봐봐. 너, 애들 케어 잘해라. 똥오줌 치우고 목욕시키고 밥 주는 거 다 니 담당이야. 엄마가 하게 하지 말고, 알겠어? 그런 거 하기 싫으면 사료든 장난감이든 병원비든 하나라도 맡아봐. 퇴직금 얼마 받았댔냐? 2백? 3백? 남아 있긴 하고?"

강아지들이 지수의 서슬에 놀라 낑낑거렸다.

"니가 데려왔으면 니가 해! 뭔데 이래라 저래라야?"

나는 그대로 일어나 내 방으로 들어와버렸다. 방문을 소리 나게 닫고 나서야 방에서 별로 할 일이 없다는 걸 깨닫고 후회했다. 침대에 눕자마자 강아지들이 보고 싶어졌다. 꽃잎 같은 혓바닥이 다시 보고 싶었고 하품인지 저항인지 모를 표정이 계속 머릿속에서 되감겼다 재생되었다. 촉촉한 콧등을 한 번 더 눌러보고 싶었고 보드라운 털을 쓰다듬으며 그 아래서 체온과 함께 전해지는 여린 골격을 느끼고 싶었다. 나는 무언가가 보고 싶어진다는 느낌이 참 오랜만이구나, 생각했다. 누운 자세 그대로 휴대폰을 들고 포메라니안을 검색했다. 성견이 될 때까지 몇 번 정도 모습이 바뀌는 것 같았다. 특히 배내털이 빠질 때 얼굴에서 먼저 털갈이가 시작되면서 원숭이처럼 보이는 시기가 재밌었다. '포메라니안 원숭이'로 검색되는 사진마다 어지간히도 미운 꼴을 하고 있었는데, 아무것도 모르는 표정으로 렌즈를 보는 시선들이 웃겼다. 그 외에 장난감, 목욕, 산책, 습성 등을 검색하다 보니 한 시간이 금방 지나 있었다. 얼굴 위로 들고 있는 휴대폰이 바위처럼 무거워 두 팔을 떨어뜨리듯 내렸다. 눈이 뻐근했고 곧바로 잠들 수 있을 것도 같았다. 불을 꺼야 하는데 다시 일어나서 스위치까지 가는 게 몹시 귀찮았다. 개 두 마리를 관리하는 건 스위치를 끄는 일보다 힘들 텐데 걱정이 앞섰다.

강아지들은 많이 먹었고 종일 잤고 자고 나면 또 먹었고 그러는 사이사이에 엄청나게 싸댔다. 우유에 사료를 불려서 줘야 하는 시기는 금방 지나갔다. 이제 두 놈이 사료 그릇에 주둥이를 박고 흡입하는 꼴이 일종의 시합 같았다. 한 톨이라도 먼저 다 먹은 놈이 옆의 것을 넘봤고 그럴 때면 서로의 대가리를 밀어내기 위해 안간힘을 쓰면서도 주둥이를 쉼 없이 놀렸다. 사료 한 포대는 처음만 한 달을 가더니 다음부터는 4주, 3주, 보름 만에 새로 들여야 했다. 배변 훈련에는 진척이 없었다. 가끔 화장실 안에 지정해놓은 자리에서 일을 볼 때가 있긴 했는데 아무리 봐도 너무 급했거나 단순한 우연 같았다. 보통은 보란 듯이 거실 가운데서 쌌다. 같은 자리가 비어 있으면 서로 자기 걸 먼저 싸놓으려고 하는 게 녀석들의 습성인 것도 같았다. 나는 녀석들이 뒷다리 오금에 힘이 들어가는 것만 봐도 알아차리고 휴지를 찾았다. 보이는 대로 곧장 치웠는데도 집 안에 개똥 냄새가 은은히 돌았다. 안에만 있을 땐 잘 몰라도 잠시나마 밖에 나갔다 들어오면 알 수 있었다. 냄새는 나날이 짙어지고 복잡해졌고 개들은 바람을 집어넣고 있는 풍선처럼 하루가 다르게 자랐다.

뒤치다꺼리를 하지 않는 다른 식구들 눈에는 그저 살아 있는 인형처럼 보이는 것 같았다. 하루 종일 온 집을 헤집으며 놀다가 밤이 되니 잠시 쉬고 있는 두 놈을 엄마와 지수가 하나씩 붙들어 안은 채 닳도록 쓰다듬고 있었다. 엄마는 이렇게 예쁜데 왜 〈TV 동물농장〉 같은 데서 안 오냐고 물었다. 예쁘긴, 말이라도 잘 들으면 모를까…… 지수는 잘 훈련시켜서 모델을 시키면 좋겠다고 했다. 나는 듣고 있기 힘들었고 기어이 속말을 내뱉고 말았다.

"아직 똥오줌 자리도 못 찾는 줄 모르나? 저런 잡종이 모델은 무슨……"

눈길을 티브이에 두고 웅얼거리기만 했는데 거실 분위기가 싸늘해졌다.

"야! 애들 다 알아들어."

지수가 소리를 지르는 바람에 개들이 놀라 발딱 일어나서는 내게로 뛰어들었다. 엄마와 지수의 품이 허전해졌다. 나는 느닷없이 달려드는 녀석들 때문에 소파에 기대고 있던 등을 일으켜 세워야 했다. 둘은 돌진해오다 멈춰서는 잠시 내 주변을 탐색하더니 나란히 나를 마주하고 궁둥이를 내려놓았다. 그러고는 나와 눈을 마주치려 애쓰며 잠시 얌전하게 굴었다. 마치 내 안색을 살피는 듯했다. 개들은 사람의 서열을 구분해 따른다고 하던데 가장 말단인 나를 챙기는 걸 보고 있으니 그동안 밥 주고 똥 치워준 게 영 헛일은 아니었구나 싶었다.

"요놈들을 좀 연구해서 이참에 훈련사로 나서봐?"

내가 둘의 정수리를 간질이며 말했다.

"넌 세상이 만만해 보이냐? 훈련사는 아무나 해? 그리고, 지돌이 지둥이가 무슨 실험 도구야?"

무시하려 했지만 지수가 '지돌이 지둥이'하면서 말할 땐 나도 모르게 곁눈질을 하게 됐다. 지수가 턱짓을 두 번 했고 내 착각인지 몰라도 반대로 가리킨 것 같았다.

"또 현수한테 그런다. 뭐라도 해볼 생각을 하는 게 어디니. 그래, 그거 하면 티브이에도 나오고 좋아 보이더라. 한번 해봐라 현수야."

엄마의 맹목적인 응원은 이제 나조차도 민망했다.

"누가 티브이에 나오고 싶댔나……"

혼잣말로 구시렁댔을 뿐인데 지수가 또 걸고넘어졌다.

"쟨 맨날 저렇게 삐딱하다니까. 엄마가 지금 너더러 연예인 하라 그래? 기죽지 말라고 해주는 얘기잖아! 너 저번에 면접 봤다던 데서 그러는 것도 다 니가 그래서 그런 거야. 좀 긍정적으로 해 긍정적으로."

관자놀이를 뾰족한 것으로 찌르는 듯 머리가 지끈거렸다. 면접을 보자고 한 회사는 제시된 연봉이 너무 낮아 혹시나 합격하더라도 출근을 망설일 것만 같던 곳이었다. 면접을 본 지

이틀 만에 장문의 문자메시지를 받았다.

—이현수 님의 지원서와 면접에서 보여주신 열정은 매우 인상적이었으나 저희가 계획한 채용 인원의 한계로 좋은 소식을 전해드리지 못해 대단히 안타깝습니다. 금번의 지원에 무한히 감사드리며 좋은 인연으로 다시 뵙길 기대하겠습니다.

나는 메시지를 오랫동안 들여다보다가 문안을 만든 사람을 상상했다. 채용 인원이 무한대였더라도 뽑지 않았을 거면서, 우리 사이에 다시 볼 좋은 인연이란 없을 걸 알면서 왜 이런 문자를 보낼까. 나는 메시지의 행간을 더듬으며 오래 궁금해했다. 메시지를 보낸 사람도 나를 몹시 궁금해하도록 답장을 쓰고 싶었는데 아무런 문장이 떠오르지 않았다. 자기소개서를 제출했고 대면도 했으니 나는 더 이상 궁금해질 수 없는 종류의 사람이 되어 있었다.

—네, 기다리던 소식은 아니지만 연락주셔서 감사합니다. 다음이라도 기회가 있다면 꼭 다시 뵙겠습니다.

예상했던 대로 더 이상의 메시지는 없었다. 한참 뒤에야 저쪽에서 발신한 번호는 모바일이 아니란 걸 알았다. 가닿지 못한 메시지가 어디쯤에서 떠돌며 나를 우습게 만들고 있을 것 같았다.

"지돌이랑 지둥이 구분 못 하지?"

나는 시선을 개들에게 향한 채 말해보았다.

"뭐?"

지수가 불의의 한 방에 허를 찔린 게 분명했다. 대답하는 목소리가 날카로웠다.

"어디 자신 있으면 한번 말해봐. 헷갈린 거 벌써 오래된 거 같은데, 아니야?"

"저게 미쳤나! 하루 종일 집에 처박혀서 나한테 시비 걸 거리만 생각하고 있는 거야? 겨우 생각해낸 게 그거고? 햇빛 좀 보고 살어. 누가 보면 환자라고 하겠다. 너는 그렇게 살면 니 인생한테 미안하지도 않니?"

"그만 못 해? 니들은 어떻게 하루도 안 거르고 싸워? 엄마 속상한 건 생각 안 해?"

엄마가 중재하지 않았더라도 나는 더 나갈 생각이 없었다. 지수가 강아지들을 구분 못 한다는 건 이로써 분명해졌고 지수가 열을 받았으므로 그걸로 충분했다.

잠시 정적이 흐르는 동안 티브이 소리가 또렷하게 들렸다. 토크를 주고받던 중에 무슨 재밌는 얘기가 나왔는지 모든 출연진이 왁자하게 웃고 있었다. 어떤 사람은 아예 의자에서 내려와 바닥을 치며 배를 잡았는데 도대체 얼마나 재밌으면 저럴까 싶었다. 아버지를 슬쩍 봤지만 아무런 표정이 없었다. 식구들이 개를 데리고 떠드는 동안에도 소파 위에서 다리를 포개고 앉아 티브이만 보고 있었다. 아예 개들이 없는 셈 치는 것 같았다. 평소에도 녀석들이 싸질러놓은 것만 피해 다닐 뿐 곁을 준 적이 없었다. 물이라도 마시러 일어나면 득달같이 달려들어 바짓단을 물고 늘어지니 한 번쯤은 놀랄 만도 한데 그저 뭐에 걸린 걸 벗겨내듯이만 했다. 소파로 돌아와 걸터앉을 때 종종거리며 다가와서 발가락에 코를 갖다 대려고 하면 그럴 땐 슬그머니 양반다리를 했다. 가뜩이나 이 집에서 그리 넓지 않던 아버지의 영역은 그렇게 어느새 소파만큼 줄어들고 말았다. 둘 다 아직 어려서 고작 앞발만 소파에 걸쳐볼 뿐 뛰어오르지는 못하기에 망정이지 더 크면 아버지가 몸을 둘 공간은 소파의 등받이뿐이었다. 아버지가 소파 등받이에 원숭이처럼 올라앉는 모습이 떠올라 코웃음이 났다.

"엄마 쟤 혼자 웃는 것 봐. 진짜 미쳤나 봐. 야! 너 지금 정말로 내가 지돌이 지둥이 구분 못 한다고 생각하는 거야?"

지수가 바락 소리를 지르는 바람에 모든 식구가 움찔했다. 강아지들마저 지수와 나 사이에 끼어들어서는 지수를 향해 깜찍하게 짖어댔다. 한주먹감도 안 되는 녀석들이 톡톡 뱉어내는 소리가 제법 사나웠다. 지수는 순식간에 얼굴이 빨개졌고 눈이 두 배나 커졌다.

"애들이 왜 이래? 뭘 잘못 먹었나? 야, 백수! 너 애들한테 무슨 짓을 한 거야?"

지수가 악을 쓰는 동시에 개들이 더 크게 짖기 시작했다. 네발을 바닥에 단단히 고정하고 자세를 낮춰 작은 탱크처럼 소리를 쏘아댔다. 둘이 박자를 맞춰 번갈아 짖으니 공백이 생기지 않았다. 기세로만 봐서는 당장이라도 지수에게 달려들 것 같았다. 이웃에서 항의하지 않을까 걱정될 정도였는데 언제 이만큼이나 자랐나, 기특해서 더 짖도록 내버려뒀다.

개들이 지금 누굴 공격하려는 게 아니라 다툼을 말리고 있는 줄 알고 있는 사람은 나뿐인 것 같았다. 인터넷을 조금만 검색해봐도 나오는 얘긴데 어쩜 저렇게들 무지할까 싶었다. 지수는 슬금슬금 뒤로 물러나 앉았고 엄마가 개들한테 다가오다가 말고 쩔쩔매며 손을 휘저었다. 가만뒀으면 잠잠해질 것을 엄마가 큰 모션을 취하는 바람에 개들이 더욱 흥분해버렸다. 나는 두 놈의 배 아래로 손을 넣어 가뿐히 들어 올려서는 내 방으로 향했다. 진정시키는 데는 격리가 즉효였다. 두 녀석을 내 방에 데려와 내려놓고 문을 닫자 흥분의 여운인 듯 잠시 가르랑대다가 곧 멈췄다. 지돌이 깡총거리며 내 방 이곳저곳을 탐색하기 시작했고 지둥이 나를 돌아보며 머뭇거리다 지돌의 뒤를 따랐다. 복제품 같은 둘은 그렇게 성격으로 구분해야 했다.

밖에서 지수가 엄마에게 하소연하는 소리가 들렸다.

"어떻게 주인한테 저래? 아무래도 잡종이라 그런가? 혹시 광견병? 미쳐버리면 주인도 몰라보고 그러는 거야?"

나는 문을 벌컥 열고 밖을 향해 외쳤다.

"야, 애들 다 알아들어!"

휴대폰 화면 상단 오른쪽에는 양반다리를 하고 앉아 있는 아버지의 하반신이 걸려 있었다. 동영상에는 전체적으로 소파가 화면 중심에 자리 잡고 있었는데 지돌이 벌써 수차례나 소파로 뛰어오르다 실패하길 반복하는 중이었다. 이어폰을 통해 티브이 소리와 함께 지돌을 응원하는 내 목소리가 무척 호들갑스럽게 섞여 들렸다.

지둥은 소파 아래에서 궁둥이를 바닥에 붙이고 지돌이 설쳐대는 걸 물끄러미 바라보고 있었다. 지돌이 뛰어올라 소파에 앞발을 걸쳤다가 떨어질 때마다 지둥의 고개가 좌우로 한 번씩 돌아갔다. 지돌은 지치지 않았다. 힘을 모았다가 일어섰는데 그만 방향과 타이밍을 놓치고 두 발만 들어 올려보곤 만세를 부르며 뒤로 자빠지기도 했다.

마침내 힘과 타이밍이 딱 들어맞아서 앞발을 소파 깊숙이 걸쳤다. 화면 뒤에서 응원하고 있는 내 목소리 톤이 한껏 올라갔다. 아직 끌어올리지 못한 뒷발 두 개가 허공에서 무한 계단을 탔다. 짤막한 꼬리도 동원해 저럴 땐 지느러미처럼 쓰기도 하는 건가 싶게 힘차고 빠르게 좌우로 휘저어댔다. 나는 이제 방해가 될까 싶어 소리도 내지 못하고 끅끅대며 휴대폰을 지돌에게 가까이 가져가는 중이었다. 성공이 코앞이었다. 소파 아래 앉아 멀뚱히 지켜보기만 하던 지둥이 뭔가 직감한 듯 몸을 일으키곤 지돌을 향해 왈, 하고 한 번 짖었다. 그와 동시에 지돌은 바닥으로 나동그라졌고 아무 일 없었던 것처럼 몸을 일으켜서는 혀를 길게 빼물고 숨을 몰아쉬었다. 나는 길게 탄식했지만 곧바로 잘했어, 하고 말해주었다. 지돌이 제자리를 두 바퀴 돌아보곤 나를 향해 고개를 들었다. 봤지? 거의 될 뻔했지? 화면의 눈망울에서 전해지는 그 기운이 더없이 천진해 입꼬리가 절로 올라갔다.

지하철 차창이 환해졌다. 한강을 건너느라 지상으로 올라왔고 청명한 풍경이 한산한 객실로 환한 빛을 밀어 넣었다. 무직자만이 누릴 수 있는 평일 늦은 오후의 호사였다. 나도 거의 될 뻔하고 있는 중일까? 면접을 본 출판사는 예상보다 규모가 있어 보였고 사옥 내부 곳곳을 클로즈업된 작가의 얼굴이나 책 표지 디자인 들로 세련되게 꾸며놓아서 영화사나 연예 기획사가 아닌가 싶었다. 면접관은 내 경력을 가리키며 조교 2년에 연구원 2년의 이력과 석사 학위가 과연 도서 편집 실무에 얼마나 도움이 될지 확신이 서지 않는다고 했다. 학술 자료집이나 문집에 참여하면서 깐깐한 필진들과 원만히 소통했고 학술회장님 이하 박사 선배들과 여러 프로젝트를 수행하며 조직적인 협업도 몸에 익혀놓았다고 우겼다. 석사 학위에 대해서는 그 자체로 큰 의미를 두지 않지만 그것을 성취한 나의 노력과 끈기에는 큰 박수를 보내고 있는 중이라고, 연습한 대로 읊어주었다. 면접을 몇 번 봤더니 시나리오를 준비해야 할 것 같았다. 거지 같은 글을 주면서 마감 시일을 우습게 아는 발표자들을 볼 때마다 모두 믹서기에 갈아버리고 싶은 살의에 시달렸다거나 학술회장과 박사 놈들 때문에 종노릇에는 이골이 났다는 사실을 각색한 것이었다. 면접관은 조금 더 강도를 높여 압박해왔다.

대학에서만 너무 오래 계셨는데, 현장은 그곳과 좀 다르지 않을까요?

네, 그렇게 보실 수도 있지만 긴 시간 흔들림 없는 모습으로 신임을 받았다고 봐주실 수도 있을 거라고 생각합니다.

면접관은 잠시 고개를 끄덕이더니 연구원 때의 급여를 물었다. 연봉 협상에서 불리할까 싶었지만 나중에 문제될 수 있으니 사실대로 대답할 수밖에 없었는데 면접관은 깜짝 놀라며 다시 물었다.

그걸로 생활이 되던가요?

하급 연구원 나부랭이가 노동부에 고발할 수는 없지 않았겠느냐는 말은 눌러둔 채 바로 그 지점이 책임감 강한 나의 성격을 증언해주는 거라고 웅변했다.

객실이 다시 어두워졌다. 방금까지 눈앞에 환하게 펼쳐져 있던 한강과 하늘의 풍경이 맞은편 차창에서 잔상으로 잠시 머물다 사라졌다. 지금까지 세 정거장을 왔고 앞으로 네 정거장만 더 가면 집이니까 면접을 본 곳들 중에서는 집과 가장 가까워 약간 욕심이 났다.

집에 돌아오자마자 지돌과 지둥이 달려 나와 반겨주었다. 개 두 마리가 좋다고 난리를 피우는 중에도 어딘가 적막한 느낌이 들어 집을 둘러보게 됐다. 이상한 기운의 원인은 티브이였다. 현관에 들어서면 켜져 있는 티브이가 맨 먼저 눈에 들어와야 했는데 웬일로 까맣게 죽어 있는 화면이 보여 잠깐 남의 집 같은 착각마저 들었다. 아버지가 소파에 없는 풍경은 너무나 오랜만이었다. 엄마는 이 시각이면 늘 구청 문화센터에서 싼값에 뭔가를 배우고 있는 중이니 안 보이는 게 당연했는데 아버지는 갈 만한 곳이 짐작되지 않았다.

거실 한가운데서 멍하니 서 있는데 왈, 하고 짖는 소리에 정신이 돌아왔다. 그리고 깜짝 놀랐다. 지돌이 소파 위에서 아까부터 봐주길 기다리다가 참지 못하고 날 부른 것이었다. 지돌은 내가 자길 본 걸 확인한 뒤 가볍게 소파 아래로 뛰어내렸다가 다시 도약했다. 비록 성견처럼 깔끔하게 뛰어오르지는 못했지만 일단 앞발을 잘 걸친 다음 궁둥이를 통째로 몇 번 뒤흔들어서 뒷발도 걸쳐지게 하는 요령을 터득해낸 것 같았다. 소파에 올라선 뒤에는 늠름하게 허리를 펴고 섰다. 아직 아래에서 쳐다보고만 있는 지둥을 근엄한 눈빛으로 내려다보기도 했다.

"야, 이 짜아식, 드디어 해냈구나!"

내가 지돌의 볼을 두 손으로 부비며 칭찬해주자 어느새 지둥이 다가와 내 다리를 앞발로 더듬으며 낑낑댔다. 나는 지둥의 턱 밑을 긁어주면서 말했다.

"너도 그러고만 있지 말고 니 형이 하는 거 잘 보고 따라해봐."

그렇게 말하는데 느닷없이 무언가가 목울대를 가격한 듯했고 콧날이 매워졌다. 머릿속에서 무수히 많은 장면이 빠르게 지나갔다. 그 끝은 친구들과 말뚝박기를 하고 있던 학교 운동장이었다. 목이 터져라 불러도 돌아보지 않던 지수의 뒷모습이 바로 어제 일인 듯 또렷하게 떠올랐다.

"……아니야. 못 올라가도 돼. 그럼, 되고말고. 형이랑 비교해서 미안해."

지돌이 소파에서 뛰어내려 현관으로 달려갔다. 곧이어 비밀번호를 누르는 소리가 들렸고 엄마가 들어왔다. 장을 봐온 듯 양손 가득 비닐봉지가 들려 있었다. 나는 얼른 가서 그것들을 받아 주방으로 옮겨뒀다. 지돌과 지둥이 저희 먹이를 사 온 줄 알고 쪼르르 따라붙었다. 나는 식탁 위에 올려놓고 하나씩 들여다보는데 재료들을 보니 익숙한 식탁 풍경이 그려졌다.

"삼계탕 하게? 전화해서 나 데려가지 그랬어? 노느니……"

나는 엄마가 듣기 싫어하는 소린 줄 뒤늦게 떠올리고 입을 다물었다. 엄마는 신발을 벗고 올라서서는 허리를 두 손으로 짚은 채 한번 쭉 펴보고 양쪽 어깨도 풀었다.

"지수한테 문자나 좀 해봐. 수요일이니까 일찍 들어오는 날 맞지? 어디 새지 말고 바로 오라 그래. 지수도 그렇고 너도 그렇고 요새 얼굴이 반쪽이야."

"지수가 어디 닭을 먹나? 국물이나 깨작거리는 거 잘 알면서. 나도 닭볶음탕이면 몰라도 백숙은 그저 그런데…… 아빠는 좋아하시겠네."

식탁에 삼계탕이 올라오면 아버지는 잔뼈에까지 살점 하나 남기는 일이 없고 연골마저도 깨끗하게 발라먹는 걸 식구들은 오래전부터 알고 있었다. 아버지가 좋아하겠다는 말에 집에서 티브이만 껴안고 사는 사람 어쩌고 하면서 잔뜩 흉을 볼 줄 알았는데 엄마는 못 들은 척하며 바로 주방으로 들어가 일을 시작했다.

"뭐 도울 건 없고?"

"걸리적거리니까 들어올 생각 말어. 그나저나 왜 안 보인대?"

"뭐가?"

"뭐긴 뭐야, 티브이 귀신 말이지."

"글쎄? 나도 오늘 면접 하나 있어서 나갔다 왔는데 안 계시더라고."

면접 얘기는 꺼내는 게 아니었는데 아차 싶었다. 엄마가 닭을 씻다 말고 소리쳤다.

"면접이 있었어? 왜 말 안 했어! 엄마가 넥타이라도 하나 사줬을 건데!"

주방에서 수돗물 소리에 섞여 엄마의 목소리가 건너왔다. 내가 소파에 앉는 바람에 거실과 주방을 구분해주는 벽 구조물에 가려 엄마의 표정을 볼 수 없는 게 다행스러웠다. 나는 애써 아무렇지 않은 척하며 톤을 약간 올려 대답했다.

"됐어. 오라니까 그냥 예의상 가본 거야. 회사 분위기가 칙칙한 게 비전도 안 보이고 별로더라고. 집에서도 너무 멀고."

"또 그런다. 너 행여 지수한테는 그런 말 말어."

엄마가 말한 순간 현관문이 열리는 소리가 나서 지수인 줄 알고 깜짝 놀랐다. 지돌과 지둥이 먼저 달려 나가 아버지를 맞았다. 아버지는 현관문을 활짝 열고선 커다란 박스를 힘겹게 들고 있었다. 마이펫 6각 울타리(블랙). 박스 겉면에 찍혀 있는 그림과 글자가 아니었다면 무게와 크기만으로는 내용물을 짐작하기 어려웠을 것 같았다. 받아 들어서 거실 가운데 놓고 이게 왜 필요할까 생각하고 있으니 아버지가 어느새 커터 칼을 찾아와 박스를 뜯기 시작했다.

"이게 다 뭐예요?"

엄마가 젖은 손을 앞치마에 닦으며 주방에서 나왔다. 엄마의 말투는 놀랐다기보다 필요 없는 걸 사 왔다는 책망에 가까웠다.

"이걸 마트에 가서 직접 사 오셨어요? 온라인으로 사면 배송 다 해주는데……"

나는 아버지가 온라인 쇼핑몰을 이용할 수 있는지 어떤지도 모르면서 훈수를 뒀다.

아버지는 엄마나 내게 대꾸하지 않고 박스를 다 뜯어서 울타리를 꺼냈다. 나는 아버지가 던져놓은 박스 안에서 설명서를 찾아 들었다. 설명서는 '블랙 크롬 코팅'으로 고급스러운 분위기를 연출하며 집 안 어느 곳에서도 자연스럽게 어우러지는 '디자인'을 자랑하고 있었다. 또한 잠금장치가 있는 출입구를 이용해 반려동물이 자유롭게 드나들게 할 수 있는 것도 '특장점'이라 내세웠다. 그 외에도 설치와 이동, 철거가 쉽다는 것까지는 받아들일 수 있었는데 철망 구조물을 두고 '내부가 들여다보이므로 반려동물의 상태를 쉽게 관찰할 수 있다'는 것까지 자랑삼아 적어놓은 카피를 읽었을 때는 차라리 문장을 넣지 말고 여백으로 두는 게 어땠을까 싶었다. 그새 아버지는 울타리를 모두 조립해서 거실 구석에 자리를 잡아보고 있었다. 박스 겉면에는 육각형으로 설치된 그림이 있었는데 아버지는 각 면이 잇닿은 모서리들의 각도를 조정해서 직사각형으로 만들어놓았다. 그러고 나니 거실의 벽과 모서리에 울타리가 빈틈없이 맞아떨어졌다.

울타리는 애들이 두 배로 자라더라도 넘을 수 없을 만큼 높았다. 아무래도 지돌이 소파 위로 올라갈 수 있게 된 걸 아버지가 맨 처음 본 것 같았다. 두 녀석은 자기들을 구속할 물건인 줄 아는 것처럼 멀찌감치 떨어져 앉아서 아버지와 울타리를 쳐다보기만 했다. 지둥은 몰라도 활달한 지돌에게는 울타리가 감옥이나 마찬가지일 거라는 생각이 들었다. 엄마도 같은 생각인 것 같았다. 주방에서 저녁을 준비하면서도 거실의 상황을 이따금 확인하다가 울타리가 완성되자 다시 나와서는 한마디 했다.

"저렇게 좁은 데서 둘이 어떻게 있으라고……"

엄마가 혀를 차는데도 아버지는 울타리를 둘러보며 이리저리 각을 맞춰보기만 할 뿐이었다.

"정말 그걸 꼭 써야겠어요? 집도 비좁은데?"

엄마가 미간을 찌푸리고 대답을 기다리다가 입을 딱 벌렸다. 아버지가 한쪽 다리를 들어 올리더니 울타리 안쪽으로 넘어가고 있었다. 아버지는 남은 다리도 완전히 넘긴 다음 팔을 벌리고 가로와 세로의 길이를 쟀다. 그런 뒤 바닥에 앉았다가 옆으로 누워봤다. 누워서 다리를 얌전히 오므리고 팔베개를 하고 있으니 울타리가 꽉 찼다. 아버지가 티브이 리모콘을 미리 챙긴 줄은 아무도 모르고 있었다. 모로 누운 채 한 손으로 머리를 받치고 다른 한 손으로 티브이를 켰다. 티브이가 켜진 뒤에야 이제까지 집이 너무 조용했다는 걸 알게 됐다.

엄마와 내가 놀라서 말 한마디 못 하고 서 있는데 현관문 비밀번호 누르는 소리가 들렸다. 우리는 울타리를 향하고 있던 몸을 돌려 문을 마주하고 열리길 기다렸다. 041410…… 삐삐삐. 0, 4, 1, 4, 1…… 엄마가 참지 못하고 문을 열었다. 지수의 얼굴이 보이자마자 우리는 동시에 지수를 불렀다.

"지수야……"

지수가 뚱한 얼굴로 대답했다.

"뭐야? 나 기다렸어? 어? 저건 웬 개야?"

엄마는 지수의 턱짓이 가리키는 거실 안쪽으로 무심코 고개를 돌렸다가 비명을 지르고 휘청거렸다. 나는 붙들 것을 찾아 허공에 팔을 휘젓는 엄마를 부축해 소파 쪽으로 이끌었다. 그러는 동안에도 나 역시 울타리 안쪽에서 눈을 뗄 수 없었다. 그곳에는 털이 푸석푸석하고 야윈 포메라니안 블랙탄 한 마리가 힘없이 엎드려 있었다.

내게서 설명을 들은 지수는 믿으려 들지 않았다. 엄마가 증언을 해주어도 뭘 잘못 먹었느냐고 물을 뿐이었다. 엄마가 소파에 기대어 머리를 짚었다. 지수와 나도 엄마 양쪽에 앉아 한참이나 울타리를 지켜보며 아무 말도 못 하고 있었다. 개가 깔개로 삼고 있는 건 아버지가 입었던 셔츠와 바지 그리고 속옷과 양말이었다. 초록색 우체통처럼 생긴 의류수거함 입구에 말끔히 쑤셔 넣지 않아 함부로 널려 있던 옷가지가 떠올랐다.

"저러려고 저 양반이 그랬구나. 그랬어."

한참 만에 엄마가 한숨을 섞어 얘길 꺼냈는데 지수나 나나 무슨 소린지 알아듣지 못해 서로 눈짓만 주고받았다.

"뭘 그랬다는 거야?"

지수가 물어서야 엄마는 다시 말을 시작했다.

"며칠 전에 니 아빠가 이 아파트 명의를 엄마 앞으로 돌려놓겠다잖니. 빈말로라도 어디 그런 소릴 할 사람이어야 말이지. 신경도 안 쓰고 있었는데 뭔 서류들을 가져오더니 인감도장을 찍으래. 명의는 누가 거저 바꿔준대니? 수수료며 뭐며 그게

다 돈인데, 이제 와서 무슨 바람이 불어 그러느냐고 물었지. 나 모르게 또 사고를 친 건 아닌가 싶어 손이 다 떨리더라. 그런 거 절대 아니고 주위에서 하도 집적거려서라는데, 듣고 보니 누가 부추겨서 무슨 일 저지르기 전에 내 앞으로 해놓으면 잘 가지고 있다가 니들 결혼은 시키겠다 싶어 찍었지. 그러고는 어제 낮에 등기부등본을 떼 와서 보여주더라고. 틀림없더라. 내 평생 내 이름으로 된 집을 처음 가져본 거야. 꿈인가 생신가 싶더라니까."

엄마는 우리도 한번 보라며 지수를 시켜 안방 화장대 서랍장에서 서류 봉투를 가져오게 했다. 등본은 엄마가 말한 대로였다. 엄마가 뜬금없이 삼계탕을 준비하던 이유를 알 것 같았다. 엄마가 불을 좀더 일찍 올렸더라면, 그래서 닭과 삼이 어우러져 끓는 냄새가 집 안에 피어올랐더라면 아버지는 망설였을까? 엄마가 끓여준 삼계탕 한 그릇을 마지막으로 먹어보고 싶지 않았을까? 생각하니 가슴이 답답해졌다.

등본을 보고 있던 지수가 한숨을 내쉬며 고개를 들었다. 저건 감정이 흔들린다는 건데 설마 아파트를 욕심내고 있었던 건가 싶어 나는 화낼 준비를 했다.

"사실은 아빠가 엊그제 차 키를 줬어. 낡아서 연비도 낮고 디자인도 별로지만 그런대로 탈 만할 거라면서…… 아니, 내가 한번 쓰겠다고 해도 절대 안 내줬잖아. 위험하다고 말이야. 근데 왜 갑자기 키를 주는 거냐고 그랬더니, 저번에 지돌이 지둥이 캐리어 들고 들어오는데 안쓰럽더래. 팔도 가는 게 그 크고 무거운 걸 들고 학원에서 집까지 어떻게 왔을까 싶었대."

엄마는 그랬구나, 그랬구나, 하면서 한참이나 고개를 끄덕였다. 나는 생각해보니 아파트는 몰라도 차는 좀 아까웠다. 지수가 넋을 놓고 방바닥을 보고 있다가 나를 쳐다봤다.

"넌 뭐 없었어?"

"어, 현금 조금…… 양복이랑 구두 같은 거 사라고. 출근할 때까지 기다리지 말고 새 거 사 입고 면접 보러 다니라고. 근데 아직 안 샀어. 귀찮아서."

"그걸 받았어? 너, 아빠 돈 없어서 내가 조금씩 용돈 드렸던 거 몰라? 그만큼 살 돈이면 대체 얼마나 안 쓰고 모은 거야? 아빠 정말 왜 그래?"

지수는 나를 몰아세우다 말고 결국 울타리를 향해 울먹이며 소리를 질렀다. 조금 전까지 엄마와 나를 미친 사람 보듯 하더니 이제는 제일 심각해져 있었다. 엄마와 지수는 사람이 어떻게 개가 될 수 있는지를 따져볼 생각은 못 하고 그간의 사정에 근거해 마치 일이 이렇게 될 수밖에 없었다고 받아들이는 것 같았다. 두 사람이 힘들어하느라 집 안 공기가 견딜 수 없이 무거워지고 있었다.

"아빠가 뭐 돌아가시기라도 했어? 그냥, 잠깐, 저러고 계신 것뿐이야. 곧 다시 돌아올 거라고. 울타리가 문제네. 밖으로 나오면 다 원래대로 될 거야."

나는 울타리로 다가가 손을 넣었다. 아버지는 내가 다가서는 걸 보고 몸을 일으켜서는 고개를 돌렸다. 그러면서도 곁눈질로 계속해서 나를 살폈는데 내가 손을 뻗자 이빨을 드러냈다. 나는 흠칫 놀라 동작을 멈추고 눈치를 살폈다. 아버지는 나와 시선을 맞추지 않으려 하면서도 입술을 말아 올리고 송곳니를 보이며 계속해서 불편한 기색을 비쳤다. 가만히 두라는 신호인 줄 빤히 알면서도 물러나지지가 않았다. 모든 게 거짓말 같은 이 상황을 어떻게든 바로잡고 싶은 생각뿐이었다. 나는 아버지의 몸통 아래로 손을 집어넣었고 아버지는 으르렁거리면서도 순순히 들어 올려질 것 같았는데 그건 내 착각이었다. 바닥에서 네 발이 떨어지려는 순간 아버지가 갑자기 고개를 들어 내 손을 물려고 했다. 반사적으로 손을 뺀 덕에 살갗이 조금 긁혔을 뿐 피는 보지 않았다. 그러나 송곳니의 느낌이 손등에 생생하게 남아 있어서 온몸의 땀구멍에서 식은땀이 배어나왔다.

"야! 그러다 다치면 어쩌려고 그래! 하지 마!"

지수가 날 걱정해서 한 소리는 아니었다.

나는 긁힌 자국에 소독약이나마 발라둬야 할 것 같아서 욕실로 들어갔고, 어쩐지 배가 좀 고파졌다. 상황이 상황이라 잠시 잊고 있었는데 조금 전에 한 번 크게 긴장하면서 내 몸이 밥때가 되었다는 걸 기억해낸 것 같았다. 엄마가 주방에 잔뜩 부려놓은 삼계탕 재료들을 나로선 어떻게 할 수 없었다. 그렇다고 밥 먹자는 말을 꺼낼 수 있는 분위기는 아니었고 두 사람 중 누구라도 허기를 느껴야 할 것 같아 기다리기로 했다. 그러다 생각난 게 있어 사료 포대에서 계량 용기에 사료를 떠 왔다. 나는 지돌과 지둥의 밥그릇에 일부러 소리 나게 사료를 부었다. 사료가 그릇 밖으로 튀어 나가지 않을 선에서 높이를 최대한 이용했다. 사료 알갱이가 스테인리스 식기를 두드리는 소리가 정적을 흔들어주었다. 내 시도는 효과가 있어 엄마가 천천히 자리를 털고 일어났다.

"저 양반 시장하시겠다. 니들은 손 깨끗이 씻고 기다려. 닭 익으면 살 발라야 해. 오늘은 아무래도 닭죽이 낫겠구나."

지수는 옷을 갈아입으러 제 방으로 들어갔고 나는 울타리 안에서 티브이 리모콘을 조심스럽게 꺼내 채널을 돌렸다. 아버지가 즐겨 보는 채널이 뭔지 생각나지 않았다. 뉴스, 바둑, 다큐멘터리의 장면들이 머릿속에서 엉켰다. 아버지는 내 쪽으로 등을 보이고 엎드려서 티브이를 향하고 있었다. 나는 소파에 앉아 채널을 돌리면서 아버지를 한 번씩 봤다. 돌리다가 아버지의 귀가 쫑긋거리는 데가 있어서 멈췄다. 화면에서는 말썽 많은 개가 훈련사에게 조련을 받고 있었다. 두어 번의 시도에 개가 얌전해지자 어린 부부는 기적을 본 듯한 표정이 되었다. 훈련사는 개의 마음을 자의적으로만 해석해온 부부를 나무라기 시작했다. 훈련사의 지적은 날카로웠다. 개를 사랑하고 아껴준다고 생각했겠지만 그동안 '아이'에게는 지옥이었을 거라는 멘트에 부부의 얼굴이 이번에는 물증을 마주한 범죄자처럼 일그러졌다. 나는 지돌과 지둥의 밥그릇에 물을 따라주지 않았다는 걸 떠올려내고 자리에서 일어났다.

아버지가 울타리에 들어간 뒤로 우리는 가족회의를 자주 가졌다. 주로 아버지의 행방에 대해 어떻게 둘러대야 할지를 의논했다. 당장 다음 달 말일이 할아버지 기일이라 작은집 식구들을 맞이해야 했다. 제삿날까지 아버지가 돌아오지 않는다면 작은집 식구들은 아버지가 왜 안 보이는지 물을 테고 우리는 대비할 필요가 있었다. 아파서 제사를 건너뛰겠다고 하면 문병을 올 게 뻔하니 좋은 생각이 아니었다. 출장은 퇴직했으므로 말이 안 되고 혼자 여행 갔다고 하려니 낯선 곳을 싫어하는 아버지를 잘 아는 작은아버지에게 먹혀들 리가 없었다.

"교회 다니자. 진짜로 말이야. 그러고 나서 제사며 차례며 다 안 지내는 거야. 어차피 엄마 제사 지내는 거 싫잖아. 어쩌면 작은엄마도 반길걸?"

지수의 아이디어는 들어줄 만했다. 사촌 동생들은 제사를 물려받아야 하는 나를 언제부턴가 측은하게 보았다. 한 번쯤은 엄마가 작은아버지와 부딪혀야 하겠지만 그럴 만한 가치가 있는 일이었다. 엄마는 비장한 표정을 지으며 고개를 끄덕였다.

다음으로는 아버지의 의식주에 대해 의견을 나눴다. 식구들은 울타리에 들어간 아버지에게 전에 없이 지극정성이었는데,

엄마는 간을 하지 않은 생고기들을 대느라 바빴고 지수는 사람이 먹어도 된다는 고급 사료와 옷을 사 왔다. 가족들 앞에서 발가벗고 있는 셈인데 창피할 거라면서 되도록 아버지의 취향에 맞게 무채색으로 골랐다고 했다. 내가 보기엔 흰 바탕에 검은 줄무늬들이 죄수복처럼 보였다. 지수는 아버지라고 생각하니 맨몸에 손을 댈 수가 없다고 해서 옷을 입히는 건 내 몫이었다. 아버지는 옷이 마음에 들었는지 전처럼 나를 경계하지 않았다. 옷을 입히느라 만져지는 몸은 겉보기보다 훨씬 야위어 있었다. 아버지가 용변을 보도록 돕는 일도 중요한 문제였다. 노견이라 기저귀를 채우는 게 좋을 것 같았다. 기저귀를 수시로 갈아주는 일은 내가 맡기로 하고 아버지가 기저귀 없이 일을 볼 때는 누구든지 가급적 거실에서 벗어나 있기로 했다. 다행히 아버지는 적게 먹고 가끔씩 아주 소량만 내놨다. 뜻밖에도 지돌과 지둥이 용변을 가리기 시작했다. 한번은 지돌이 거실 한가운데서 뒷다리에 힘을 주기에 얼른 휴지를 찾아들었는데 아버지가 울타리 안에서 지돌을 노려보며 낮고 무겁게 목울대를 긁어 소리를 냈다. 그러자 지돌이 절름거리며 화장실로 향해서는 거기에 늘 깔려 있는 신문지 위에 일을 봤다. 지돌이 그렇게 하자 지둥도 곧잘 따라 했다.

엄마와 지수는 진짜로 일요일마다 교회에 나가기 시작했다. 다녀와서는 목사의 설교가 좋더라고 운을 떼서는 한참이나 교회 이야기를 나눴다. 주로 교회에서 만난 사람들에 대한 '품

평'이었다. 그 짧은 시간에 어떻게 그 많은 사람의 집안 사정까지 다 꿰뚫었는지 이해할 길이 없었다. 나는 어쩐지 집을 지키고 있어야 할 것 같아 한 번도 따라가지 않았다. 지수는 자기의 솔루션이 마음에 들지 않는 거냐고 물었다.

"너 솔직히 니가 이씨 집안 장손이라서 교회 다니기가 켕기는 거지?"

"그런 거 아니야."

"아니긴 뭐가 아니야. 딱 얼굴에 써 있구만."

"놔둬라, 때가 되면 다 주님이 역사하실 거다."

내가 바로 들은 게 맞나 싶었다. 지수도 놀라긴 마찬가지인 것 같았다.

"와, 엄마 그런 말 언제 배웠어? 완전 전도사님 다 되셨어."

나는 아버지를 봤다. 아버지는 졸린 눈을 들어 이쪽을 한 번씩 쳐다보다가 턱을 앞발 위에 얹고 다시 잠들길 반복했다.

"엄마, 오랜만에 영화나 볼까? 요새 엄마 이런저런 일로 스트레스 많았잖아. 엄마 좋아하는 마동석 나오는 거 개봉했거든. 영화 보고 백화점 가서 스카프도 하나 사자. 아까 교회에서 보니까 아줌마들은 다 하고 있더라."

"그랬니? 몰랐구나. 근데 현수는?"

나는 생각도 없다가 엄마가 물으니 괜히 비참해졌다. 지수가 나를 흘깃 쳐다봤다.

"갈래?"

정 가고 싶다면 데려는 가주마 하는 투였다.

"됐어, 귀찮아."

"그래, 여자들끼리의 대사가 있는 거란다. 넌 담에 이 누나가 데려가줄게. 바로 나갈까, 엄마? 준비 따로 할 거 없지 않아? 날씨가 좋아서 그런가, 나 지금 좀 집이 답답하네?"

엄마는 지수를 따라 나서면서 몇 번씩이나 냉장고에 반찬 있으니까 꺼내 밥을 챙겨 먹으라고 당부했다.

"아버지 식사도 챙겨드리고."

"쟤가 애야? 엄마는 현수 장가들고 나면 대체 무슨 낙으로 사실까?"

여자를 데려오기라도 하면 어쩌고 하는 소리가 닫히는 현관문에 막혀 멀어졌다.

엄마와 지수가 나가고 나자 집이 한없이 조용해졌다. 지돌이 집 안을 돌아다니고 있고 지둥이 그 뒤를 졸졸 따라다녔다. 나는 휴대폰을 들고 SNS 따위를 살펴보다가 내가 며칠 전부터 어딘가에서 연락을 기다리고 있다는 걸 깨달았다.

떨어뜨렸으면 문자라도 줄 텐데 아직인가?

면접을 본 지 꽤 지났는데 연락이 없으므로 희망을 갖긴 어려웠다. 그래도 대개는 결과를 알려주었으므로 아주 낙심하긴 이를지도 몰랐다. 나는 출판사의 홈페이지에 들어가 공지사항 게시판을 열었다. 그리고 어렵지 않게 '신규 채용 결과 발표'라는 제목을 찾았다. 등록일을 보니 내가 면접을 본 그날이었다.

242

지원해주신 모든 분께 감사드리며 다음 채용 공고에서 뵙겠습니다.

등록 시간을 보니 내가 면접장을 떠난 지 두 시간도 채 되지 않았을 때였다. 회사가 나를 속인 건 아닌데 속은 것 같았고 채용된 자리가 내 것인 적이 없었는데 빼앗긴 기분이 들었다.

나는 울타리 안에 엎드려 졸고 있는 아버지를 오랫동안 봤다. 아버지는 노쇠했으나 평온해 보였다. 나는 아버지가 깨지 않도록 조용히 다가갔다. 그러나 아버지는 내 기척을 감지하고 슬쩍 한쪽 눈을 떴다. 그래도 엎드린 채 자세를 바꾸지는 않았다. 나는 용기를 내서 한쪽 발을 울타리 안으로 넘겨봤다. 아버지는 어렵게 몸을 일으키더니 구석으로 가서 울타리에 몸을 기댔다. 나는 아버지를 자극하지 않기 위해 등을 보인 채 나머지 발도 울타리 안으로 가져왔다. 두 팔을 뻗어 길이와 폭을 재봤다. 길이는 150센티미터 남짓 돼 보였고 폭은 그 절반이니 7, 80센티미터쯤 되는 듯했다. 어느새 지돌과 지둥이 울타리에 다가와 앞발을 걸쳤다. 울타리가 높아 넘어오진 못했다. 울타리는 철옹성이었다.

울타리가 마법에 걸린 것처럼 점점 높아졌다. 울타리에 앞발을 걸치고 있던 지돌과 지둥은 그야말로 바람을 집어넣고 있는 풍선처럼 커지기 시작했다. 순식간에 두 녀석의 눈높이가 나와 같아졌는데 둘러보니 집 안 전체가 같은 비율로 커진 것 같았다.

"현수 요새 많이 힘들지? 거기 누워라. 아빠랑 티브이나 보자."

나는 소리 나는 쪽으로 고개를 돌렸는데, 거기에는 아버지가 예전 모습 그대로, 그러나 죄수복 같은 옷을 입고 기저귀를 찬 채, 한 손으로 머리를 받치고 비스듬히 누워서 고급 사료를 팝콘처럼 하나씩 집어 먹고 있었다.

식은 볕

무언가에 쫓기는 꿈을 꾸었는데 진짜 뛰어다닌 것처럼 정강이가 뻐근했다. 상진은 자길 쫓아오던 것이 무엇인지 혹은 누구인지 기억하지 못했다. 그것은 그저 조금 다른 명암으로만 구분될 뿐이었다. 처음에는 아무것도 아니었으나 점점 무서워졌고, 무서워하자 그것은 정말로 무서운 것이 되었다. 달아나기 위해 몸부림쳐봤지만 두 다리가 마음대로 움직여주지 않았다. 잠을 깨고 꿈이었다는 걸 깨달은 순간, 소용돌이가 한차례 일어 뇌리 속의 부유물들을 싹 걷어 갔다. 자세한 것까지 기억하고 싶던 그로선 비밀스럽고 위험한 노리개를 쥐고 있다가 빼앗긴 기분이 들었다.

쫓기는 꿈을 자주 꿨다. 근래 또는 지금에 대한 어떤 종류의 반영일까 싶었으나 그런 꿈을 꾸게 할 만한 '근래 또는 지금'

이라고 집어낼 만한 것은 없었다. 꿈을 꾸고 나면 기억나는 것들만이라도 적어두고자 했으나 혼몽한 상태에서 몇 번의 시도에 그쳤고 몇 자 적더라도 정신이 든 다음에 읽어보면 무슨 말인지 스스로도 해독 불가라 좀처럼 습관을 들이지 못했다. 쫓기는 이유와 쫓아오는 무엇이 매번 다르다고 막연히 짐작할 뿐이었다.

아직 알람도 울리기 전이었다. 잘 떠지지 않는 눈으로 어둠을 더듬어 시계가 걸려 있는 자리를 살폈다. 동이 트지 않아서 꼭두새벽이길 기대했는데 시곗바늘의 어렴풋한 실루엣은 7시를 가리키고 있었다. 고작 30분 뒤면 알람이 울릴 터였다. 겨울이라서 이렇게나 어두운 건가? 하고 생각하니 코와 이마가 시렸다.

일어나서 씻어야 한다는 강박 속에서도 이불을 머리 위까지 끌어당겼다. 이불 속에서 몸을 웅크려 방 안의 선득한 공기를 피했다. 작년 겨울에 비해 집이 넓어져서 난방비를 아끼고 있는데 12월 중순이면 버틸 만큼 버틴 것 같았다. 이불 밑에서 뱉어내는 숨이 밤새 냉기를 머금은 머리카락을 데워주고 있었다. 태내에 있을 때는 자기가 싼 것을 들이켜고 그것을 또 싸지른다고 들었다. 상진은 왜 좀 부유한 집에서 태어나거나 재능 같은 걸 타고나질 못해서 이런 날씨에도 일터로 나가야 하나, 하고 자신의 운명을 원망하면서 머리카락을 한 번 움켜쥐었다. 아직 채 데워지지 못한 냉기가 손가락 사이에 묻어났다.

그 느낌이 마치 남의 털을 건드린 것만 같아서 잠깐 놀랐다. 그렇게 뇌가 자극되자 정신이 좀더 또렷해졌고 비로소 오늘이 무슨 날인지를 기억해냈다. 회사의 창립기념일이고 휴일이었다.

마치 행운권에라도 당첨된 것 같아서 누가 옆에 있다면 와락 끌어안고, 창립기념일이야, 알고 있었어? 하고 소리라도 지르고 싶었다. 이불을 들추고 바로 휴대폰을 찾았다. 액정에는 오늘 날짜 12월 12일 아래로 '창립기념일'이라는 알림 메시지가 떠 있었다. 41년 전, 충무로에서 간판 일을 배우던 국졸짜리 23세 청년은 업체 홍보물 제작에 눈을 떴고 이제는 80명의 산업디자인 전공자를 거느린 중견 기업을 이끌고 있다. 언젠가 부서 회식 자리에 사장이 친히 자리해준 적이 있는데 그때 들은 사장의 성공담은 너무 전형적이어서 지루했다. 상진은 그만한 안목과 열정으로 왜 41년 동안 직원 80명짜리 중견 기업까지밖에 오지 못했는지에 대해 물어보면 재밌을 것 같았지만 안 그러는 게 좋을 것 같아 남들이 하는 것처럼 고개를 주억거리며 듣기만 했다.

지금의 상진은 창업 당시의 사장보다 열 살이나 많고 대학교까지 나왔는데 아직 아무것도에 눈을 뜨지 못했다. 다시 잠들지 못한 채 '뜬눈'으로 뒤척이기만 하다가 방 안이 완전히 환해지고 시계가 8시를 넘기는 것까지 보고는 휴일을 이렇게 보내선 안 되겠다 싶어 마루의 소파로 자릴 옮겼다. 작으나마 침실과 서재를 따로 두고 마루까지 있는 집을 실감할 때마다 혼자 사는 주제에 무리해서 큰 전셋집을 구한 보람을 느꼈다. 다시 기분이 좋아졌고 뭘 좀 먹고 싶은 생각도 들었다.

출출했지만 쉬는 날 아침부터 부지런을 떨기가 싫었다. 침대에서 가져온 이불을 소파 위에서 몸에 둘둘 감은 채 누워 휴대폰으로 SNS를 뒤적이다가, 홀렁해져 있는 배를 쓰다듬어보다가, 티브이 리모컨을 들고 채널마다 뭘 내보내고 있는지 확인했다. 그러다 보니 정말 이대로 천금 같은 시간이 무의미하게 흘러가버리는 것 같아 조급해졌다. 그런데도 뭘 해야겠다는 의지는 잘 일지 않았다. 상진은 다시 휴대폰을 들고 1년 가까이 아무 글도 올리지 않은 SNS에 들어가서 사람들의 동정을 염탐했고, 이제는 그냥 출출한 정도가 아니어서 뭘 먹어야겠는데 라면 말곤 떠오르는 게 없었고, 케이블 채널의 모든 편성을 외울 지경에 이르렀다. 그럼에도 그는 또다시 SNS를 열어, 심심하고 배고프고 만사가 귀찮지만 남들은 누리지 못하는 자기만의 특별한 휴일에 대해 뭐라고 끼적여볼까 궁리해보다가 SNS를 도배하고 있는 사소하고도 유치한 감상과 허세를 하나 더 보태는 것 같아 관뒀고, 라면에 계란을 넣으면 몸에게 조금은 덜 미안해지는 것 같았으며, 케이블 요금을 더 내더라도 채널을 확장하는 건 어떨까 하고 진지하게 고민했는데 언젠가 이런 고민을 해본 적이 있다는 게 생각났다.

갑자기 싱크대 쪽에서 둔하고 연속적인 소음이 시작되더니 곧이어 생선 굽는 냄새가 건너왔다. 괜찮은 집을 찾아다닐 때 수많은 것을 체크하다가 이 집에 이르러서야 만족했는데, 옆집에서 음식 냄새가 건너올 줄은 미처 생각지 못했다. 옆집 501호에는 하루 종일 집에 있는 남자와 그의 아내가 살고 있었다. 아마도 늦은 아침과 이른 저녁으로 하루 두 끼씩만 꼬박꼬박 챙기는 것 같았다. 옆집에서 자기네 음식 냄새를 맡고 있는 걸 알고 있을까 싶어 상진도 뭔가를 굽거나 끓일 때마다 후드를 틀어봤는데 전혀 신경 쓰지 않는 눈치였다. 지금 이 순간 누가 찾아온다면 생선을 구워 먹었느냐고 물을 것 같았다. 냄새가 심하냐고 되묻는다면 그 사람은 상진이 생선을 구웠음에 틀림없다고 믿고 말 것이며 남자가 혼자 살면서 생선을 굽는 건 매우 드문 일이라고도 할 것 같았다. 상진은 매우 드문 일을 해내는 남자로 오인되는 순간을 생각했고 그걸 방치하는 자신을 연달아 떠올렸다. 그래 보고 싶었고 그렇게 한들 그게 꼭 자신의 잘못만은 아닐 것도 같았다. 질문에 되물음으로 대답하는 게 어째서 흔히 수긍이나 긍정으로 이해되는 건지에 대해서도 궁금해졌다. 그러나 그런 어렵고 복잡한 문제는 결론까지 도달해본 적이 없어서 곧 잊었다.

아무것도 한 게 없고 아무것도 할 게 없는 상태로 어느새 정오를 맞이했다. 한껏 낮아진 남중고도를 지나는 해가 식은 볕을 마룻바닥에 길게 드리우고 있었다. 힘없이 바닥에 늘어진 볕을 보고 있으니 슬슬 우울이 고개를 들었다. 지금껏 취미 하나 갖지 못한 자신이 한심했다. 상진에게 등산은 지극히 무의

미한 노동이었고 그건 다른 운동들도 마찬가지였다. 어학 공부는 지금 처지에서는 도무지 쓸 데가 없어 의욕이 생기지 않았으며, 사람들과 섞여보려 와인 동호회 같은 델 기웃댄 적도 있지만 와인이 아니라 그 무엇이었더라도 낯선 사람들이 모여서 서둘러 가까워지려 애쓰는 분위기는 전혀 취향에 맞지 않았다. 대학 동기인 정호 말고는 누구에게든 전화를 걸어 밥을 먹자거나 영화를 보자고 해본 게 언젠지 기억나지 않았다. 정호는 최근에 연애를 시작했다. "어쩌다가?" 상진은 영화나 한 편 때리자고 전화했더니 망설이며 자기 근황을 전하던 정호에게 그렇게 물었다. 몇 살인지, 얼마나 예쁜지, 뭐 하는 사람인지, 어디서 어떻게 만났는지, 듣고 싶은 게 많았는데 고작 "어쩌다가?"밖에 안 나왔다. 그래도 자랑하고 싶은 마음이 있을 터라 얘길 해주겠거니 했는데 정호도 "어쩌다 보니……" 하고 말을 아꼈다. 그 대답조차 머뭇거리는 꼴이 혼자인 친구에게 미안해서 그러는 것 같아 상진이 더 미안했다. 상진은 그러지 않아도 된다고 말하고 싶었지만 어떻게 표현해야 좋을지 생각나지 않았고 더 물을 수도 없어서 언제 셋이 한번 보자고만 했다. 평소의 정호라면 말이 나온 김에 약속을 잡자고 했을 텐데 그날은 그냥 그러자고만 하고 말았다. 정호가 눈치를 보고 있다는 심증이 굳어지면서 어쭙잖게 누굴 동정하는 거냐고 쏘아버리고 싶었지만 그래선 안 될 것 같아 참았다. 그 뒤로 상진은 정호에게 먼저 전화하기가 어려워졌는데 마치 알고 있다는 듯 이따금 정호가 먼저 메시지를 보내거나 전화를 걸어 살아 있느냐며 눙치듯 안부를 물었다.

마루에 드리워진 볕이 그새 각도를 크게 틀어놓고 있었다. 상진은 볕이 가진 360도 중에 자신이 볼 수 있는 것은 지극히 일부라는 생각이 들었다.

남들은 점심을 먹고도 남은 시간에서야 상진은 몸을 일으켰다. 씻기라도 하면 뭔가 의욕이 생기지 않을까 싶어 보일러 리모콘에 온수를 올리고 욕실로 들어갔다. 이를 닦고 있자니 출근 준비를 하던 평소의 모드가 된 기분이 들었다. 그렇다면 사무실에 나가볼까? 하고 생각했는데 휴일이지만 정 할 일이 없으면 밀린 업무라도 처리해두면 좋을 것 같아서였다. 시안을 내야 하는 머그컵 도안이 있었고 기껏 내놓은 디자인을 클라이언트가 다 퇴짜 놓은 에코 백도 있었다. 그런 걸 생각하다 상진은 욕실 거울에 비친 자신의 모습을 보곤 기침을 터뜨렸다. 거품을 물고 있는 거울 속 남자는 상진이 그토록 멸시해대던 일 중독자 선배들과 너무나 닮은 것 같았다. 헝클어진 머리와 퀭한 눈과 윤기 없이 어두운 낯빛이 자꾸 어떤 사람들을 연상시켰다. 상진은 서둘러 씻고 면도를 하고 머리를 잘 말려서 말끔한 상태가 되었다. 다시 거울을 보니 이제야 살아 있는 사람처럼 보여 마음이 놓였다.

다시 소파에 앉아 이제부터 무얼 할까 고민했다. 먼저 끼니를 때우기로 하고 혼자 갈 만한 식당을 검색하기 위해 휴대폰을 드는데 정호에게서 메시지가 들어왔다.

─점심했냐?

─나 회사 아니야, 오늘 창립기념일.

─팔자 좋다.

─팔자는…… 무슨 일인데?

─아, 잠시만, 팀장 호출;;

상진은 정호가 휴대폰을 내려놓고 팀장에게 다급히 달려가는 장면을 떠올렸다. 메시지 끝에 찍힌 세미콜론 두 개가 진땀을 흘리는 얼굴을 떠올리라고 명령하는 듯했다. 보고서가 잘못됐다거나 번거로운 일을 떠맡는 상황일 거라고 짐작할 수 있었다. 모르긴 해도 정호는 상진과 메시지를 하던 중인 걸 잊고 일을 먼저 처리할 것 같았다. 월급쟁이는 어쩔 수 없기 때문이었다. 그래도 상진은 정호가 다시 말을 걸 때까지 기다려보기로 했다. 식당을 찾아 나서려던 참이었지만 팔자 어쩌고하며 뜸을 들이는 꼴이 길거리에서 주고받을 얘기는 아닌 분위기였다. 그때 어디선가 전화가 들어왔다. 모르는 번호였고 서울 지역 번호로 시작됐다.

"안녕하세요. 고상진 고객님 맞으신가요"

맑고 경쾌한 여자의 목소리에 자신의 이름이 실려 들리니 상진은 귀가 즐거웠다. 영업 전화인 줄 빤히 짐작하면서도 대답을 해봤다.

"네, 그런데요."

"네에, 전화받아주셔서 고맙습니다, 고객님. 지난 12월 11일 수요일에 우리 고상진 고객님께서 영화마니아 쿠폰 사이트 이용하시면서 동의해주신 개인 정보 제공 통해서 전화드렸고요, 이번에 특별 기획으로 저렴하게, 부담 없는 가격으로 든든한 보장을 준비해드리는 전문 암 보험이 하나 마련돼서 안내를 하고 있어요. 고객님, 근데 이거는 암 보험 없으실까 봐 연락드린 게 아니구요, 암 보험이란 게 뭐 요즘 워낙에 국민 보험인데다가 발병률 자체가 굉장히 높아지고 있다 보니까 우리 고객님 연령대에 기존의 암 보험, 못해도 두세 개쯤 다 가지고 계시거든요."

영화마니아? 상진은 기억해냈다. 할인 쿠폰 하나 얻으려다가 개인 정보를 뿌리고 다녔다는 점에서 약간은 창피해졌다. 그런 생각을 하는 동안에도 여자는 계속 떠들었다. 바로 본론으로 치고 들어가버려 끊을 타이밍을 잡을 수가 없었다. 시간도 많은 데다 여자의 목소리도 좋고 발음도 좋으니 조금 더 들어본다고 해서 나쁠 건 없을 것 같았다.

"어디에, 어떤 보험, 몇 개를 준비해놨다고 하셔두요, 여기서도 저기서도 다 백 프로 백 프로, 중복해서 보장을 받으시는 거기 때문에 요렇게 안내받으셨던 고객님들 추가로 많이 신청해가셨던 내용이신데요, 이제, 보통, 예전에 준비되셨던 암 보험들 가장 큰 문제가요, 뭐 발병률 급증하고 있는 신종 암, 희귀 암들 요런 거 보장받기 어려우셨어요. 또 특히나 암 크기 꼭 따진다던가, (든가라고 해야 하지 않나?) 1기 2기 3기 기수 따지고, 뭐 입원을 해야 되고 수술을 해야 되고 요런 식으로 숨어 있는 단서 조항들이 굉장히 많다 보니까는요, 뭐 내가 암 보장 여러 개 준비해서 괜찮다 했는데 막상 딱 진단됐을 때 이런저런 단서 조건 때문에 보장 못 받고 낭패 보신 고객님들 정말 많으셨거든요. 근데 지금 저희 뉴월드에서 안내하는 요 상품이 좋으신 거가, 머리부터 발끝까지 빠지는 암이 하나도 없으세요. 현재 국립암센터에 등록돼 있는 6백 가지가 넘는 암들을 비롯해서요. (암이 6백 가지나 돼?) 발병률이 높아지고 있는 신종 암들, 희귀 암들, 거기에 아직 나오지도 않은, 이름도 없는 미제 암들까지 (미제? 아, 미제……) 빠짐없이 보장을 받으시는 거고, 특히나 좋으신 거는, 1기 2기 3기 이런 기수를 따진다던가 암 크기를 따진다던가 (든가라고!) 요런 단서 조건이 없어요 고객님. 그래서 좁쌀만 하고 깨알만 한 암이라고 해두요, 의사 선생님이 암입니다. 딱 진단만 내리시면 그 진단서 한 장만으로, 치료도 시작하시기 전에 백혈병 뇌암 골수암 같은 요런 고액 암, 진단 즉시 저희가 8천만 원, 고객님 통장으로 먼저 입금을 해서 보장을 해드리는 거구요, (오호, 8천?) 흔하게 많이 들어보신 암들, 뭐 위암이라던가 간암 폐암 대장암 직장암 췌장암 특히나 요즘 남성분들 쪽으로 급증하고 있다,라고 하는 고환암 방광암까지 남성 생식기 관련 암들이 포함된, 현재 암 센터에 등록된 6백 가지가 넘는 일반 암들에 대해서 진단 즉시 저희가 4천만 원 (뭐야, 아깐 8천이라더니?) 요렇게 크게 보장해드리고 있는데, 저희가 요렇게 진단 자금만 보장해드리고 끝나는 게 아니고요, 절대 그런 일이 없어야 하겠지만 혹여나 암으로 사망하시게 되면 남겨진 가족분들 쪽으로 천만 원이라는 금액을 다시 한번 준비를 해드리는데요, 우리 고객님 연령대에 요 모든 보장을 다 챙겨가시는 데 부담스럽지 않은, 한 달에 요렇게 1, 2만 원 대에 금액으로 준비가 되시는 거기 때문에 안내받으신 고객님들께서 금액 대비 만족도 굉장히 높으셔서요, 가족 단위로도 많이 챙겨가셨던 내용이신데요. 고상진 님 사이트 이용하시면서 1987년 4월 14일생, 요렇게 기재를 해주셨더라고요. 맞으신가요?"

"네."

상진은 듣고만 있으려다 갑자기 질문을 받는 바람에 당황했다. 여자는 숨도 쉬지 않고 말을 이어갔다.

"네, 보험 연령으로 딱 35세 나오세요 고객님, 35세 나오시고, 한 달에 요렇게 진단 자금 8천만 원까지 준비를 하시는데, 정확한 보험료가 23,570원으로 준비가 되세요. 굉장히 저렴하시잖아요 고객님. (저렴한 건가?) 저희가 요렇게 저렴한 금액으로, 보장을 크게 넣어서 안내를 하다 보니까 들으신 고객님들 제일 먼저 물어보시는 게, 아, 이거 그러면 실비나 이런 거처럼 1년마다, 3년 있다 금방 또 보험료 올라가는 거 아닌가요? 굉장히들 많이 물어보세요. (그래? 난 생각도 못 했는데…… 다음엔 물어봐야겠다.) 근데, 지금 저희 뉴월드에서 안내하는 요 상품은요, 뭐 1년마다 3년마다 요렇게 빠르게 갱신되시는 게 아니에요 고객님. 요즘에 우체국, 나라에서 운영하고 있는 우체국도 10년에서 5년 갱신 기간 줄었고요, 뭐 실비나 그런 거 같은 경우도 1년마다 3년마다 요렇게 갱신돼서 올라가잖아요 고객님. (아, 모른다니까? 왜 자꾸 내가 다 아는 것처럼 말하는 거야?) 지금 저희 회사에서 안내하는 요 상품은 생명사 중에 가장 긴, 업계 최장이세요. 무려 15년 동안 변동이 없는 요 금액으로 우리 고객님 진단 자금 최고 8천만 원까지 준비가 가능하신 거고, (아까 4천만 원은 뭔데?) 우리 고객님 원하시면 저희가 15년마다 자동 갱신 통해서 최장 백 세까지 보장을 쭉 이어가실 수 있으신 거기 때문에, 요렇게 안내받으셨던 고객님들 굉장히 만족해하셨던 내용이신데요, (대체 누가?) 특히나 암 보험 같은 경우는 우리 고객님께서 잘 아시겠지만 내가 오늘 필요해서 준비를 한다고 해서 뭐 바로 보장이 시작되거나 하진 않잖아요 고객님, 암이란 게 잠복기도 있고 하다 보니까 어떤 회사든 90일 면책 기간 다 가지고 있구요, 91일째부터 보장받으시면서 진단 자금 50퍼센트 준비가되는 거는 모든 보험사가 다 동일하시거든요, 그럼 중요한 거는, 요 8천만 원, 4천만 원, 요거 내가 백 퍼센트 다 받을 때가 언제냐, 요런 것들 꼼꼼하게 따져보시고 준비를 하셔야 되는 건데, 대부분의 회사들, 준비하신 날로부터 2년 지나야 백 퍼센트 진단 자금 나갔어요 고객님, 근데 저희 회사에서 안내하는 요 상품은, 고 기간마저도 반으로 딱 잘라드려서 1년만 지나셔도 백 퍼센트 진단 자금 수령을 하시는 거기 때문에, 특히나 요런 삼십대 남성 고객님들 굉장히 만족해하셨는데요, 우리 고객님께서도 뭐 시중 다니시면서 뉴월드뱅크, 뉴월드카드 같은 경우는 원체 많이 봐서 잘 아실 거예요 그죠 고객님."

"네⋯⋯"

마케터가 질문을 시작하는 건 끊을 때가 되었다는 신호였다. 그러나 지금 상진은 이 전화 덕분에 하루를 허비하고 있다는 기분을 조금은 덜고 있었다. 상진은 궁금했다. 여자는 오늘 운이 좋은 건가 나쁜 건가.

"네, 저희 뉴월드뱅크랑 뉴월드카드 다 같이 뉴월드금융그룹, 뉴월드라이프예요 고객님, 뉴월드라이프에서 이렇게 이벤트 참여해주신 고객님들께 상품 엄선해서 안내를 하고 있는데요, 어, 사실 보험이라는 건, 내가 어떤 보장을 어떻게 받느냐, 요것도 중요한 거긴 하지만 고객님이 막상 회사에 청구했을 때 얼마나 회사에서 돈을 잘 지급을 해주느냐, 요게 더 중요한 거잖아요 고객님. 매해 모든 보험사가 요런 지급 실적에 대해서 평가를 받고 있는데요, 저희 뉴월드라이프는 11년 연속, 타사에서는 1년도, 한 번도 받기 힘든 11년 연속 트리플 A등급, 1등을 하고 있는 회사이다 보니까, 요 뉴월드 브랜드를 믿고 또 많이 선택을 해가셨는데, 요게 저희가 암 보험이다 보니까는요 고객님, 요렇게 전화 연결되셔서 내용을 확인하셨다고 해서 그냥 뭐 무조건 다 하세요, 요럴 수는 없구요 고객님, 건강 조건 우리 고객님 쪽으로 몇 가지 확인을 해서 통과되시는 분들에 한해서만 요렇게 준비가 가능하신 건데, 요즘엔 사실 전화드리다 보면 정말 여쭤보기 무서울 정도더라고요. 우리 고객님들께서 뭐 암에 대한 경각심은 굉장히 높으셔서 들어보시고 아, 싸다, 저렴하다, 빨리 해주세요, 하시는데, 저희가 건강 조건 요렇게 여쭙다 보면 요기, 건강 조건에서 안 되시는 분들이 열 분 중에 다섯 여섯 분은 되시더라고요 고객님. 요즘에 왜 나라나 직장에서도 건강검진 의무적으로 많이 하잖아요 고객님. 그러다 보니까 남성분들 같은 경우 대장이나 위쪽으로 내시경하시다 용종 나왔다, 요러신 분들도 많으시고……그런데 우리 고객님 실례지만 뭐 현재 약 드시거나 치료 중인거 없이 건강관리는 잘하시고 계시지요 고객님."

"네, 특별히 약 먹는 거는 없어요."

상진은 저도 모르게 발끈했다. 나이 서른다섯에 벌써 약을 먹어야 할 정도로 막 살진 않았다는 걸 자랑하고 싶었다. 대답해놓고 보니 쓸데없었다.

"아, 특별히 약 드시는 거 없으시다는 거죠 고객님. 네, 고렇다 그러시면 요렇게 준비가 가능하실 거 같은데요. 지금 요거 귀로만 들으신 내용이시잖아요 고객님."

"네."

"그래서 사실 눈으로 꼼꼼하게 살펴보셔야 하는 건데, 요
건 저희가 통신 전용 다이렉트 상품으로 나온 거기 때문에 서
류가 먼저 나가거나 하지는 않아요 고객님. 대신에 제가 우리
고상진 님께 전화드리는, 따르릉 하는 그 순간부터 요 통화 내
용 다 정확하게 녹음으로 남겨서 우리 고객님 법적인 보호받
으실 수 있게, 저희가 녹음 남겨서 요렇게 보장 올려드리는 거
고요, 녹음 그냥 없어지는 거 아니구요, 저희 뉴월드라이프 홈
페이지에 나중에 승낙 이후에 고객님 원하시면은요, 홈페이
지 접속하셔서 본인 확인만 하시면 요 통화 내용 백 번이고 천
번이고 직접 다시 재확인도 가능하시기 때문에 오히려 꼼꼼하
신 분들 굉장히 좋아하셨던 내용이시고, 그리고 다시 한번 눈
으로 꼼꼼하게 요렇게 살펴보셔야 하기 때문에 저희가 요거는
우리 고객님 건강 조건 여쭙고 건강 조건 통과되시는 분들에
한해서, 통과되실 것 같은 분들에 한해서 가입 신청 먼저 넣어
드려요 고객님. (어쨌든 통과될 자신은 있다.) 그래서, 어, 저희
신청 들어가심과 동시에 면책 기간 오늘부터 바로 카운트 시
작이 되시는 거고, 어, 그와 동시에 저희 뉴월드라이프 본사에
서 요 내용 고대로 청약서, 가입설계서, 상품 보장 내용을 책
자로 제작하고요, 약관 같은 거는 3백 페이지, 3백 페이지 넘
어가다 보니까 원하시는 부분 찾아보시기 굉장히 어려웠거든
요, 찾아보시기 좋게 저희가 시디로 준비해서 고객님 원하시

는 주소지로 영업일 4일 안에 우체국 택배 이용해서 발송을 해드리고 있고, 고 서류 받으실 때쯤 제가 다시 한번 연락을 드릴 거예요. 잘 받아보셨는지, 뭐 다른 궁금하신 사항 없으신지 확인하는 2차 안내 다시 한번 진행을 해드릴 거고, 그리고 저는 오늘 하루만 우리 고객님께 전화드리고 끝나는 상담원이 아니고요, 제가 우리 고객님 일대일 담당 설계사거든요. 그렇기 때문에 신청 들어가심과 동시에 제 개인 연락처를 문자로 다 남겨드리고 있어요. (몇 살이냐고 물어볼까?) 뭐 서류 받기 전이라도 궁금하신 거 나중에 혹여라도 뭐 추가로 더 필요하신 거, 뭐 변경 사항 있다, 청구하실 사항 있다, 그럴 때는 번거롭게 콜 센터 연결 안 하시구요, 저한테 연락주시면 제가 다 직접 처리 도와드릴 거기 때문에 걱정하실 것도 없으세요 고객님. 우리 고객님 혹시 뭐 뉴월드뱅크나 뉴월드카드 뭐 거래하는 거 있으세요?"

"아, 아니요. 뉴월드는 없어요."

"아, 뉴월드는 거래 안 하세요 고객님? 제가 왜 여쭤봤냐면 저희가 뉴월드금융그룹이잖아요, 선생님. (선생님?) 그래서 뉴월드카드 이용하시는 분들 같은 경우 이제, 카드를 연결해주시면은, 포인트 적립이 같이 들어가서 여쭤봤는데, 뉴월드 뭐 굳이 이용 안 하신다 해도 자동이체 이용하시게 될 경우 오늘 1일 보험료 출금되심과 동시에 요렇게 신청 들어가시는 거구요. 이용하시는 뭐 다른 신용카드 연결해서 준비하실 경우 오늘 출금되시는 게 아니라 오늘 띵동, 하는 승인만으로 요렇게 보장 신청 들어가면서 면책 기간 바로 시작이 되시는 거고, 그리고 우리 선생님께서도 서류 다 받아보시고 그러고 눈으로 꼼꼼하게 확인하시고, 내가 들은 거랑 똑같다, 이상 없다, 오케이하고, 저희 회사에서도 이제 선생님 건강 조건 확인을 하잖아요, 그래서 이상이 없다 오케이, 양쪽 다 오케이 나오면, 요 보험 유지가 되시는 거구요, 그러고, 그때 보험 증권 다시 한번 발송을 해드리면서 첫 회 보험료는 다음 달 선생님 카드 결제일에 같이 묻혀서 나가시는 거예요 선생님. 이해되시죠?"

"네."

상진은 여자가 그를 고객님이라 하다 선생님으로 바꿔 부르고 있다는 걸 아는지 물어보고 싶었다. 멘트가 일관성을 잃으니 오히려 긴장이 살아나며 제정신으로 돌아왔다.

"음, 요거 선생님 제가, 특별히 약 드시는 거 없고 건강 조건 괜찮다고 하셨어요 선생님, 그래서 건강 조건 몇 가지 딱 요렇게 여쭤보고요, 오늘부터 면책 기간 바로 시작하시면서 신청 서류 받아보실 수 있게 신청 넣어드릴게요."

"전화주신 건 고마운데, 전화 한 통으로 이런 걸 결정하기엔 좀⋯⋯"

겨우 잘랐다. 그러나 여자는 상대가 시나리오를 다 듣고 나서 말을 잘라버릴 경우도 대비돼 있는 것 같았다.

"네, 맞아요 선생님. 뭐 기다리다가 전화를 받으신 것도 아니고, 그죠 선생님. 근데 선생님, 요거 이번 년도 지나가기 전에, 요렇게 준비하실 수 있을 때 하는 게 좋은 게 선생님, 또 이제, 올해도 이제 며칠 안 남았어요. 이제 한 달도 안 남았잖아요. 올해 지나면 우리 선생님 연령이 또 한 살 올라가잖아요 선생님. (짜증 나게 나이 얘길……) 어, 그러고 매해 이제 보험 회사들도 상품 바뀌고 보험료 예정이율 인하되고 하다 보면 보험료 올라갈 수밖에 없는 거거든요 선생님. 그렇기 때문에 저희가 뭐, 요거 정말 뭐, 실비나 기타 다른 보험들처럼 어렵고 복잡한 내용이다, 그러면 전화드렸을 때 하실 분들 아무도 없으세요 선생님. 근데 그런 거 아니고 딱 진짜 암에 대해서 내가 암만 진단이 되면 그 진단 자금에 대해서 일시금으로 선생님, 딱 받아 가시는 내용이시기 때문에 복잡하고 어려운 내용 아니시거든요 선생님, 왜냐면은……"

"잘 알겠습니다. 이 내용 요약해서 문자 한 번 주시죠. 고민해보고 전화드리겠습니다."

"문자드리는 건 어려운 거 아닌데요, 우리 선생님 생활하시다 보면 바쁘시거나 해서……"

"글쎄, 지금 당장 제가 하겠다고 할 순 없는 거잖습니까. 고작 전화 한 통으로. 그냥 문자나 보내보세요."

상진은 대답을 기다리지 않고 전화를 끊었다. 사실 여자가 뭐라고 더 채근해댈지 두렵기도 했다. 통화 종료 버튼을 누르자 화면에서 '19:23'이 깜빡였다. 보험 가입을 생각해볼 것도 아니면서 20분 가까이 떠들게 만들어놓은 게 미안해졌다. 마지막에 다그치듯 따져댄 것도 후회됐다. 가입을 안 하면 그만이지 뭐 하러 가르치려 들기까지 했나 싶었다. 여자는 그가 애초부터 보험에는 관심이 없었다는 걸 알았을까? 그래서 화가 났을까? 변태 같은 놈으로 생각할까? 혹시 허탕인 줄 눈치채지 못하고 끝까지 읊은 자신을 비하하고 있는 건 아닐까? 상진의 머릿속에서 여러 생각이 꼬리를 물었다.

하루에도 저런 전화를 무수히 하는 사람일 테니 자책할 필요는 없다고 스스로를 다독이면서도 여자에 대한 상상이 그만 뒤지지가 않았다. 삭막하고 외로운 일상이 떠올랐다. 힘들이지 않아도 구체적으로 그려졌다. 그저 상진 자신의 자리에 여자를 대입하면 그만이었다. 그렇더라도 그가 여자에게 해줄 수 있는 건 없었다. 아무것도 해줄 수 없는데 미안하긴 한 이런 상황에 대해 생각해보다 여자와 로맨틱한 분위기가 만들어지는 데까지 이르렀다. 이를테면, 상진이 다시 전화를 걸어 방금의 무례를 진심으로 사과하고 보험 가입 절차를 구체적으로 상담하는 식이었다.

여자는 오늘만 해도 이미 갖가지 멸시와 모욕에 시달린 뒤라 사람의 온기에 대해서는 믿음을 저버렸다. 그러나 상진의 진심 어린 사과에 자그마한 위안을 얻고 그것을 그에 대한 호감으로 착각한다. 둘은 무언가에 이끌리듯 서로를 궁금해하기 시작하고 보험이 아닌 다른 것들, 그러니까 취미나 관심거리 같은 걸 나눈다, 여자는 상진이 영화마니아라는 쿠폰 사이트에 들렀던 것에 대해 묻는다, 마침 둘은 로맨틱 코미디 쪽 영화를 아주 좋아하는데 알고 보니 즐겨 찾는 상영관이 같다, 그래서 얘기하다 보니 한동네에 살고 있다, 천변을 따라 도심 근처의 멀티 상영관까지 산책하는 걸 즐기는 취미도 같고 상영관에 닿으면 거기서 끌리는 대로 하나 관람하고 올 때도 있다, 둘은 천변에서 스쳤거나 같은 영화를 같은 시간에 같은 곳에서 봤을 수도 있다는 가능성에 대해 말하고 호들갑스러워진다, 마침 최근에 개봉한 기대작이 있는데 둘 다 아직 보지 못했고……

정호에게서 전화가 왔을 때 상진은 곧 태어날 아이의 이름을 두고 여자와 아옹다옹하던 중이었다. 신나는 상상이 방해받은 것에 더해 괜스레 뭔가를 들킨 기분이 들어 상진은 퉁명스럽게 받았다.

"왜?"

"넌 쉬는 날이라면서 무슨 전화를 그렇게 오래 하냐? 여자 생겼어?"

"뭘 물어. 그냥 그런가 보다 하지."

"뭐야, 진짜 연애해?"

상진은 무심코 던진 대구에 정호의 반응이 격해서 놀랐다. 그대로 두면 어떻게 될까 궁금해 어쩐지 수습하고 싶지가 않

266

왔다.

"왜? 나는 하면 안 되냐?"

"대박! 소개팅해보라고 전화한 건데, 진짜? 타이밍 참……"

정호가 자기 여자친구에게 상진의 얘길 했더니 만나보면 괜찮을 것 같은 사람이 있다고 하더라는 소리였다. 상진은 저도 모르게 어금니를 지그시 물었다. 정호의 여자친구에 따르면 그 여자는 어떤 남자라도 좋아할 만큼 매력이 넘치는데도 자기 일을 하느라 아직까지 연애를 안 하고 있다고 했다. 상진은 어금니를 너무 꽉 물어서 신음이 나오려는 걸 겨우 참았다.

"무슨 전시 기획 같은 걸 한대. 우리 같은 공돌이가 또 그런 사람을 어디서 만나보겠냐? 얘길 들어보니까 내가 다 궁금해지더라고. 그래서 넷이 한번 보자고 했지. 무슨 일이 있어도 너 나오게 만들 테니 그쪽에도 잘 얘기해두라고 신신당부해놨다니까. 근데…… 니가 연애를 한단 말이야? 양다리는 안 되지, 암 안 되고말고. 나중에라도 알면 난 죽어."

이런 융통성 없는 새끼. 상진은 속으로 욕하면서도 사실대로 말할 타이밍을 잡지 못했다.

"별짓을 다 한다. 니가 궁금한 사람을 내가 왜 만나냐? 안 그래도 요새 바빠 죽겠다. 그래도 제수씨한테 생각해줘서 고맙다고 전해라. 얼굴도 못 본 제수씨지만 말이야. 대체 언제 인사 시켜줄 거야?"

"말 나온 김에 보면 되겠네. 이 소개팅 엎어진 거 니 책임이니까 니가 사는 걸로 하고 넷이 한번 보자 야."

상진은 정호가 넷이 보자고 하는 말을 남의 이야기처럼 듣다가 화들짝 놀랐다.

"나보다 더 바쁘다. 진상 클라이언트한테 걸려서 죽을 맛이래. 컨펌을 할 듯 말 듯하면서 사람을 아주 가지고 노는 모양이더라고. 정리 좀 된 담에 시간 맞춰 보자."

둘러댄다고 한 말이 괜히 구체적인 실마리처럼 들려서 말을 내뱉는 순간 눈을 질끈 감았다. 아니나 다를까, 정호는 호기심을 숨기지 않았다.

"진상 클라이언트? 뭐 하는 사람인데?"

"자세한 얘긴 담에. 피곤하다."

"남들 일하는 날에 노는 놈이 피곤은 무슨. 근데, 내가 저번에 잘못 들었나? 저번에도 평일인데 쉬고 있다고 하지 않았어?"

"연차 낸 날이었겠지."

"그런가? 하긴, 워낙 골골대니까…… 잘 다니고 있는 거지? 새로 들어간 만큼 잘해라. 이 형님이 너만 생각하면 그저 노심초사다."

"끊자."

"너 퇴직금도 모자라 대출까지 전세에 밀어 넣을 때 내가 얼마나 황당했는지 아냐?"

"끊는다."

상진은 전화를 끊고 나서 잠시 눈을 감고 집 안에 고여 있는 적막에 귀를 기울였다. 정호와는 올해로 15년 지기다. 각자의 군 복무 기간을 빼더라도 10년 훨씬 넘게 서로의 근방에서 크게 벗어나지 않고 살아왔다. 비슷한 시기에 직장을 잡았고 벌이도 고만고만했다. 그럭저럭 자기 앞가림은 하게 되니 이제는 어른이 되어야 할 것 같았다. 정호는 연애를 하고자 애썼고 상진은 넓은 집을 마련하는 데 집중했다. 둘은 두 가지를 동시에 할 수 있는 사람은 드물다는 것과 둘 다 그런 부류에 들지 못한다는 사실을 인정했고 각자의 선택을 존중해주었다. 상진은 생각을 멈추고 손바닥으로 얼굴을 두어 번 쓸어내렸다. 고작 보험 영업 전화를 받고 있었다는 걸 나중에 정호가 알면 어처구니가 없다고 하겠지만 이해해줄 거라 믿었다. 그건 일종의 농담이었으니 속은 사람이 바보라고 우기기로 했다. "그걸 믿었어?" 하고 다섯 번 정도 다른 톤으로 말해봤다. "그걸 믿었단 말이야?" "그걸 믿어?" "그걸 믿었냐?" "너도 참, 그걸 믿다니……" 어느 것도 자연스럽게 들리지 않아서 시간을 두고 연습해야 할 것 같았다. 연기 학원에 등록하면 어떨지 잠깐 고민해봤다. 뜻밖에 숨은 소질을 발견하게 되고, 좋은 작품에 엑스트라로 출연했다가 신스틸러 같은 걸로 세간에 알려지고, 그러다 비중 있는 역할도 맡게 되고…… 상진은 다시금 망상이 시작되는 걸 알아챘고 더 번지지 않도록 제어했다. 어떤 망상은 지독히도 달콤하고 끈질겨서 며칠을 갈 때도 있었다. 그는 그럴 때마다 다른 생각이 필요했다. 그러나 당장은 다른 생각이 없어서 생각을 찾는 데 신경을 모아야만 했다. 그게 뜻대로 되지 않을 때는 생각나는 걸 그대로 옮겨 적었다. 노트북을 켜고 떠올랐던 것과 떠오르는 것을 두서없이 나열하다 보면 생각을 그대로 표현해내는 문장이 만들어지지 못하면서 생각도 잦아들었다. 그런 방식은 얕은 좌절감을 주기도 했지만 머릿속이 복잡할 때 적절한 탈출 방법이 되어주기도 했다. 그때 창밖 거리에서 고물을 수집하는 확성기 소리가 들렸다.

"고장 난 티브이, 냉장고, 세탁기 삽니다. 오디오 삽니다. 컴퓨터 삽니다. 010, 8282, 4545. 전화주시면 언제든 수거해드립니다. 고장 난 티브이, 냉장고, 세탁기 삽니다. 오디오, 컴퓨터, 노트북 삽니다."

리드미컬한 어조는 어릴 때부터 듣던 엿장수나 청과상의 그것과 같았다. 기계음과 사람 목소리의 중간쯤인 듯한 음색도 옛 정취를 환기시켰다. 지금은 팔 것이 없지만 나중에라도 처치가 곤란한 물건이 나올 수 있었다. 휴대폰을 들어 방금 확성기에서 나온 번호를 저장해놓기로 했다. 번호의 이름은 '중고가전'이라고 해두면 될 것 같았다. 010, 8282, 전화번호를 입력하는 도중에 액정에서 번호가 모두 자동 완성되면서 '중고가전'이라는 이름이 떴다. 상진은 자신의 휴대폰이 분명한데도 아닌 듯해서 한참이나 화면을 노려봤다.

도무지 저장한 기억이 나지 않았다. 귀신 같은 것에 씌어서 본인도 모르게 저장했거나, 해킹이라도 당해서 번호가 침투했거나 둘 중 하나라고밖에 생각되지 않았다. 누가 해킹을 했더라도 중고 가전상의 전화번호 따위를 저장할 리는 없으니 본인이 저장한 게 맞았다. 상진은 그때의 자신을 기억하지 못하고 있었고 그때의 자신을 상상으로 불러들이려니 웬 낯선 남자가 떠올랐다. 낯선 그 남자를 지금의 자기와 같은 사람이라고 할 수 있을지 헷갈렸다. 거기까지 생각이 미치자 상진은 자신을 타인으로 경험하는 지금이 어쩌면 생에 단 한 번 올까 말까 한 아주 특별한 순간일지도 모른다는 생각이 들었다. 무언가…… 여태 모르고 살던 것을 알게 될 것 같은 기분이었다. 상진은 설명하기 어려운 수준의 흥분과 함께 이 어렵고 복잡한, 그러니까 결론까지 도달해본 적 없는 종류의 문제에 대해 더 곱씹어보기로 했다. 정확한 근거는 댈 수 없지만 중고 가전상의 번호를 저장할 당시와 그걸 난생처음 발견한 지금은 완벽히 다른 순간이라고 말하고 싶었다. 그러므로 지금의 '나'는 과거의 '나'와 타인이 될 수 있을 것도 같았다. 쌍방이 전혀 다른 존재라는 상태가 성립할 수 있다면 도대체 삶의 어떤 부분이 이로운가. 그것이 해결되지 않으면 상진으로서는 이 문제를 굳이 끝까지 검토할 필요가 없었다. 상진은 문득 사장이 생각났다. 23세 나이로 회사를 창립한 청년과 일흔을 바라보는 지금의 사장도 전혀 별개의 인물이어야 했다. 그렇다면 장광설이 없을 테고 회식 자리가 덜 지루할 수 있었다. 상진은 좋은 디자인 아이디어가 떠올랐을 때처럼 들떴다.

2층에서 사거리를 내려다볼 수 있는 스타벅스가 집 근처에 있었다. 왕복 4차선이 교차하고 근처에 지하철역이 있는 이 사거리에는 늘 볼거리가 많았다. 아이디어를 얻기 위해 찾아와서는 노트에 스케치를 할 때도 있었지만 사실은 그저 넋 놓고 있을 때가 더 많았다. 그러다 보니 눈에 담기는 것들을 그냥 잊고 마는 게 아까웠다. 눈은 풍경에 두고 그것을 기록할 수 있는 방법으로 늘 망상을 제어하기 위해 써먹던 방식을 응용해볼 수 있겠다고 생각해낸 뒤로 카페에 올 때면 상진은 노트북을 챙겼다. 아직 절반도 마시지 않은 커피에 입을 대는데 이미 싸늘했다. 벌써 몇 시간은 앉아 있었으나 상진은 차갑게 식은 커피에 놀라고서야 깨달았다.

커피가 식는 동안 거리의 풍경은 많이 달라져 있었다. 카페에 왔을 때만 해도 거리에는 혼자인 행인만 보이면 붙들고선 무언가 말을 걸던 두 사람이 보였는데 이제는 어디론가 사라지고 없었다. 둘 다 근현대사 사진에서 걸어 나온 듯한 복색이었다. 낡은 누비옷이나 색 바랜 고동색 코듀로이 바지는 보온 외에는 기능하지 않는 듯했다. 그들이 말을 걸자마자 행인들은 심한 모욕이라도 당한 것처럼 고개를 내젓거나 손사래를 치며 회피했다. 상진도 저들과 비슷한 사람들에게 심심찮게 붙들린 적이 있어 무슨 대화가 오갔는지 알 것 같았다. 주로 복이 많아 보인다며 말을 걸었다. 그러나 세상에서 제일 복이 없는 얼굴을 하고 혼자서 걷고 있는 사람만 고른다는 걸 알았다. 그래서 저들이 말을 걸면 역설적으로 내가 그렇게 복이 없게 보이나 싶어 기분이 나빴다.

지하철 출입구에 드는 사람보다 나는 사람이 많아졌다. 그러자 자세가 구부러져 있고 어릴 때 전쟁을 겪었을 것만 같은 여자가 전단지를 들고 나타났다. 여자도 누비옷을 입었고 털실로 짠 모자와 목도리를 하고 있었다. 여자는 한 장이라도 더 건네려고 애쓰는데 두꺼운 외투 속에 손을 찔러 넣은 사람들은 오로지 직진이었다. 상진은 행인들이 좀 야박해 보였다. 그런데 더 지켜보고 있으니 여자가 길을 방해하고 있는 것 같았다. 전단지를 받으라고 강요하듯 확 내밀고 흔들다가 행인의 몸에 전단지가 닿기 직전에 거둬들이는 식이었다. 매번 가까스로 접촉을 피하는 것이 시비라도 생길 것 같아 아슬아슬해 보였다.

그 외에도 상진은 카페에 앉아 많은 것을 보았다. 몸체와 색을 맞춰 루프 박스를 매단 빨간 경차는 아무리 봐도 레저용은 아닌 것 같아 신호 대기 내내 상진의 눈길을 빼앗았다. 매연을 왕창 뿜어내며 승강장을 떠나는 마을버스를 봤을 땐 눈살을 찌푸렸다. 너무 멀리 있어 무엇을 파는 건지 모르겠는 행상은 보는 내내 손님을 맞지 못했고 화장실에라도 갔는지 자리를 비워도 좌판의 물건들은 손을 탈 것 같지 않았다. 어느 백발의 남자는 어릴 때가 아니라 젊을 적에 전쟁을 겪었을 것 같은 분위기였는데 등에 일류 대학의 이름이 박힌 롱패딩을 입고 있었다. 손자를 자랑하고 싶은 할아비의 마음이 읽혔다. 신호에 걸린 광역 버스에서 갑자기 기사가 내리더니 중앙선과 버스 사이에 붙어 서서 얼른 담배를 한 대 피우고 돌아갔다. 그러고도 신호는 바뀌지 않았고 상진이 한참 더 버스를 지켜보았으나 누구도 기사를 나무라는 것 같지 않았다. 식료품으로 보이는 것들이 가득 담긴 봉지를 들고 가는 상진 또래의 남자를 보았을 때는 저 안에 생선이 있을지 궁금했다. 맑은 날씨의 볕이 모두에게 공평하게 뿌려지고 있었다. 그러나 볕이 사람들에게 도움되는 것 같지는 않았다.

상진은 내려다보이는 것들을 죄 노트북에 끼적여뒀다. 문장력은 개의치 않았다. 멋대로 맺거나 이어 붙여서 주어와 술어의 짝이 맞지 않았고 문장부호는 원래의 기능과는 상관없이 이모티콘처럼 내키는 대로 찍기도 했다. 그것은 일종의 낙서였다. 목탄이나 스프레이, 연필이나 볼펜이 아닌 것으로 남기는 낙서였다. 상진은 낙서를 시작한 지 얼마 되지 않아 낙서하는 재미를 알게 되었다. 그건 노트에 하는 스케치와는 달랐다. 워드프로세서 위에서 타이핑된 글자들이 백지를 한 줄씩 채워가는 것을 보고 있으면 중요하고 의미 있는 일을 하고 있는 듯한 착각이 드는 게 좋았다. 상진은 더 적을 게 없을까 생각하다가 버릇처럼 휴대폰을 뒤졌다. 그러나 이번에는 SNS가 아니었고 휴대폰의 저장소였다. 무심코 들어간 폴더에는 녹음 파일들이 담겨 있었다. 휴대폰은 통화 자동 녹음 기능을 설정해두고 있어서 최근 통화의 목록이 잔뜩 쏟아졌다. 그중 유난히 긴 시간을 보낸 통화가 눈에 띄었다. 보험을 권유하던 여자와의 통화였다. 문득 그걸 다 옮겨놓고 싶었다. 재미 삼아 시작해봤는데 처음엔 타이핑 속도가 말의 속도를 따르지 못해 힘들었다. 그러나 상진에게 시간은 많았다. 되감기와 재생을 반복해가며 풀어내보니 들으며 타이핑하는 게 서서히 익숙해져서 되감기를 하는 틈이 조금씩 벌어졌다. 여자는 다양한 말버릇이 있었고 많은 말을 하느라 침을 자주 삼킨다는 걸 알게 됐다. 정신없이 타이핑을 하고 있는 동안 카페 안이 약간 더워졌다. 둘러보니 어느새 가득 들어찬 사람들로 홀은 발 디딜 틈이 없었다. 상진은 승객을 가득 실은 버스 같다고 생각했고 그렇게 생각하자 카페가 통째로 흔들리기 시작했다. 규칙적인 진동을 전해주다가 이따금 빗물 웅덩이를 밟은 것처럼 휘청댔고 어디선가 가솔린 냄새도 나는 것 같았다.

버스 뒷좌석 구석에 앉아 어딘가로 가고 있는데 낯선 남녀가 상진에게 다가와 말을 걸었다. 후줄근한 입성에 얼굴이 유난히 뾰족하고 마른 체구였다. 여자는 전혀 알아볼 수 없었고 남자는 어딘가 정호를 닮은 듯했다. 그러나 단정할 수는 없었다. 그들은 지금 상진이 큰 병에 걸려 있으나 치료를 할 수 있을 거라고 했고 그러자면 자기들을 따라와야 한다고 했다. 어떤 병인지는 정확한 검진이 필요하므로 따라오면 알려주겠다고도 했다. 상진은 그들의 제안을 거부했다. 그러자 그들은 원래부터 같이 가기로 되어 있고 병원에도 다 말해놨는데 무슨 소리냐며 그를 윽박질렀다. 상진은 그럴 리가 없다며 뒷걸음쳤다. 그들은 상진을 노려보며 알아들을 수 없는 말로 호통을 쳐댔다. 상진은 그들에게서 멀어지기 위해 애썼지만 마치 콘크리트 죽에 빠진 듯 두 다리가 움직여주지 않았다. 그들이 질러대는 소리는 거의 잡음에 가까웠는데 정신이 없는 중에도 소개팅을 하지 않겠다면 밥값을 내놓으라는 말이 들렸다. 상진은 자신이 매우 건강하고 평화롭다는 걸 강조하며 소개팅은 내가 거절한 게 아니라고 항변했다. 그들은 갑자기 태도를 바꾸어 상진을 어떻게 할지 의논했고 단지 몇 걸음 떨어진 곳에 있으면서도 마치 상진이 보이지 않는다는 듯 버스 곳곳을 뒤졌다. 상진은 빤히 보이는 앞에서 그들에게 들키기 전에 도망치기 위해 온 힘을 다했다. 그러나 콘크리트 죽은 벌써 굳어가고 있었고 단 한 걸음도 떼기 힘들었다. 그러다 주위를 둘러봤는데 사방이 깜깜했다. 상진은 한참 만에야 자신이 잠에서 깬 것을 깨달았다.

알람은 아직 울리기 전이었다. 눈을 들어 시계가 걸린 자리를 더듬었다. 7시였고 빛의 조짐은 어디에도 없었다. 상진은 알람이 울리면 그때 씻으러 가기로 하고 우선은 이불을 뒤집어썼다. 그러다 오늘이 뭔가 평소와 다른 날이라는 느낌을 받았다. 그는 튕기듯 자리에서 일어나 휴대폰을 찾았다. 액정에는 '12월 12일 창립기념일 휴일'이라는 메모가 떠 있었다. 상진은 비로소 안도하며 다시 이불을 뒤집어썼다. 자신도 모르게 입가를 올려붙이고 있었다. 그리고 다시 잠을 청했다. 방금 꾼 꿈이 이어지진 않길 바라며 이불 밑의 온기에 몸을 맡겼다.

타이핑된 자아

강경석
(문학평론가)

1

  다음은 셰익스피어 희극 「좋으실 대로 *As You Like It* 」(1599)에 등장하는 대사다. 연극 무대나 텍스트를 온전히 접한 적이 없는 사람도 어디선가 한 번쯤은 들어봤음 직한 대목일 것이다.

> 온 세상은 무대이며,
> 모든 남자 여자는 배우에 불과하오.
> 저들 모두 퇴장과 등장이 있으니
> 한평생 한 사람이 여러 역을 맡는데,
> 막은 일곱 단계요.*

  남장(男裝)한 주인공 로절린드 Rosalind를 떠올리면 염세주의

자 제이퀴즈Jaques의 위와 같은 대사는 작품 특유의 젠더 수행성 차원에서 조명될 수 있고 실제로 영문학자들 사이에선 그런 논의와 평가가 자주 있어왔다. 그러나 조금 더 평범한 수준에서라면 그때그때 주어진 역할에 복무할 수밖에 없는 인간 존재의 운명과 그 앞에서의 무력감을 드러낸 대목이라 여길 수도 있을 것이다. 세상이라는 무대 위에서 한 개인이 어떤 모습의 자아를 구성해 타인들에게 보여줄 것인지 결정하는 일은 사회적 삶에 있어 언제나 관건이었다. 어빙 고프먼Erving Goffman은 이를 자아 연출presentation of self이라 개념화했거니와 지금부터 살펴볼 김덕희의 소설들 또한 자아 연출의 성패 문제에 깊은 관심을 보인다.

어제 일을 생각하다 말고 문득 이게 다 허구라면 어떻게 되는 건가 궁금해졌다. 자신이 누군가가 쓰고 있는 유치한 성장기 속의 주인공이라면, 그래서 그 누군가가 선배도 등장시키고 후배도 만나게 한 거라면 자신의 역할은 무엇일까 생각해봤다. 소설의 끝은 정해져 있기 마련이고 세계는 온갖 작위투성이인 셈이었다. (「추」, p. 65)

---

* 윌리엄 셰익스피어, 「좋으실 대로」, 『셰익스피어 전집』, 이상섭 옮김, 문학과지성사, 2016, p. 1274. 예의 "일곱 단계"란 출생부터 "두번째 유아기요, 완전한 망각"인 말년까지의 생애 주기를 가리킨다.

가령 술에 취한 주인공이 횡단보도를 가로막고 있는 검정색 승합차와 대치하는「지구평면설」의 한 장면도 비근한 예다. "이대로 저 승합차를 보내면 어디선가 또 다른 보행자들이 횡단보도 위에서 쩔쩔매게 될 거라고 생각하니 발이 떨어지지 않았다. **내가 사람들에게 뭔가 보여줄 수 있을 것 같았다.** 나는 잊고 온 게 있는 사람처럼 빠른 걸음으로 온 길을 되짚어 승합차 앞으로 갔다. [……] 도로 밖에서 **이쪽을 보고 있는 시선들이 느껴졌다.** 어서 뭐라도 해야 했다. 나는 내가 지금 할 수 있는 것 중에 가장 가혹한 응징을 떠올렸다"(pp. 151~52, 강조는 인용자). 물론 이 취객의 도발이 그리 치명적인 것일 리는 없다. 그보다는 주인공과 상대역 그리고 관객들로 구성된 한 편의 완벽한 연극이 횡단보도를 무대로 펼쳐진다는 점이 중요하다. 얼핏 '나'가 풍차에 맞선 돈키호테 역을 자처한 것이 '검정색 승합차'라는 정체 모를 타자의 돌출 때문인 것처럼 보이지만 실제로는 '도로 밖에서 이쪽을 보고 있는 시선들'(관객)과 횡단보도라는 무대의 규정력이 더 지배적인 토대라고 할 수 있다. 비록 시선들의 존재가 주인공의 의식에 투영된 주관적인 것에 지나지 않더라도 그것이 그의 생각과 행위를 실제로 끌어내고 통제하는 자아 연출의 결정적 계기라는 사실은 변하지 않기 때문이다. 김덕희의 주인공들은 무대의 질서, 관객의 시선이라는 제약 속에서 자아 연출에 분투하지만 제약의 온전한 극복보다는 타협과 적응 또는 회피에 부심한다는 측면에서 소시민적이라고 할 수 있다. 어빙 고프먼이 인용한 사르트르의 예화가 부연을 대신해줄지도 모른다. "몽상에 잠긴 식료품 상인은 구매자에게는 모욕이다. 그런 사람은 온전히 식료품 상인만으로 있지 않기 때문이다. 사회는 그에게 식료품 상인 노릇만 하라고 강요한다. 〔……〕 마치 한 사람이 느닷없이 자기를 가둔 조건을 무너뜨리고 도망치지나 않을까 하는 끊임없는 두려움 속에서 사는 것처럼, 우리는 실로 한 사람을 가두려는 수많은 예방 조치들에 둘러싸여 있다."*

2

그러나 '자아 연출의 사회'라는 통찰로 만족할 바에는 소설보다 사회학 서적을 읽는 게 한결 현명한 선택일 수 있다. 따라서 지금 왜 이런 이야기를 '소설'로 하는지가 중요한데 소설 또한 하나의 담론 양식이라는 사실을 염두에 두면 이는 반드시 직면할 수밖에 없는 물음이기도 하다. 이 소설집의 작가는 어떤 답변을 준비하고 있을까. 그것은 진짜와 가짜 사이의 교란과 역전이라는 낯익지만 '임박한' 현실의 문제 때문이라고

---

* 어빙 고프먼, 『자아 연출의 사회학』, 진수미 옮김, 현암사, 2016, p. 102에서 재인용.

일단 정리해볼 수 있을 것이다. 자아 연출이라는 개념에도 이미 무대 뒤의 실제 '나'와 무대 위의 배역이라는 진짜/가짜, 사실/허구식의 구분이 전제되어 있거니와* 앞서 거론한 「지구평면설」도 실은 그 문제를 집중적으로 다룬다. 소설에서처럼 자신을 제외한 모든 인물이 지구가 평평하다고 믿는 상황에 처한다면 누구라도 자신의 존재 자체를 부정당하는 듯한 공포에 감염될 수밖에 없는데 그것은 사실과 허구를 식별하고 현실을 해석 가능하게 만들어줄 준거집단으로서의 '사회'가 붕괴해버린 것이나 마찬가지이기 때문이다. 이때 '나'의 선택은 지구가 평평하다는 달라져버린 규약을 받아들이고 순응하든가 아니면 그에 맞서 존재론적 불안을 감내하든가 두 갈래 중 하나일 수밖에 없다. 이 작품은 고전문학의 몽유록(夢遊錄) 같은 외양을 띠고 있지만 '나'가 잠에서 깨어난 뒤에도 양자택일의 갈등은 끝나지 않는다. 지구가 평평한지 둥근지의 문제가 여전한 미궁이기 때문이다. **"여전히 발밑이 일렁거렸다.** 마치 시소의 가운데에 서 있는 기분이었다. / "고맙, 습니다아. 죄송, 합니다아." / 나는 최대한 두 경찰관에게 공손하게 굴었다. / "근데, 질문이, 있습니다. 지구는, 둥급니까, 평평합니까?" / 경찰

---

* 오해를 피하기 위해 덧붙이자면, 어빙 고프먼의 개념은 무대 위와 무대 뒤를 위계화하지 않는다. 그의 관심사는 오히려 무대 위의 삶에 집중되어 있으며 그것은 글자 그대로—그래서 흔히 평가절하되곤 하는—의 '가짜'와는 다른 위상을 지닌다.

관들은 내가 똑바로 설 수 있는지만 확인할 뿐 대답해주지 않았다"(p. 172, 강조는 인용자). 작품의 이러한 결말은 미스터리 서사 장르에서 어느 정도 양식화된 것이기도 하고 플롯 중심 소설의 자연스러운 귀결이기도 하지만 미궁을 미궁 자체로만 남겨두고 마는 경우들과 약간 다른 측면도 있다. 판타지를 동원하지 않는다는 의미에서 비교적 현실주의에 충실한 작품이라 할 수 있는 표제작 「사이드미러」를 통해 그 '다른 측면'에 접근해보기로 한다.

이 단편은 가난한 시인인 '나'가 소설가인 친구 종규의 초대를 받고 나간 술자리에서 만취한 바람에 길에 서 있던 수입 승용차의 사이드미러를 파손한 사건 ─ 물론 나는 기억하지 못한다 ─ 을 중심으로 전개된다. '나'는 수리비를 변상하기 위해 한 출판사의 창고 관리 직원이 되기까지 하는데 알고 보니 애초에 그런 사건은 있지도 않았고 모든 것은 종규가 꾸며낸 연극이었음이 밝혀진다. 종규는 작가 지망생 시절 '나'의 당선 통보 장난 때문에 크게 마음 상한 적이 있는 순진하고 소심한 인물이니 그의 입장에서 이 이야기는 하나의 작은 복수담인 셈이다. 하지만 가짜 사건을 가운데 두고 이뤄지는 등장인물들 간의 연극은 관계를 훼손하기는커녕 오히려 균형을 회복하고 유지시키기 위해 수행되는 측면이 있다. 겉으로는 아무렇지 않은 듯 보이지만 속으로는 균열 상태였던 종규와 '나' 사이의 관계는 종규가 꾸며낸 연극이 성공함으로써 비로소 봉합

되기 때문이다. 모든 것이 누군가의 조작이었다는 결말은 자칫 허망감을 안겨줄 수도 있지만 허구가 빚은 갈등을 또 다른 허구로 상쇄하는 등가교환의 경제를 거치며 '나'는 어떤 한 시기를 벗어난다. 그것은 제자리로 돌아온 게 아니라 한 단계 앞으로 나아가는 결말인 셈이다.

'지구평면설'이 빠져나올 수 없는 수렁처럼 존재를 위기로 내모는 허구라면 「사이드미러」에서 종규가 조성한 연극은 예의 수렁에서 '나'를 건지는 허구다. 다시 말해 이 작가의 관심사는 허구가 초래하는 파국이나 도약보다 허구의 양가적 성격 자체라고 해야 할지 모른다. 웬만해선 결말을 걸어 잠그지 않는 작법도 그에 따른 선택일 것이다. 그런 의미에서 「사이드미러」에 등장하는 문자메시지들을 조금 더 눈여겨볼 필요가 있다. 플롯의 길목마다 '나'와 가짜 차주(종규의 후배) 그리고 종규 사이를 오가는 문자메시지—물론 단순 정보의 전달은 통화로도 이뤄진다—를 배치하고 있기 때문이다. 이 소설이 인물들 사이의 관계를 근본적으로 훼손하지 않는 소시민적 줄타기 내에서의 자아 연출 서사라는 점은 이미 말한 바 있거니와 이러한 작품의 내용과 구성 방식 자체가 문자메시지라는 미디어의 속성을 닮았다고 해도 과언은 아닐 것이다. 어쩌면 제목의 '사이드미러'는 문자메시지의 은유이다. 그것은 늘 전경이 아닌 후경을, 그러니까 자아 연출의 배후 맥락을 지속적으로 재구성하기 때문이다.

다른 작품들에서도 작가는 미디어의 매개라는 차원을 주제와 구성의 핵심적 지위에 올려놓곤 한다. 인터넷 게임의 유저 캐릭터를 자아 교체 판타지에 연결한 「눈부신 날」이나 사진을 가공하면 현실이 뒤바뀌는 「모르는 얼굴」 등이 벌써 각각의 미디어 문제를 떠나 생각할 수 없는 작품들이지만 소설집에서 가장 예외적인 것처럼 보이는 역사소설 「쇄록(瑣錄)」마저도 상소문과 언가(諺歌), 통문(通文) 등을 징검다리 삼아 전개된다. 물론 「눈부신 날」의 화자에게 임한 또 다른 자아 두빈, 쓰는 자와 씌어지는 자의 경계를 무너뜨리는 「추」의 진우/진수 그리고 「사이드미러」의 종규가 모두 소설가(또는 예비 소설가)로 등장한다는 점을 감안하면 '소설' 또한 빼놓을 수 없는 미디어일 것이다. 그러나 결론부터 말하자면 이 소설집에 등장하는 온갖 미디어 장치는 하나같이 글쓰기 이미지의 변주들이다. 맨 뒤에 수록된 「식은 볕」은 꼬리에 꼬리를 무는 공상으로 휴일을 보내는 어느 샐러리맨의 단조로운 일과를 추적한 작품인데 여기서조차 '글쓰기'는 의미심장한 모티프의 하나다.

문장력은 개의치 않았다. 멋대로 맺거나 이어 붙여서 주어와 술어의 짝이 맞지 않았고 문장부호는 원래의 기능과는 상관없이 이모티콘처럼 내키는 대로 찍기도 했다. 그것은 일종의 낙서였다. 목탄이나 스프레이, 연필이나 볼펜이 아닌 것으로 남기는 낙서였다. 상진은 낙서를 시작한 지 얼마 되지 않아 낙서하는 재미를 알게 되었다. 그건 노트에 하는 스케치와는 달랐다. 워드프로세서 위에서 타이핑된 글자들이 백지를 한 줄씩 채워가는 것을 보고 있으면 중요하고 의미 있는 일을 하고 있는 듯한 착각이 드는 게 좋았다. (p. 274)

주인공 상진은 지금 "2층에서 사거리를 내려다볼 수 있는 스타벅스"(p. 272)에 앉아 "내려다보이는 것들을 죄 노트북에"(p. 274) 옮겨 적는 중이다. 그런데 문법도 맞지 않는 "일종의 낙서"가 진행될수록 "중요하고 의미 있는 일을 하고 있는 듯한 착각"이 드는 것은 왜일까? 스타벅스 2층에서 내려다본 무작위의 풍경에 어떤 의미가 미리 담겨 있을 리 만무한데도 그것을 옮겨놓은 텍스트는 "중요하고 의미 있는"것일 수 있을까? 재현 담론 자체에 회의적인 사람이라면 화자가 풍경을 글로 옮기는 게 아니라 글쓰기를 통해 비로소 '스타벅스 2층에서 내려다본 거리'라는 하나의 풍경이 존재하게 된다고 말할 수도 있을 것이다. 하지만 그런 '의미'들은 화자에 의해 이미 "착각"으로 규정된 셈이다. 그는 풍경을 재현하거나 창조하지 않는다. 그는 단지 그것을 타이핑하고 저장한다.

3

이 소설집에 등장하는 글쓰기 이미지의 원형은 수기(手記)가 아니라 워드프로세서 타이핑이다. 편집의 용이함을 특성으로 하는 그것은 조작의 편의로 확장되어 자아 연출이라는 이 소설집의 기본 성격에 호응한다. 워드프로세서는 말하자면 이 소설집의 구성 원리다. 과거와 현재 사이의 상호 조작 판타지인 「추」가 전형이라 할 수 있는데 「사이드미러」의 문자메시지나 「눈부신 날」의 게임 캐릭터, 「모르는 얼굴」의 사진 파일, 심지어 늙고 역할이 없어진 아버지가 개로 변한다는 「새 식구」의 티브이 또한 그러한 매체적 본질을 공유하는 이미저리imagery들이다. 적어도 이 소설집에 관한 한, 현실이 허구를 생산하는 게 아니라 허구가 현실을 조작하기도 한다는 발상은 더 이상 망상이 아니다. 그것은 그간 몰랐던 사실이어서가 아니라 이제 임박한 현실이 되었기 때문에 중요해진 것처럼 보인다. 주인공들을 둘러싼 환경은 지리멸렬하고 파편적인 일상 이상으로 묘사되지 않으며 그 속에서 사실/허구의 준거집단으로서 기능해야 할 사회나 공동체는 마치 증발하기라도 한 것처럼 흐릿하다. 현실은 경험과 감각의 직접성이 아니라 온갖 미디어의 중계를 통해 가까스로 흔적을 남기는 것처럼 보이는데 대부분의 인간관계 또한 거기에 종속되어 있다. 현실이 과연 그러한가를 다시 따져볼 수 있지만 그 결과에 관계없이도 이러한 세계 감각의 연원이 무엇인지를 묻는 일은 불가피하다. 어쩌면 역사가 해답을 제공해줄 것인가?

「쇄록」은 이 소설집에서 유일한 역사소설이다. 동시대 소설에서 거의 실종되다시피 한 역사소설을 작가가 새삼 불러낸 까닭을 묻지 않을 수 없지만 우선은 조금 돌아가기로 한다. 진주에서 폭발해 전국으로 번진 조선 철종 대의 임술민란(1862)이 배경으로, 작품에 실명으로 등장하진 않지만 민란 수습의 임무를 띠고 진주 안핵사(按覈使)로 파견된 주인공은 북학파 실학자로 알려진 환재(桓齋) 박규수다. 연암 박지원의 손자이자 훗날 갑신정변(1884)을 주도한 김옥균 등 청년 지식인들의 스승이 되는 그가 민란을 주도한 몰락 양반 류계춘과 마주 앉는다. 물론 그도 실명이 아닌 "사내"로만 등장한다. "나으리가 삼정의 문란을 상소하겠다 약조했으니 이 몸이 할 일은 다했다 여기오. 그러나 저잣거리 아이들은 아직도 내가 지은 언가(諺歌)를 부르고 있소. 부디 저 노랫소리가 궐까지 가지 않게 해주시오"(p. 114). 그런데 정작 안핵사는 그 언가의 뜻이 궁금하다.

사내는 안핵사가 무엇을 묻고 있는지 아는 듯했다. 그러나 속 시원히 말해주지 않았다. 일전에도 슬쩍 물었을 때 그저 함께 부르면 시위에 흥이 날 것 같아 운을 맞춰 지은 노래라고만 했다. 시위란 어찌 보면 놀이의 원관념들 중 하나가 아닌가.

사내의 언가는 불러볼수록 군중이 진군하며 함께 부른다면 사기가 고취될 만했다. 그날 성난 놀이 속에서 많은 이가 죽고 다쳤다. 그리고 이제는 놀이를 하던 그들 자신이 죽게 생겼다. 사내가 입을 열었다. 〔……〕 나으리의 눈과 귀에도 막이 끼어 있진 않습니까. 지은 사람, 부르는 사람, 듣는 사람은 안중에도 없고 그저 나으리의 앎만 찾고 뒤져 말하고자 하지 않습니까. 나으리, 나으리는 지금 제가 나으리의 해석에 맞게 지었길 바라고 있습니다. 그러나 저는 이미 그런 것 없다 말했지요. (pp. 116~17)

일종의 민중예술 논쟁 같은 긴 대화의 끝에서 안핵사는 어떤 예감에 휩싸인다. "사내의 언가가 저 혼자의 힘만으로 새로운 흐름을 만들어낼 수는 없을 것이다. 그러나 이러한 변종이 하나둘 계속해서 나타난다면 지금까지 견고했던 물줄기에서도 갈래가 생기지 않으리란 법은 없었다. 이미 안핵사 자신부터 사내의 언가가 만들어놓은 균열을 감지했다. 틈을 내고 그 틈을 메우는 일이 바로 난이 아니고 무엇이란 말인가"(p. 120). 작품은 문제의 언가를 다음과 같이 전한다.

이거리 저거리 각거리
진주 맹건 또 맹건
짝바리 희양근

도루매 줌치 장도칼

머구밭에 덕서리

칠팔월에 무서리

동지섣달 대서리 (p. 115)

류계춘이 지었다는 기록이 전해지지만 구술문학 일반의 아래로부터의 발생 경로로 미루어 곧이곧대로 신뢰하긴 어렵다. 실제로는 진주민란의 처리 과정에서 그가 이 노래의 원작자로 지목된 것일 가능성도 있기 때문이다. 물론 소설적 설정이라는 차원에서 이를 굳이 문제 삼을 이유는 없다. 중요한 것은 "지은 사람, 부르는 사람, 듣는 사람"이 거기서 무엇을 느끼고 공유하는가, 다시 말해 "문학에 역사의식의 면에서 유사한 형식들과 내용들을 가져다주는 현실에 대한 반응경향의 공통성"*일 것이다. 농민층의 곤궁한 현실과 지방 관료들의 타락상이 반영된** 노래임에도 "누구도 그 온전한 뜻을 설명하진 못했다"(p. 115)면 상하층의 '균열'은 이미 구조화되어 있었던 셈이다. 작품은 그러한 상황을 미디어들 간의 대립으로 표상

* 게오르그 루카치, 『역사소설론』, 이영욱 옮김, 거름, 1987, p. 224.
** 더러 알려진 것처럼 "진주 맹건 또 맹건"을 진주 망건(網巾) 즉, 양반 지방 관료의 횡포가 잦다는 뜻으로 새기면 "칠팔월에 무서리"와 정확히 호응한다. 여름에 내리는 서리는 농민들에겐 재앙 그 자체였을 테니 폭정의 메타포가 아닐 수 없다.

한다. 신료들의 장계(狀啓)와 임금의 전교(傳教)로 구성된 문자 문화와 입에서 입으로 조직된 민란의 구술성이 그 양대 축이다. "난민(亂民)들이 병사(兵使, 병마절도사 — 인용자)를 협박하고 인명(人命)을 불태워 죽였습니다"(p. 100)라는 경상감사의 치계에는 수많은 맥락이 이미 누락되어 있지만 예의 류계춘의 언가에는 사안의 맥락과 민중의 분노 그리고 염원이 충실하게 살아 있었던 것이다. 그러나 소설과 실제의 역사가 함께 증언하듯 안핵사의 노력에도 불구하고 "삼정(三政)의 폐단을 바로잡기 위하여"(p. 126) 설치된 이정청(釐整廳)은 결국 무력화되고 농민항쟁의 목표는 좌절되고 만다. "아까부터 불안하게 붉어지기만 하던 서쪽 하늘이 빠르게 어두워졌다"(pp. 143~44)는 문장으로 작품이 마무리된 이유다.

이러한 결말을 어떻게 이해해야 할까. 우선 이 소설은 실명을 전혀 등장시키지 않는다. 통상의 경우 이러한 소설적 설계는 작품의 배경을 추상화해 거기서 다루고 있는 역사적 사건을 알레고리화하는 경향이 있지만 여기서는 오히려 "지은 사람, 부르는 사람, 듣는 사람"의 공통 감각, 즉 "현실에 대한 반응경향의 공통성"을 강하게 자극하고 환기하는 측면이 있다. 그것은 작품을 소위 현재의 전사(前史)로 실감하게 만든다. 그런 의미에서 이 작품의 발표 시점이 촛불혁명으로 정부가 교체된 이듬해 봄이란 사실이 공교로운 것만은 아니며 「모르는 얼굴」을 제외한 모든 작품이 촛불 광장 이후에 발표된 작품들이란 점도 다시 새기게 된다. 그러니 이 소설집에 수록된 작품들에서 어떤 '이후'의 감각을 공통적으로 발견하게 되는 것도 우연만은 아닐 것이다. 중세 사회의 아래로부터의 붕괴를 촉진한 진주민란를 미디어 전환 또는 지배 미디어의 동요 차원에서 해석한 「쇄록」은 비록 무대의 암전 같은 결론에 멈추지만 알다시피 그 이후 지속된 역사는 단순히 승리나 패배의 일방향은 아니었다. '사이드미러'에 비친 역사의 지나간 후경이 그러했다면 우리가 지금까지 '타이핑'하고 '저장'해온 역사가 앞으로 어떻게 편집될 것인지는 당장 결정할 수 있는 문제는 아닐 것이다. 비록 발밑이 일렁이는 듯한 시소 위에서 위태로운 균형에 안간힘을 쓰는 중이라도 세상이란 무대 위에서 우리가 어떤 배역을 맡아 감당할 것인지를 결정하는 일은 여전히 관건적이다. 이 소설집은 그 목전의 동요, 단기적 암전에 성실하거니와 최근에 읽은 글 한 대목을 가져와 결론을 우회해보려 한다. "그리스도의 예언이 제도화되고 보편적인 확산과 지배 장치를 통해 진부한 것으로 안착하는 데 거의 5세기라는 시간이 필요했다. 그러나 볼셰비키의 공산주의적 예언의 전체주의적 부정태가 소련과 제3인터내셔널 안에 자리 잡는 데는 5년도 채 걸리지 않았다."* 그렇다면 우리에게 남은 시간

* 르네 루로 서문, 「앙리스크」, 앙리 르페브르, 『리듬분석』, 정기헌 옮김, 갈무리, 2013. p. 26.

도 아마 많지는 않을 것이다.

작가의 말

　소설은 백스페이스키로 쓰는 것이다.

　'소설 쓰기는 파지 내는 일'이라는 선배들의 말을 흉내 내
봤다.

　술술 써질 때보다는 좀처럼 나아가지 못하는 때가 당연히
더 많다. 그럴 땐 그냥 써본 문장과 애써 써낸 문장이 구분되
지 않는다. 돌아보니 여기 수록된 여덟 편은 무수히 지워낸 글
자들을 깔고 앉아 있다. 일일이 설명할 일은 아니니 이쯤 하고
그 외의 사연들만 기록해둔다.

　「눈부신 날」은 나 혼자서 이 책의 표제작으로 정해놓고 있
던 작품이다. 여러 사정으로 의지를 접었다. 맨 앞에 놓는 걸
로 작품에 대한 나의 애정은 충분히 드러냈다.

「추」에 등장하는 압력밥솥은 실제로도 약 20년 동안 밥을 잘 지어내고 있다. 공교롭게 '작가의 말'을 쓰기 며칠 전에 추가 약간 망가졌다. 본연의 기능에는 영향이 없어 이대로 더 쓸까 한다.

「모르는 얼굴」은 첫 소설집에 넣으려다 어우러지지 못할 듯해 빼놨던 작품이다. 이번에 자리가 마련된 것 같아 기쁘다.

다시는 사극 투로 전개해야 하는 이야기엔 손대지 말자 했는데 「쇄록(瑣錄)」을 실었다. 그야말로 "바위를 핥아 뚫어"내는 기분이 들었다. 그래도 이렇게 써놓으니 뿌듯하다. 역사물은 쓰는 중독성이 있는 것 같다. 작품집마다 이런 걸 한 편씩 넣으려는 수작처럼 보일까 봐 걱정이다. 다시 말하지만, 이런 소설은 이제 안 쓰고 싶다. 그러나 쓰는 이의 뇌는 이따금 불수의근처럼 작동하고 무릇 작자라면 그런 순간을 반기니 지금의 각오나 푸념은 무의미하다.

발표 당시 제목을 버리는 일이 내게는 없을 줄 알았는데 「지구평면설」이 그렇다. 쓰면서 술술 풀려서 신났다. 그만큼 뭐에 홀려 있었던 것 같다,라고 편집자에게 고백한 뒤 제목을 바꿨다. 작품에 성의를 다하지 않았던 흔적이 될 것 같아 괴로웠으나 아무래도 당시의 그 발랄한 제목은 나와 어울리지 않는 것 같아 바꿀 수밖에 없었다. 부디 양해해주시길 바란다.

표제작 「사이드미러」로 낭독회를 한 적이 있다. 끝날 즈음 객석 앞줄에 앉은 한 분이 훌쩍이고 있었다. 주인공이 겪은 일을 생각하니 가여워서 그런다던데 나는 굉장히 놀랐다. 가급적 우스꽝스럽게 그려서 연민이 일어나지 않게 했으면서도 내심 그렇게 읽히길 바랐던 터라 낭독회 이후에 며칠간 혼자 고무돼 있기도 했다.

「새 식구」에서처럼 맞설 수 없는 상황 때문에 강아지를 맡게 된다면 좋겠다. 그러면 어떻게든 키울 텐데…… 동물을 무척 좋아하지만 내 의지로는 집에 들일 것 같지 않다. 몇 가지 식물조차 잘 돌보지 못해 미안해하고 있는 형편이니 그게 맞지 싶다.

「식은 별」의 초고를 완성한 뒤 갔던 겨울 바다가 기억난다. 해변에서 모래바람과 싸우면서 낚싯대를 휘둘렀다. 초심자에게 만만한 원투(遠投) 낚시에 갓 빠져든 때라 추운 줄도 몰랐다. 누가 봤더라면 어지간히 미쳐 있는 꾼으로 보였을 걸 생각하니 부끄럽기도 하고, 어쩌면 지금도 나는 저 망망한 바다에 자꾸 뭘 던져보고 있는 게 아닐까 싶기도 하다.

배우는 입장으로 살고자 하는 걸로 괜찮다 여겨왔는데 오만했다. 알고 보니 나는 사실 배워야 하는 입장이었다. 이 책을 편집해준 박선우 소설가와 표지를 잡아준 슬기 씨, 그리고 해설을 써주신 경석 형에게서 특히 많이 배웠다. 내가 이분들의 이력에 포함되어 기쁘다. 첫 책에 이어 홍진 선배에게 조언을 들을 수 있었던 것과 병석의 손에서 이 책이 제작될 일은 백번 생각해도 고마운 인연이다.

2021년 5월
김덕희

수록 작품 발표 지면

눈부신 날   『현대문학』 2017년 7월호

추   『문학들』 2020년 여름호

모르는 얼굴   『악스트』 2015년 9/10월호

쇄록(瑣錄)   『문학과사회』 2018년 봄호

지구평면설   『학산문학』 2019년 가을호(발표 당시 제목을 변경)

사이드미러   『문장웹진』 2018년 8월호

새 식구   『대산문화』 2020년 봄호

식은 별   『쓺』 2019년 상권